保田與重郎

近代・古典・日本

前田雅之【著】

勉誠出版

目次

目　次

序章　——なぜいま保田與重郎か——

1　保田與重郎という厄介な存在

かつて保田與重郎（一九一〇〈明治四十三〉～八一〈昭和五十六〉年）という、一時期、時代の寵児と言ってよいほど著名だった批評家・文人がいた。その人生を簡潔に要約すれば、以下のようになるだろう。

保田の人生と評価は戦前と戦後できれいに二分化される。戦前は、小林秀雄と並ぶ批評・文壇界のスターであった。知的な若者に対する影響力では当代一だったのではないか（これが戦後批判される原因となる、若者を戦場に追いやったと指弾されたのだ。保田自身は「みやらびあはれ」〈「大和文学」第一集、一九四七年十二月、全集二十四巻『日本に祈る』再収〉でそうした見解を柔らかく否定しているが）。だが、敗戦の結果戦後となるや、公職追放の影響もあってか、触れることもはばかられるタブー的存在、もっと言えば、断じて許すわけにはいかない戦争犯罪人、もしくは、憎むべき戦争協力者、怒り心頭に発した杉浦明平の妄想的発言を引用すれば「思想探偵として犬のやうに鋭敏で他人の本の中の赤い臭をかいではこれを参謀本部第何課に報告する仕事」（杉浦「保田與重郎」、三月十五日『文学時標』第五号、一九四六年、『暗い夜の記念日に』、風媒社、一九九七年）に従事していたということになる。但し、杉浦が批判する問題に関する証拠は皆無である。反対に憲兵＝陸軍に睨まれてか、一九四五（昭和二十）年三月に徴兵され、中国の石門（現石家荘）に送られた。病に倒れ生死の境をさまよう中、戦後復員した。

また、保田と同じ系列に属する戦争協力あるいは讃美の文学者として他には浅野晃・林房雄・大木惇夫などがいたけれども、保田はその中でも彼らの頭目と目され、忌み嫌われ排除され忘れられたのである。たとえば、岩波文庫には、保田と、保田の『コギト』と並び称せられた雑誌『文藝文化』の蓮田善明・清水文雄の盟友であった伊東静雄の詩集はある（杉本秀太郎編『伊東静雄詩集』、一九八九年）が、他方、保田の文章ときては、千葉俊二・坪内祐三編『日本近代文学評論選【昭和篇】』（二〇〇四年）に収められた「文明開化の論理の終焉について」（初出『コギト』八〇号、一九三九年一月、『文学の立場』、古今書院、一九四〇年再収）しかないのではなかろうか。戦後から約六〇年経過していたとはいえ、当時、あの岩波がよく載せたとその英断に感動したものであった（清水については、岩波文庫『和泉式部日記』、一九八一年、同『和泉式部集・和泉式部続集』、一九八三年、蓮田については、岩波現代文庫『現代語訳　古事記』、二〇一三年がある）。

戦後に浴びせかけられた批判・悪罵の数々、それ以上に文壇・論壇から追放されていた保田は、そうした劣悪な環境の中にあっても、公職追放中（一九四八年三月～一九五一年八月）は偽名で、追放解除後以降は本名で、主として自身が主催した『祖国』（まさき会祖国社、一九四九年九月～一九五五年二月、全五十八冊）というマイナー雑誌を発表媒体として様々なテーマに関する批評文を営々と書き続けていた（『保田與重郎全集　別巻五巻　全集總目次　著作年表／年譜』、講談社、一九八九年参照）。言うまでもなく、文壇・論壇・出版界は、こうした保田の動きに対して黙殺で対処するか、改めて葬り去るために否定的な評価が繰り返されるだけであったが、追放解除から十三年を経て、一九六四（昭和三十九）年に新潮社という日本を代表する出版社から『現代畸人伝』を上梓して保田はなんとか中央文壇に復帰を果たした。既に敗戦から十九年を閲していたとはいえ、やはり特筆に値する事実と言ってよいだろう。

とはいえ、この事実によって保田に対する否定的視線（これを保田の戦後的価値と言い換えてもよい）が改まったわけでは決してない。文壇・論壇側では、川村二郎・桶谷秀昭氏などを稀有な例外として、多くは妙な奴がまたぞろ出てきたなといった、相変わらずの拒否的反応か無視的態度に終始していたのだ。その後も、保田は、『日本の美術史』（新潮社、一九六八年）、『日本浪曼派の時代』（至文堂、一九六九年）、『日本の文学史』（新潮社、一九七二年）といった戦後を代表する本格的な著作を精力的に公刊していった。それは、著書としては死後の刊行となったものの、保田の集大成と言っても決して過言ではない『わが萬葉集』（新潮社、一九八二年、初出『日本及び日本人』、一九七一年七・八月合併号〜一九七九年九・十月合併号、全五十回）まで継続されたのである。

そうした中で、保田は、一九八一年十月四日に死を迎えた（享年七十二歳）。十月六日、保田と縁の深い大津膳所の義仲寺で催された密葬には、『本居宣長』の連載を励まされ続けた小林秀雄が駆けつけたことはそれなりに話題になったけれども、保田の死については作家・評論家を含めた文壇・論壇・メディアの反応は概ね冷淡かつ軽いものであった（桶谷秀昭「学術文庫版まへがき」、『保田與重郎』、講談社学術文庫、一九九六年によれば、「この文人の死にたいする文壇の追悼の仕方は、はなはだ淋しいものであつた。のみならず、その淋しい追悼にたいしてすら、保田與重郎の〝復活〟に手を貸すものといふ批判が、抜け目なくといつた風に浴びせられた」とある）。主要雑誌等において保田追悼号は遂になかった。そうした保田無視あるいは黙殺の傾向は死後も続いていた事実は改めて確認しておいた方がよいだろう。そうした中でも講談社からほぼ完全な全集（全四十五巻〈四十巻＋別巻五巻〉、一九八五〜八九年）が刊行されたことは快挙と言うべき出来事であった（その経緯は別巻五「保田與重郎全集刊行經緯」に詳しい）。なかでも谷崎昭男氏の手になる、徹底的な本文異同調査を踏まえ、保田の意志を最大限に配慮してものされた解題は、全集の価値を永遠のものとしている。心から敬服する次第であるし、保田研究の大前提がここにできあがった事実を改めて喜びたい。

しかしながら、保田與重郎は、一般読者からは遠ざけられていた現状は今とてさして変わりはない。たとえば、前述した『わが萬葉集』が通常に読めるようになったのは、なんと二〇一三年刊行の文春学芸ライブラリー版（片山杜秀「解説」）からだったのである。それまで本書を読むには、新潮社版（一九八三年）、あるいは、一般人には手が届かない全集版（三十五巻）しかなかったのである。なお、保田の著作を普及させることについては画期的な意義をもった新学社版『保田與重郎文庫』全三十二巻、一九九九～二〇〇三年には『わが萬葉集』はなぜか収められていない。

となると、新学社版文庫刊行以前、言いかえれば、戦後半世紀以上、一般読者が手に容易に手に取ることが可能な保田の作品とは、『日本の橋』（角川選書、一九七〇年、講談社学術文庫、一九九〇年）と『芭蕉』（講談社学術文庫、一九八九年）しかなかったのである。その後、新学社版と同年の一九九九年に川村二郎編『保田與重郎文芸論集』（講談社文芸文庫）が刊行されたが、新学社版と共にマイナーな文庫であったことは否めない。昭和の批評家として相並ぶ小林秀雄の作品がほぼ文庫本で読める状況と比較すれば、戦後における保田の忘却のされ方はこれ自体が改めて一つの問題として考察されるべきだろう。

しかし、以下、論じていくように、実のところ、保田與重郎はある意味で不死鳥的存在であり、戦後から今日まで何度となく復活してきた。今もこうして復活している。なぜか。それは、保田を肯定するのであれ、否定するのであれ、論じなくはいけない、ないしは、論じざるをえないと構えていた論者が少数ながらいたし、彼らの書いた保田論を読み、議論する読者もこれまたそれなりにいたからである。簡単に言えば、保田は、簡単に黙殺してしかるべき小さな存在ではなかったということだ。別の言い方をすれば、はなはだ始末がつけにくい面倒な存在なのである。なぜなら、忘れたい、無視したい、だが、忘れられないどころか、時折、こちらに不意打ちを食らわす、そんな厄介極まる存在、即ち、考察に値する、もしくは、戦後のみならず、近代日本なるものを考える上で避けて通れない存在であったからである。こうした問題意識が本書を世に問うてみたい根源的な動機である。

2 戦後保田論の陥穽と課題

保田存命期の批評

保田與重郎、この厄介な存在を捉えかつ相対化するためにも、最初に、戦後における批判・肯定を含めて保田を杉浦明平の法螺ばなしとは次元を異にする、数は少ないものの論理的かつ誠実に、そして深く論じた批評家たちをここでざっとトレースし検討を加えておきたい。というのも、保田と格闘した人たちの痕跡からなぜ保田がどれほど厄介なのかがおおよそ理解できると共に、加えて、彼らがなぜか見落としてきた保田の一面、即ち、保田がどのようにしてあのような批評家になっていったか、具体的に言えば、『文藝文化』の清水や蓮田などのように国文学科あがりでもないのにも拘わらず、古典に向かっていき、近代・日本・古典の三竦みで批評を行ったかという問題がそこから自ずと浮かび上がってくるからにほかならない。

まずは、保田存命時において、相次いで鋭い批判を展開した橋川文三(一九二二〜八三年)と大岡信(一九三一年〜)の二人である。ここから始めよう。

橋川文三の文名を戦後思想史の上で不朽なものに高めたのは、同人雑誌『同時代』四～九号（一九五七年三月～五九年六月）に連載され、一九六〇年に刊行された『日本浪曼派批判序説』（増補版、未来社、一九六五年）である。本書刊行後、橋川の批評活動も本格化していくのだが、それはともかく、橋川の原点は、本書で何度となくややふざけた感じで述懐＝自己批判しているように、青春期、保田に「いかれて」（傍点、原著）いたという原体験にある。橋川は他の多くの知的青年同様に保田に心酔していたのだ（戦後、喜劇映画の第一人者となり、学習院で三島由紀夫の一年後輩で清水文雄に師事していた瀬川昌治〈一九二五～二〇一六年〉もその一人であった。『清水文雄『戦中日記』』、解説〈前田執筆〉、笠間書院、二〇一六年参照）。だが、戦後は一転して、保田および日本浪曼派に関する最大の批判者になったのである。むろん、敗戦後に急に民主派に転向したような軽薄な思想レベルや低い志は橋川には無縁のものである。そうではなく、自分が「いかれて」いた保田の思想とは一体何だったのかを根源的（ラディカル）に問いただした結果であった。

「一　問題の提起」において、橋川は、

いわば日本ファシズムの必然的崩壊・頽廃の精密な縮図が日本ロマン派の中に内在的に展開されていると思う。それはいわば「敗北」の必然に対する予感的な構想でさえあったのであり、この点において、それは、現代的実存の課題と結びついてくるのであるという大問題を投げかけた。今日、戦時の日本がファシズムであったかどうかはどちらかと言えば否定的な見解が支配的になってはいるけれども、それはともかく、橋川は、日本ファシズムの崩壊・頽廃の縮図が日本ロマン派（＝日本浪曼派）にあるという図式（＝構造的同一性）を見出したのである。とりわけ「「敗北」の必然に対する予感的な構想」という見取り図は、その後に展開される「イロニイ」の問題と絡めて、当時の若者を痺れさせた問題と直結するだろう。若者は、日本浪曼派に痺れつつそのまま崩壊していく日本を見ていたのだろう。だから、当然のごとく「現代的実存の課題」となってくるわけである。

　保田が好んだ「イロニイ」について橋川は、カール・シュミットの定義に拠りつつ「頽廃と緊張の中間に、無限の自己決定を留保する心的態度のあらわれ」とするが、これが保田の手にかかると、このようになるという。

> 私は、このような過激なイロニイの中に、ともすれば、殆ど革命を想像したくさえなるのである。保田の主張に国学的発想がつよくあらわれてくるにつれて、一切の政治的リアリズムの排斥、あらゆる情勢分析の拒否がつよく正面に押し出され、科学的思考の絶滅がほとんど必死の勢でとかれるにいたる。それは、私に、殆ど敗戦と大崩壊を予感的に促進するもののようにさえ感じられる。ドイツ的イロニイに出発した保田は、国学的な絶対的現状容認（ピエナート）を通じて、さいごには近代兵器の成立ちを説くことさえ、英米的（＝から心的）謀略のあらわれと

断ずるようになる。これは現実的には敗戦と没落を肯定追求する心情にほかならない。
（傍点原著）

恐ろしいまでの「敗北主義」だが、橋川はそれも保田の「イロニイ」の必然的結果だと言うのである。だが、政治的リアリズムを拒絶した地平に表出されてくる甘美さ、死の誘惑とでも言いうるある種エロティックな空気、これが若者を痺れさせる原因となっていることを橋川は見破っていた。つまり、そこには「美」ないしは「美意識」がでんと据えられているのである。「イロニイ」が作り出す、現状肯定と美意識が結びついた先はどうなのか、まあ、敗北と没落しかないのだが、永遠の未決定であるイロニイはどっこいなかなか滅んではくれない。橋川は、以下のように総括した。

保田の場合、このようなイロニケルとしての面目がもっとも鮮明に現れており、それが国学の受動的性格と結びついて、「病的な憧憬と美的狂熱」を我国の古典ならびにその挫折形態としての中世美学に指向せしめたのであり、反面では、あらゆる「時務情勢論」の要請の拒否を介して、自らも認める無責任極まる戦争論の展開に赴かしめたのである。

橋川は、保田の国学・古典もイロニイの延長線上に捉えている。現実を拒絶する道具としての国学・古典であり、そこに現れるのは「病的な憧憬と美的狂熱」という異常な精神状態＝法悦状態である。

橋川の批判は、日本浪曼派、とりわけ保田の思想が当時日本を支配したらしい日本ファシズムと同一の構造を有しており、そこにはイロニイなる現実を軽蔑しながらも結局的には肯定せざるをえない心構えがあり、滅びへの憧れによって多くの若者を熱狂させ、結局、無責任な戦争論まで展開していったという点にある。国学・古典もイロニイの道具として用いられるに過ぎない。だが、後述するように、保田の古典意識の形成は、そう単純にはなされていない。その過程で、後述するように、朝鮮や中国体験、そして、ドイツ・ロマン主義、ゲーテ享受などを通じて、いわば重層的に形成されている。保田・日本浪曼派の世界観＝日本ファシズムの世界観という橋川の構造的理解は、自身の「いかれた」体験を思想的に解明しているので、説得力はかなりあるけれども、カール・シュミットのイロニイ論に乗った結果か、かなり図式的になっている恨みがある。現状肯定論や古典・国学の使われ方にその極みがある。おそらく、まだ師である丸山眞男の構図（『日本政治思想史研究』〈一九五二年〉よりも「超国家主義の論理と心理」〈一九四六年〉）を乗り越えていないように思われるが、時代の壁もあるので、今は古典的名著として定位しておきたい。

次に、大岡信「保田与重郎ノート――日本的美意識の構造試論」（初出『ユリイカ』一九五八年八〜十二月、その後、『抒情の批判』、晶文社、一九六一年所収、『超現実と抒情　昭和十年代の詩精神』、晶文社、一九六五年再収）である。大岡の批評は、橋川論が引用されているので、それを受けての執筆と思われるが、執筆時期と単行本の刊行時といい、橋川著の直後という位置づけでよいだろう。それだけ橋川論が衝撃的だったということの証左となるかもしれないが、こちらも橋川に負けず劣らない大論文である。大岡は、保田の若さにはやや負けるけれども。これを執筆した時はまだ二十七歳の若者であった。

さて、大岡は、「ぼくらは日本ロマン派のイデオロギー的指導者保田与重郎がかつて置かれていた場所と別のところにいるわけではない」と自己規定した上で、この理由を、

なぜなら保田氏こそ、危機と転換、批評基準の喪失といった問題に深く浸ったところで、かれなりの解決の道を見出し、虚無的でイロニックな旋回のうちにその道をみずから踏みにじってしまった、一人の典型的なデカダンスの文学者だったからである。

とした。ここで注目されるのは、保田も愛用していた「デカダンス」という言葉を逆手にとって、「解決の道」を「みずから踏みにじってしまった」文学者という位置づけだろう。最悪の評価に近いだろうが、前提として「別のところにいるわけではない」とあるから、保田的デカダンスは他人事ではないという認識である。つまり、「ぼくら」も、自己の中で「虚無的でイロニックな旋回」のあげく「みずから踏みにじってしま」うことも十分にあり得ると言っているのだ。大岡の批評の新しさは、過去に「いかれた」経験にもとづく批判であった橋川に対して、保田ないし

は保田的存在は、いつでも現れうる（＝復活する）としたことにある。

> 今日保田与重郎の名は、あたかも海中深く廃棄された放射性物質のごとくに語られてゐる。それはたしかに廃棄された。だが、動かぬものと思われていた深海の水は、実際には少しずつ動いていた。放射能はやがて思いもよらぬ岸辺まで行き渡るかもしれぬ……

とはこの比喩的表現にほかなるまい。

その後、大岡は、保田のキーワードである「さびしい浪士の心」（「明治の精神」）を押さえつつ、保田の美学を以下のように把握する。

> それは「もののあはれ」とも直結している。武士の心を言うときも保田氏が心に思い描いているのは戦う武士ではない。「失意の丈夫」であり、とりわけそこに仮託され、反映している保田氏自身の「美学」なのである。それは自覚した敗北の美学であり、それ故にこそ価値の顚倒を体系的、系譜的に実現することができたのであり、さらにすすんで、自殺的な美学、つまり美学を否定する美学にまで進みえたのであった。
>
> （傍点、原著。以下も同じ）

「自覚した敗北の美学」という捉え方自体は、橋川にもあったが、大岡が新しかったのは、前述した「虚無的でイロニックな旋回」とあったように、保田のもう一つのキーワード「イロニー」を徹底的に虚無として捉えきったことである。

その（前田注、保田の）美意識はといえば、「実に完璧にその行動が崇高な美学を表現している」ような意味での美意識、言いかえればいわゆる美意識への配慮を完全に抹殺したところに凝結している、素裸かの、危機的な、自己否定によって自己を顕現させる底の美意識なのだ。ここに至って、保田氏の美意識はまさしく虚無を中心として回転するイロニーの運動そのものといった様相を呈する。この時保田氏がいかなる対象を論じようとも、ひっきょうすべては同じであり空しいのだ。

そして、大岡は、やはり橋川同様に、保田が現状肯定していくことを論じていくが、ここがまさに「みずから踏みにじってしまう」デカダンスなのである。

保田氏がイロニーの成立する場として、きたるべき民族への信頼や、国民的信念の眠れる状態への絶望とその自覚への楽観をあげていることは、保田氏が実際には真にイロニックな立場を放棄して、民族あるいは国民という概念に救済を求めたことを示している。もちろん、こうした思考操作自体、まことにイロニックだと言えば言えよう。保田氏が、きたるべき民族を信じていたかどうか、信じうる根拠をにぎっているかどうか、甚だ怪しいものだからである。しかしそれでもなお、保田氏が悲観楽観、破壊と建設の同時的体現として民族や国民の観念を持ちだしたことは興味がある。なぜなら、そこですべては究極的に調和され、肯定されるからだ。ロマンチストはここに至って母なる大地に帰り、リアリストに変貌する。

すべてが虚無の中で回転し、リアリストに変貌していくという思考態度、大岡がそこから保田が戦争讃美者になっていく必然性を論じていく。そこで用いられたのが橋川と同様のまたもやカール・シュミットの『政治的ロマン主義』であり、その核にあるロマン主義者の態度を示す「機会原因論(オッカジオ)」である。

たとえば「イロニーとしての日本、最も今世紀において浪曼的な日本は、戦争の結果、その相をあきらかにした。すべて戦場にある価値を見よ。生命の最も偉大な価値の瞬間は、その死によって表現される。個人の生の価値は死によって証明されねばならない」(「日本浪曼派についてて」昭和十四年四月)というような論理には、憂国の叫びをよそおった日本浪曼派のイデオロギーが、実は「戦争の結果」あきらかにされた何ものかの中に理論の支えを見出しうるにすぎないものだ。言いかえれば、おのれの外にある偶然的因子によって決定的に左右される機会主義的な理論にすぎなかった事実がはっきり示されている。

最終的に大岡の描く保田とは「失敗に終った現代日本からの逃亡、そして失敗に終った〈日本〉への回帰」という無残なものになってしまうが、シュミットの援用はともかくとして、大岡の論は橋川論を受けながら、保田の虚無的イロニーが現状肯定を超えて、戦争讃美者となり、しかも、〈日本〉回帰にも失敗しているといった、ないもの尽くしなのだが、大岡自体が保田に対していかなるシンパシーがあったのかはこの論から分からない。但し、第二第三の保田の出現をかなり警戒していることは確かだろう。自戒も込めての発言だろうが、ここに、私は、大岡論の戦後性を感じてしまう。また、同時に、古典がらみで言えば、こんな発言も気にかかる。

> 保田氏の立場からすれば、古典は「今日」に生きてこそ古典だった。問題は、ここに言う「今日」の性質いかんにかかっているわけだが、その「今日」は、古典をさえ「今日」のものとして読むことを可能にさせるような時代、つまり、あらゆるものが相対的価値しか持たない時代なのだ。この時、古典といえども絶対的なものではありえない。だがまた、それ故にこそ、ある古典は今日の過渡的な意識をゆさぶりにくる限り、われわれの意識にとっては絶対的な「今日」のものである。

たしかに、ナポレオン・日本武尊・木曾義仲・後鳥羽院から「偉大な敗北」を読み取ったのが保田であるが、それは保田の英雄と詩人なる構図から導き出されたものであって、今日が「あらゆるものが相対的価値しか持たない時代」を論証するために持ち出されたものではない。この辺り、虚無的イロニー論の延長線上にあるとは、やや勇み足であるし、構図的に過ぎるかと思う。保田にとって、古典は国文学者と異なり絶対的存在ではあり得なかった。だが、だからといって、「今日」に生きてこそ古典」という認識はあったかもしれないが、後鳥羽院論でたびたび論じられる「後鳥羽院以来の隠遁詩人の系譜」という後鳥羽院からの流れが芭蕉に行きつくという構図は、時務情勢論ではなく、保田の考えるあるべき日本文学史であり、その喪失こそ近代であるとする認識はあっても、大岡のような捉え方とはおよそ異なる次元にあると思われる。

以上、一九五〇年代末に登場した橋川・大岡の保田論を検討してみた。共に保田の内在的論理とその破滅に向かう方向性を論じてやまないものであった。そして、最終的評価は言うまでもなく否定的である。しかし、単なる讃仰から単なる無視・排除へ評価が反転した保田にとって、この二つの論は保田自身の好悪やありようとは無関係に、保田與重郎なる存在を歴史の中に位置づけたものとして無視することはできない論考である。

さて、保田の存命中にはもう一つ無視できないのが二つある。橋川・大岡論から八年ほどして現れた。一つは、保田に対して一貫して肯定的だった川村二郎「保田與重郎論」(『展望』、一九六六年九月、『限界の文学』、河出書房新社、一九六九年所収)であり、もう一つは、やはり否定的ではない磯田光一(一九三一~八七年)「ナショナリズムの美学」(初出『試行』、『比較転向論序説――ロマン主義の精神形態』、勁草書房、一九六八年所収)である。

最初に、川村から見ていこう。川村の保田論は「保田與重郎論」から始まり、『懐古のトポス』（河出書房新社、一九七五年）の「イロニーの場所」（『文芸』、一九七三年八月）、それから暫く時を置き、『保田與重郎文芸論集』（編、解説、講談社文芸文庫、一九九九年）を経て、『イロニアの大和』（講談社、二〇〇三年、初出『群像』二〇〇二年六月〜〇三年九月）で一応の完結をみた。川村が保田を捉える際に、その前提になっているのは、「保田與重郎論」中の新しい段落の冒頭に記された、

保田を一個の文学者として評価しなければならないとぼくは思う。

という構えである。川村はこの構えによって、保田を「文学者」に限定することが可能となり、「文学者」以外の問題（戦争讃美、戦争加担など）を排除することに可能にした。となると、「文学者」の出来次第が保田評価の基準になる。

川村も橋川論の検討から論を始めているように、橋川論の影響はかなりある。だが、

橋川氏の立論は状況に、論ぜられる対象の状況と論ずる自己の状況との双方に執しすぎている。

と見えるのだ。「それは氏の原衝動の必然であり、またその限りにおいて真正である。」としても、結局、橋川が蒔いた種は、その後の保田論が「保田をどの程度まで状況とのかかわりにおいて

眺めるか、彼を論ずることが単に一異常人の病状診断にすぎないかどうか、といった問題に拘泥しながら困難な旋回をくり返している」状態になったと歎くのである（具体的な言及はないけれども、その中に大岡論も入っているように思われる）。よって、「文学者」という意味が新たに立ち上げられるのである。この方法は、保田を捉える際の正道と言えるものであろう。その上で、「芸術的価値」と「政治的価値」といった論争をめぐっての保田の批評態度に、

どれほど自分を「芸術家とか詩人とかいふものから切り裂いて」行っても、結局芸術家、詩人の道をとるよりほかに術のない人間の、謙虚といえばこの上なく謙虚、傲慢といえばこの上なく傲慢な、ぬきさしならぬ自負がわだかまっている。

という自負を見出すのである。これが「文学者」・批評家として立とうした保田の自負であることは言うまでもない。言いかえれば、「文学者」としてしか生きる術がなかった人間としての保田の本質を川村は中野重治との対比において明らかにしていくのである。

そして、「文学者」保田にとって一等大事な鍵語である「イロニー」について考えてみる。まず、ドイツ文学者としての川村は、「保田與重郎のドイツ・ロマン派理解が、並のドイツ文学研究者たちの追随を許さぬ深みに到達していた」という理解をあっさりと示した後、ドイツ・ロマン派のありようと保田のありようを対比して、

革命において頂点に達する十八世紀の近代は、莫大な放恣な心的エネルギーを解きはなった。しかしそのエネルギーは、近代市民社会という外的現実の成立のために、不可避的に制約され、馴致されなければならなかった。馴致に甘んじない精神はその社会の枠内では没落するよりほかはない。――保田がヘルダーリンや『ヴェルテル』に見てとったのは、ほかならぬこの没落の消息であった。その見方を支配していたのは疑いなく、近代市民社会の末期に身をおいていると自覚し、末期の頽廃にひたりながら内側から頽廃の爆砕を意図していた保田自身の感慨である。

という。簡単に言えば、保田は、ドイツ・ロマン派に対する正しい理解を踏まえて「頽廃の爆砕を意図」していたということになる。十八世紀ドイツと昭和日本の違いはあるが、保田が近代社会で馴致できない精神の没落（デカダンスだろう）に賭けたのは狙いとしては外していないということだ。そこに「文学者」としての保田があると川村は断じているのである。

とはいえ、上記で強調される「没落」とは、「十八世紀末のヨーロッパ精神にひそむ、もっとも隠微な、もっとも純粋な核ではなかったかとさえ思われる」とあるから、「現実に衝突して精神は砕けるが、砕けることによって精神はみずからの真正さを確証し、この確証を通じて現実の根柢をゆり動かす激烈な批判と化する」ことが可能となる。その時、イロニーの意味が明らかになる。即ち、没落はまさしく勝利と同義語なので、ドイツ・ロマン派の好んだ「イロニー」とは窮極的にはこの同義性を意味するものにほかならない。

川村に拠れば、保田は以上のことが皆分かっていて、自らの文学・批評活動の原理にしたということだ。おそらくこの時期にこれほど保田を高く評価したのは、川村以外にいないだろう。むろん、川村も一九三六年頃以降の保田の「教条主義的な硬直した大言壮語に陥りがち」な批評には高い評価を与えない。それでも、

文体の変容ほどにその筆者の思想が変化しないこと、秋成の句のあわれをいいつつ、文学者の主体的な自覚とそのあわれさとのひそかな照応を考えながら、保田の批評家としての目は一貫して文学の本質的なものにそそがれていたことである。

とあるように、「文体の変容」を超えた保田の一貫性を見ていくのである。ここで言う「文学の本質的なもの」というのは、前段に説かれたイロニーと同義と思われる「有効性の領域から疎外されたものの悲痛の深さ」を「測量すること」ということになるだろう。

川村の保田論は、川村自身の青春期における保田体験もあるが、それ以上に、保田のドイツ・ロマン派の理解が深いレベルに達していたという、川村の理解する事実に基づいている。なんだ、

この男は文学が分かっているではないか、という理解というよりもその事実を踏まえた通常見えにくい保田の内面に対する直観が論を支えている。しかも、川村も保田に負けず劣らず文学者なのである。いわば、文学者同士の理解し合える共同体的世界、これが川村の描く保田論の暖かさの原因だろう。だが、敢えて不満を言えば、川村も「文学者」に「執しすぎている」のだ。とはいえ、これはないものねだりかもしれない。

次に、磯田である。磯田はロマン主義に対する深い造詣を背景にして、保田のロマン主義をこのように言い当てる。

「ことだま」の衰退ゆえに「ことだま」の讃歌を歌わねばならなかった憶良の心情は、ここにおいて十代の保田の心情に結びつく。非存在へのはてしない渇望こそ、保田の青春をとらえた原衝動であり、彼はそこを起点として文学にかかわることができたというべきであろう。

これが当たっているかどうかはこの際、問題ではない。「非存在へのはてしない渇望」、これが磯田の保田論の肝である。だが、『ドン・キホーテ』を論じた際にも、ドン・キホーテを時代錯誤の狂人ではなく、失われた時代を嘆息してやまず、ついに行動を起こした正気の人物と捉えていたから、保田＝ドン・キホーテ的人物は、磯田にとって存外なじみの深い存在なのではなかったか。

とはいえ、磯田は、保田と保田が文壇デビューを遂げた頃頻出した転向者とを比較しつつ、両者がまったく相容れない関係にあることを論じて、保田の到達点を以下のようにまとめ上げる。

おのれの夢を昭和十年代の現実が模倣しはじめたとき、保田の渇望の無限性は、美的完結体としての日本の現実をなぞりながらも、なおかつおのれの純粋性を保持するために、彼はひたすら過激化した言説を吐き続けるほかはなかった。そして、過激な、ある意味では支離滅裂な言辞を吐き続けつつも、保田の夢はいまだ安らぎを得られない。「慟哭」という無償の行為は、現実の底にひそんでいるはずの「理念としての日本」への、彼の純粋な帰伏のあらわれである。「慟哭」は行為でさえない。それはおそらく過激ロマン主義の渇望の行きついた唯一の自己顕示の方法であった。

「おのれの夢」を「昭和十年代の現実」が模倣する、この顚倒した認識を前提に、磯田の描く保田は、彼の臍にある「渇望の無限性」の拡大を「おのれの純粋性を保持するために」も、続けざるをえない。それが磯田に拠れば、「過激な、ある意味では支離滅裂な言辞を吐き続け」ることになった原因である。そして、夢は安らぎを得ず、遂に「慟哭」という行為にいたる。おそらく保田が戦前期多用した「熱禱」もその一つか。そして、「理念としての日本」に帰伏することになったというのである。磯田論の新しさは、「保田の「夢」は軍国支配者のイデオロギーを代弁しながらも、なおかつ戦時下の全現実を否定するような性格のものであった」という言葉から、保田の戦争讃美に対しての是非は問うていないことである。こうした「全現実を否定する」「夢の強力な反現実的性格は、まさにそれゆえにこそ、戦時下の青年の心に訴える何ものかをもっていた」というのである。これは橋川・大岡に比べて、戦時下の青年の心情をよく捉えているのではないか。磯田は大岡の同年であるが、ロマン主義という化け物の正体はどうやら磯田の方が分かっていたのではないか。だが、磯田も山上憶良の「ことだま」は引くけれども、保田の永遠に満たされない渇望の根拠とするだけで、古典の問題はきっかけとしてしか使われていない。むろん、論の性格上致し方ないのだが、やや残念ではある。

以上、保田存命中の三人（橋川文三・大岡信・磯田光一）の保田論を検討してきた。いずれもイロニー（イロニイ）・ロマン主義が論の中核にあったことを再度確認して、保田死後の議論に移りたい。

保田没後の批評――桶谷秀昭氏を中心に

一九八一年に保田が没した後、最も早く本格的に反応したのが桶谷秀昭氏（一九三二年～）であった。桶谷氏は、早く一九六二・六三年に『試行』六・七号に「保田與重郎論」（Ⅰ・Ⅱ）を掲載していたが（『土着と情況』、南北社、一九六七年、増補版、国文社、一九六九年）、保田の死後七ヶ月後に発表された「保田與重郎――昭和批評の一軌跡」（『新潮』、一九八二年五月号）と「戦後の保田與重郎」（『新潮』、一九八二年十二月号）は、保田没後の批評としては、おそらく一等重要なものと言えるだろう（両論は「偉大なる敗北の歌」・「紙なければ、空にも書かん」と改題・合本されて『保田與重郎』、新潮社、一九八三年として公刊された。講談社学術文庫、一九九六年再刊)。

桶谷氏の保田論の基調は、これまで作り上げられてきた橋川あるいは大岡氏のマイナスイメージをことごとくひっくり返し、保田の名誉を回復すると共に、その批評を昭和精神史の中で正しく位置づけることにある。そのためか、桶谷氏の保田論に否定的見解はほとんどない。しかし、批評(=クリティーク)になっている。その意味で川村に近い位置とも言える。

たとえば、保田には「秋成文章が近代なる所以は、憤りも嘆きも教訓も負目となつて内攻的に挫折する」(「饗宴の芸術と雑芸の芸術」、『戴冠詩人の御一人者』、一九三八年、東京堂、全集五巻再収)という文章がある。これは近代文の創始者としての上田秋成について、その文章の特徴を述べたものだが、いかにもわかりにくい悪文である。前に兼好との比較があり、「徒然草の作者は内攻に源してゐるところに発するのではない」とあるから、秋成は内攻に発しているのであるが、その結果が「負目となつて内攻的に挫折する」というのである。近代の内面神話に対する批判、即ち、得意とする反近代の表明であるが、やはり読みにくい。しかし、桶谷氏によれば、

思へば保田與重郎の批評文は、かういふ自虐の発想を過激に推進するやうな性質のものであつた。自虐の人工の形式が批評文なのである。

という形で肯定されるのである。「自虐の人工の形式」という表現も保田同様に難解だが、わざ

と自虐の発想にしておいて、それを過激に進めていくのが保田の批評だということで、むろん、肯定しているのである。

さらに、イロニーについては、こうである。

　イロニイとは憧憬の純潔を守らうとする心情が現実と夢の落差に強ひられた反抗の身振りであらう。

「反抗の身振り」とはあくまでも身振りであって、反抗ではない。だが、それは「憧憬の純潔を守ろうとする心情」によるものなのである。ここまで、イロニイを肯定的に捉えているのは桶谷氏だけだろうが、氏はむろん、カール・シュミットのイロニー論は知っているし、引用もしている（「一切の決断のこの停止のうちに、そして特に非合理的な態度を示しながらもなほかつ保つてゐる合理主義の名残のうちに、ロマン的反語（イロニー）の源泉がある」）。「身振り」なる定義がシュミットを踏まえているのだろう。とはいえ、こうしたイロニーが敗北こそ勝利であるという観念を導き出すことは、諸家も指摘しているが、処女小説「やぽん・まるち」を論ずるに当たって、氏は、このように捉えきった。

　この（前田注、「やぽん・まるち」の）結末の余韻の中に、敗北こそ勝利のイロニイといふ思想が語られてゐる。そしてまた世界芸術たらしめる日本芸術の樹立のために闘ふ文明開化の悲劇的精神が、「まるち」の響きのなかに描かれてゐる。しかし何よりも印象深いのは、この無名の「やぽん・まるち」の作者こそ、保田與重郎の運命をあらかじめ暗示してゐたといふことである。大東亜戦争の破局に向けて、イロニイとしての日本といふ歌をうたひつづけて、昭和戦前のみづからの文学的生命を敗亡の日のために用意したのが、ほかならぬ保田與重郎自身だつたからである。

「やぽん・まるち」についての私見は、後述に委ねたいが、桶谷氏が強調したいのは、保田の首尾一貫性ないしは運命性である。保田はここでは終始一貫、「イロニイとしての日本」を歌っていたとされるのである。これについては全面的に賛同したい。

そうして古典の問題となるが、『後鳥羽院』（思潮社、一九三九年）に収められた「近世の発想について」（初出『俳句研究』、一九三八年四月号）にある「系譜」と「発想」が保田の古典論の「いはばキイ・ワアド」と捉えながら、以下のように付記する。

しかし保田與重郎の古典論が示すものは、伝統主義ではない。「われもまた……」といふ慟哭をともなふ大仰の身振りは、瞬間に自覚された「系譜」の意識が、過去からの連続性の中に自分を感じる安心とは別の、今日を拒絶しつつ明日への変革の原因であるやうな過激な意識であることで、いはゆる伝統感覚とはちがつてゐる。

ここで保田の引用である「われもまた……」は芭蕉『野ざらし紀行』の「やまとより山城を経て、近江路に入て美濃に至る。います・山中を過て、いにしへの常盤の塚有。伊勢の守武が伝ける、「よし朝殿に似たる秋風」とは、いづれの所か似たりけん。我も又、義朝の心に似たり秋の風（傍線前田）」を踏まえたものであり、保田は「われもまた……」といふ大仰な歌ひ方は、古来中絶した本歌とりの詩人的意識を、自覚実証したときのときめかしい発見のあらはれである」と記している。それはともかく、桶谷氏が強調する保田の古典論が伝統主義、伝統感覚ではないという指摘は重要だろう。「系譜」は伝統主義に属する場合もあるが、保田のように、後鳥羽院の系譜に芭蕉と説くのは通常の伝統主義を逸脱し、氏が言うように、保田にあっては「系譜」と「発想」が一体化しているのだ。

だが、このような認識に立つのも、

かういふ永遠と歴史的瞬間、伝統と個体とのディアレクティクを心情において描くところに保田與重郎のイロニイといふ方法があつたと思はれる。

という出発点からの保田の構えということになるのである。

さて、イロニイについて、桶谷氏はその後考察を進めた（一九九二年六月に刊行された『昭和精神史』（文藝春秋、「第七章　言霊とイロニイ」）。ここでは、『コギト』誕生の頃から筆を起こし、保田のイロニイを富士谷御杖の「言霊」論で展開される「倒語」だとした点が注目される。

イロニイとは倒語である。それは、ヘエゲルやカール・シュミットがドイツのロマンティークを対象にして、辛辣な分析によって、或るいかがはしい自我構造の異名としてとらへたやりかたよりは、この現実の歴史的展開を超えたなにものかへの信に由来する倒語としての言挙げと考へた方がいい。

「倒語」とは、「思ふところをいふのは、「直言」であつて、直言すれば、人の中心にひそむ妖気がたちまち来てわざはひをする。そこで、直言のかはりに「倒語」を古代人は用ゐた」という御杖の解釈に乗っている。そこから「言霊は、思ふところをそのままにいふ言葉に宿るのではなく、言葉の裏に宿るので、そこから思はぬところをいふ「倒語」が生まれた」と持ってきて、上記の如く、保田のイロニイは、ヘーゲル、カール・シュミットのような永遠の未決定や態度保留といった意味合いではなく、信に基づく「思はぬところをいふ」意味に近いというのである。やや贔屓の引き倒しの感もあるが、保田が御杖に傾倒していたのは事実であるから、イロニー論の新展開として指摘しておきたい。

以上、桶谷氏の保田論を粗々見てきたが、氏は保田を全面肯定するのだという気構えで論じているようである。その志はよしとするが、「反抗の身振り」といい、イロニー＝「倒語」説といい、橋川・大岡ラインのアンチテーゼを作り上げることにやや汲々としているのではないか。ここが気になる点であり、古典論については、改めて以下論じることで答えていきたい。

その他注目すべき論では、桶谷氏に近い立場の福田和也『日本の家郷』（新潮社、一九九三年、初出『新潮』一九九一年四月号・十月号・九二年七月号）、『保田與重郎と昭和の御代』（文藝春秋、一九九六年、初出『文学界』一九九五年一月号・三月号・五月号）がある。だが、これは検討するには及ばない。なぜなら、読むにたる批評だが、保田與重郎ではなく福田氏自身を語っている面（この点では保田のみならず小林秀雄の批評も同様だが）が強いからにほかならない。

保田に対する批評の検討はこれくらいにして、研究において一等重要なものは、渡辺和靖『保田與重郎研究』（ぺりかん社、二〇〇四年）に指を屈するだろう。渡辺氏は保田の初期の言説がさまざまな先行する文章の剽窃・ごった煮・過去の自分の文章の焼き直しの産物であることを見事に実証してしまったからである。また、保田がよく語った万葉の地で古典に囲まれて育ったという言説も捏造（＝自己の神話化）であることも明らかにしたのである。簡単に言えば、保田伝説の完膚なきまでの破壊である。だが、保田の本質はとなると、この発言は何度か繰り返されるが、「あとがき」に

　私は保田の心の奥深いところにわだかまる黒々とした空虚を発見したのである。

とあるように、「黒々とした空虚」であった。渡辺氏も言及しているように、「空虚」の指摘は氏がはじめてではない。大岡が既に「虚無を中心として回転するイロニーの運動」と言っている。しかし、渡辺氏はそれが観念だけではなく、文章を作り上げていく動機から文章が形になっていく具体的な過程にまで踏み込んで、保田の言説と人物全体の根柢にあるものとして「黒々とした空虚」見出したことが最大の功績と言えようか。

この問題は後で改めて検討することになるが、私には、引用・剽窃・パッチワークの問題と「黒々とした空虚」とは一直線では繋がらないと思われてならない。なぜなら、保田の尋常ならざる執筆量の多さ（一九三〇〈昭和五〉年から敗戦時までの十五年間で全四十五巻の全集で二十四巻〈含初期文章〉分に及ぶのである。ちなみに、小林秀雄は保田の八歳年長だが、戦前の執筆量は、『全作品』で十四巻分である。だいたいページ数で保田の全集は小林全作品の倍であるから、ここからも保田がいかに大量に書いたかが分かるだろう）は、半ば以上ほぼ必然的に剽窃・くり返し・焼き直しを要請するだろうからだが、だからといって、それが「黒々とした空虚」故になされたかと言えばどうだろうか。言ってみれば、保田は、自分でも言っているが、一晩で三十枚くらいの批評文をいとも簡単に書き上げてしまう書き魔である。今、仮に百歩譲って、「黒々とした空虚」が保田の根柢にあったとしても、それが恐ろしい生産力の源ということになれば、それはそれで肯定してもしかるべきではなかろうか。私は、保田という人物は前もって言ってしまえば、後でも論ずるように、「成長する文人」であると捉えている。書きながら考え、考えては書き、それでも駄目なら学んで書き、そして、

観点から論じてみたものである。批評家保田與重郎はどのようにして生まれたか。どのようにして批評家になったのか。これが主題である。

まずは、保田がどのような時代にどのような人たちと関わりを持ったかを押さえ、併せて伊東静雄とも対比しつつ、保田における故郷の意味を探ってみた。むろん、後年、保田はしきりに大和に生まれたことを強調するが、実は、伊東同様に故郷を捨てた（＝喪失した）人間だったのだ。これは日本浪曼派全体にも関わる問題だろう。次いで、保田がいかに文人として成長していったかを渡辺和靖氏が鋭く問題にした剽窃等のありようから考えてみた。問題は近代における書くことに及ぶはずである。その際、南方熊楠はよきヒントを与えるものと思われる。

これらを受けて、次に、保田が東京帝国大学文学部美学科に入学して、大阪高校時代の仲間と始めた『コギト』に発表した小説「やぽん・まるち」がもっている内的世界を分析し、破局と日本の問題を考えてみた。この処女作はその後の保田を考える際には、外せないと思われる。

他方、保田は大学時代に朝鮮を旅行していた。「外地の奈良」とされた慶州である。この慶州体験がその後の古典観にどのように響いているのか、また、どうしてわざわざ朝鮮まで出かけるのか。それを探ってみた。和辻哲郎の奈良（『古寺巡礼』）、伊波普猷の琉球（『古琉球』）の相当する第三の古代が慶州だったのではないか。そこから、保田がいずれ論ずることになる古典への迂回路として朝鮮があったと考えてみたのである。保田の朝鮮体験と認識を前田自身の実体験、そして、朝鮮陶磁の価値を広めた浅川兄弟や柳宗悦、最後に、小林秀雄のエッセイと比較しながら論じてみた。その後、保田は慶州を再訪している。保田にとって「外地の奈良」は存外保田の古典論の基底を作っていたのではないか。

第二章「ドイツ・ロマン主義との邂逅」は、保田や『日本浪曼派』とは切っても切れない関係にあるドイツ・ロマン主義との出会いを論じたものである。

保田の卒論は、よく知られているように、ヘルダーリン（当時は保田を含めて「ヘルデルリーン」と表記されるのが普通だった）である。ドイツ留学から戻った芳賀檀とこの件で相談したらしいが、保田が近代の突破口として選んだのがヘルダーリンであった。そして、卒論は「清らかな詩人」と題されて公表されている。保田はおそらくヘルダーリンについては旧制高校時代にちょっとだけ知っていたに違いないが、同級生の服部正己にディルタイのヘルダーリン論の翻訳を『コギト』に連載させて、それを基にヘルダーリンを書いていった。それでは、なぜヘルダーリンなのか、批評の表題にある「清らか」さに注目したからに他ならない。清らかであるからこそ発狂せざるをえなかったヘルダーリンに英雄や近代の宿命を見たのである。

その後、ドイツ・ロマン主義の中核に位置するシュレーゲルの『ルツィンデ』を論じていくが、ここでも薄井敏夫に翻訳させ、やはり『コギト』に連載させている。何かを論じたいとき、自分の力で無理だと分かると、保田はこうして他人の力を借りて持論を展開していくのだ。そして、バーリンによって「四流ポルノ小説」と貶された『ルツインデ』から再びヘルダーリンを召喚し、純粋さとイロニーを狂気や破滅を予想させつつ合体させていくのである。こうして、シュレーゲルは、今後保田が取り組むことになる英雄論・古典論へと進んでいく導因となった。これらのロマン主義理解は、保田独特のものだが、それが『日本浪曼派』へと繋がってもいくのである。保田の代名詞的発言と呼ばれるものに「偉大な敗北」がある。ヘルダーリン、シュレーゲルを経て、グンドルフの『詩人と英雄』を前提にして論じたのがナポレオン論である「セント・ヘレナ」であった。だが、保田はグンドルフの英雄論を誤読も意に介さず、ナポレオンを「絶望しつゝ戦」う存在、言い換えれば、「本当の敵と戦ふまへに、低い戦ひをせねばならない」悲劇の英雄として描くことになんとか成功した。これがまた保田の英雄論のベースとなる。

第三章「日本古典論の展開」は、保田が叙述した日本古典論「戴冠詩人の御一人者」「木曾冠者」と保田の古典を踏まえた日本論とも言ってよい「日本の橋」を論じたものである。

まず、「戴冠詩人の御一人者」で保田が発見し強調しているのは、グンドルフの『詩人と英雄』に値する人物が日本武尊であるということだ。単なる当てはめではないかと受け取られそうだが、保田のオリジナルはここに富士谷御杖の「倒語」論を導入して、日本武尊を以て日本のイロニー、偉大な敗北の起源と捉えたことにあるだろう。こうして、敗北が勝利のイロニーという図式も作り上げられていく。さらに、保田が拘ったのが「順序」の論理であった。順序とは、言ってみれば、宿命に近い必然的な結果を招くものだが、日本武尊の悲劇は保田に拠れば、「順序」の結果であり、死後、白鳥と化したのも同様である。となると、戦いとは無内容となる。保田の表現に従えば「うつくしい徒労」である。しかし、だからこそ、日本武尊の振舞は意味があり、ここに日本における詩人＝英雄の意味、さらに言えば、古典の意味もあると保田は主張しているのである。

次に、「日本の橋」は処女作の表題にもなったものだが、四回に亙って書き直されている。改訂の人・保田の面目躍如たるものがあるが、改訂の過程から保田の思想や思いのありかの変遷も知ることが可能となる。そこから得られるのは、「哀つぽい」日本の橋こそが無限自在の「ゆきき」と交錯しつつ、過去から現在を経て未来に貫いていく非在の日本であったということだ。「日本の橋」のありようは、言うまでもなく、偉大な敗北と重なるものであり、今後の日本論のベースをなすものとなる。イロニーとしての日本とは「日本の橋」そのものであったのである。

最後に、「木曾冠者」は、保田の批評の中でも「日本の橋」と並んで比較的言及されることが多いものであるが、これまで本格的に研究されたことはなかった。これがおそらく最初の「木曾冠者」論となるだろう。保田は、当初は「木曾冠者」「南都滅亡」「建礼門院」という三部構成で『平家物語』論を展開しようと目論んでいたようだが、完成したのは「木曾冠者」だけであった。だが、そこから、保田の問題意識と直結する「大衆」、「天造物としての頼朝」、「後鳥羽院」、「うつくしい人間」として木曾といったテーマが汲み取っていけるのである。これだけで『平家物語』を越えるスケールを持つということでもある。そして、木曾は、日本武尊同様に自分の立ち位置など一切考慮しない蛮民であり、故に無邪気に、うつくしく＝悲しく滅ぼされる英雄となっていく。これこそ「偉大な敗北」にふさわしいと保田は、英雄論をここで極めていくのである。

第四章「ゲーテ・近代・古典」は、時期的に、第三章の日本古典論と第五章の後鳥羽院論の間にあるゲーテ論を論じたものである。ゲーテは、通常、古典主義者と見做され、一時期、ナポレオンの英姿に興奮したとは言え、ロマン主義者のように熱狂することはない理性的な人間だとされている。しかし、保田は、これまでどちらかと言えば、ロマン主義的に読まれてきた『若きウェルテルの悩み』をゲーテが近代人ウェルテルを殺した小説を読み換え、近代批判者としてのゲーテ像を高く掲げていくのである。言い換えれば、近代批判の正統がゲーテだということだ。このゲーテ像は戦後に至っても書き継がれていくから、保田にとって核心的論であったに違いないけれども、ゲーテが晩年『西東詩集』でペルシャを詩にしたとき、保田はゲーテにとってのハーフィズが自分にとっての後鳥羽院になるという予感を持ち、後鳥羽院論に向かったのではないかと推測される。その意味で、ゲーテは保田に近代批判と古典精神を新たに確認させた巨大な存在だったのである。

第五章「古典論と文学史の確立――後鳥羽院――」は、本書の最終章であり、保田にとっても三十歳の記念すべき一九三九年に出された『後鳥羽院』をめぐる論考である。『後鳥羽院』ならびに、大伴家持を論じた『万葉集の精神』が戦前の保田の代表作だが、本書では、三十歳までの述作を限定したので、『万葉集の精神』は論じていない。

さて、保田の後鳥羽院評価は「木曾冠者」に始まるが、実はまとまった論はなかったのである。それは単著『後鳥羽院』を見ても院よりも近世文芸を論じたものの方が多いことからも諒解される。そこで、新たに急遽ものしたのが「物語と歌」という長い評論であった。事実上書き下ろしでそのまま『後鳥羽院』に入れたのだ（一部は『コギト』に入った）。ここでは、後鳥羽院がなぜ承久の乱のような暴挙と言える乱を実行したのかから論が起こされる。むろん、保田は絶対肯定派だが、承久の乱の勝敗云々ではなく、保田がそれ以上に拘るのは、院が乱を起こし、結果的な燦爛たる京都から孤島の隠岐に流されたことによって、生まれ出た「詩人と英雄の運命」である。つまり、英雄たる後鳥羽院は、敗れるべくして敗れたということであり、それによって、保田が描く日本文学史である「後鳥羽院以降の隠遁詩人の系譜」が作られ、近世芭蕉によって後鳥羽院の志は受け止められたということである。これまた暴論に他ならないが、保田を議論するに際して、このようなレベルでの議論をしてもほとんど意味はない。文化革命の失敗者たる後鳥羽院がいなければ、日本の文芸もない、と保田が考えていることの方が大事なのである。日本文学史の原点として後鳥羽院、これほどの論はその後もまだ現れていないのであるから。

「成長する文人」である保田の三十歳に至る文学的・思想的歩みから、我々はまだまだ考えねばならないことが多いことを改めて実感している。

第一章　保田與重郎の出発

1　愛する故郷を後にして

二〇一〇（平成二十二）年は保田與重郎の生誕一〇〇年に当たった。そのためか、保田と縁の深かった出版社である新学社によって、『自然（かむなが）に生きる――保田與重郎の「日本」』なる映像が作成され、五月には、その公開とシンポジウムが開催された。これは単に生誕一〇〇周年を記念するというものではなく、保田の人と思想を再評価し、改めて顕彰しようという狙いによるものだろう。二〇〇九年が太宰治生誕一〇〇年であったから、一歳年下の保田と太宰は同時代人である。保田が生まれた一九一〇（明治四十三）年といえば、明治の終焉がすぐそこに迫っている近代日本の完成期であった。

そこで、はじめに、保田生誕に前後して生まれた作家や著名人を彼との関係に重視しながら言及しておきたい。というのも、保田を特別扱い、即ち、神話化せず、歴史的時空の中で見定めるためには、保田の生きた時代を同時代人で把握するのが捷径であると考えられるからである。

まずは、保田とは直接的にはさして交わらなかったものの、同時代に保田と同じく自在に古典論を展開した人に『文藝文化』グループの中心人物であった蓮田善明（一九〇四～四五年）がいる。蓮田は、紆余曲折を経ながら広島高等師範・広島文理大を卒業し、その間、厳しい国文学研究のトレーニングを斎藤清衛門下で積み、『文藝文化』刊行以前には国語教育から古典研究に関する論文を十三本ほど『国語と国文学』・『文学』などに載せていたくらいであるから、古典本文の読解力においても独学の保田が遠く及ばない境位にあったはずである（成城高等学校の国語科教授でもあった）。

他方、日記的小説『有心』（一九四一年）を一読すれば、そこに気分・精神の揺れの幅が保田に較べて圧倒的に大きい、不安定で落ち着かない蓮田像を誰しも見出すだろう。これ以降は推測に過ぎないけれども、蓮田は、そういう自己を自覚していたためか、行動においては、逆に軍人らしすぎる軍人、即ち、直情径行もしくは知行合一的立場を保持していたのではないか。敗戦直後、その人物・言動に蓮田が看過しえない問題があったにせよ、直属の上官たる連隊長を射殺して自らも追って自裁を遂げるといった過激な行動に踏み出したのも、蓮田の揺れる思考・感情と相反する知行合一的行動の行き着く先、ないしは、そうならざるをえないという意味での必然的結果か、と思われてならない。

その蓮田は、明治三十七年生まれだから、保田よりも六歳年長となる。自裁した時は享年四十二歳であった。四十六歳で、統制派の中心と目された永田鉄山軍務局長（一八八四～一九三五年）を軍務局長室で斬殺した相沢三郎（一八八九～一九三六年）には少し及ばないとしても、「中年の青年将校」とも称された相沢の至純あるいは単純さとは全く次元を異にする知性的かつ学問的な頭脳の持主でありながら、相沢と同様の純粋な「正気（せいき）」というべき過激性を最後までなくさなかった。否、最後に窮極の姿を示したといった方が正確だろう。蓮田については、保田および近代における古典の問題を考える上でも、稿を改めていずれじっくりと論じてみたいと考えている（なお、『表現者』六〇号・二〇一五年五月より井口時夫氏の「蓮田善明の戦争と文学」が連載中である）。

次いで、保田が終生讃仰してやまなかった詩人・伊東静雄は一九〇六（明治三十九）年生まれ（～五三年）であり（坂口安吾も同年）、『日本浪曼派』を共にたちあげた亀井勝一郎、その反対に保田の文章に驚き呆れ果てていた高見順は三歳年長の一九〇七年生まれ（山本健吉・中原中也・宮本常一・平野謙も同年）である。翌年の一九〇八（明治四十一）年には、二〇〇七年に九十八年間の長かりし人生を漸く終えた宮本顕治が生まれている（植草甚一も同年）。

一歳上の太宰と同年齢では、中島敦・埴谷雄高・松本清張がおり、保田と同年では、高校の同級生だった竹内好の他、白洲正子・黒澤明・白川静・久野収がいる（大平正芳も同年）。一歳下になると、中村光夫・岡本太郎・田宮虎彦・椎名麟三がいた（元大本営参謀の瀬島龍三も同年）。盟友檀一雄や保田とは無縁ながら、竹内好とは関係の深かった武田泰淳、そして、旧制一高を中退し放浪の旅に出た森敦らは二歳年下の一九一二（明治四十五＝大正元）年生まれである。最後に、関西出身以外は保田とは縁もゆかりもなかったものの、晩年、太宰・坂口と共に無頼派と一括された織田作之助は一九一三（大正二）年に生を享けている。

ざっと名前を列挙してみたが、保田の前後はかなりの人材を輩出していたとはおそらくは言えそうである。その理由を簡単に述べておくと、林房雄が自らを「外国語に笑はず、母国語に笑ふ中学生」（「勤王の心」、『近代の超克』、創元社、一九四三年）と後年嘆いたように、社会の欧米化という面が濃かった近代化政策、そして、その具体化の重要な柱であった中等・高等教育が全国的に整備かつ定着した結果に他なるまい。

ちなみに、生涯交流を続け、同志という言葉がもっともあてはまる作家・中谷孝雄は一九〇一（明治三十四）年生まれである（～九五年）。なんと九歳も年長だったのだ。中谷は、小林秀雄（一九〇二～八三年）や棟方志功（一九〇三～七五年）・林房雄（一九〇三～七五年）と同世代であり、蓮田同様、保田を恐るべきあるいは無視したい新人と見ていた年齢層ということになるだろうか。

こうしてみると、保田をめぐる周辺人物と人物が醸し出す時代の空気がなんとかなく感じ取れるだろう。人一倍早熟だった保田は、どちらかと言えば、年長者との交流が深かったように思われる。年下ではせいぜい壇一雄が交流圏の中に入っているくらいだ。保田を生涯の師と仰いだ五味康佑は一九二一（大正十）年生まれ（～八〇年）だから、交流が始まったのは戦後であった。

時代の子としての保田

次に、視点を変えて、保田の年譜と歴史年表を参照しながら、保田が大学に入るまでのパーソナルな歩みと同時代の社会の動きを見ておきたい。むろん、個人と社会の関係のありようを押さえておきたいからである。

一九一七（大正六）年、保田は桜井尋常小学校に入学した。この年は十一月（ロシア暦では十月）のロシア革命で名が知られている。翌年の一八年には、第一次世界大戦が終わり、いわゆる戦間期（E・H・カーによれば『危機の二十年』）に入る。ヨーロッパの没落が決定的になり、アメリカが世界の中心になっていく過渡期である。日本では、戦争バブルが破裂し、不況が常態化していく暗い時代の始まりとなるが、一方では、大正デモクラシーの最盛期でもあった。即ち、同年、原敬が本格的な政党内閣を実現するに至るのである。

六年後の一九二三（大正十二）年、保田は畝傍中学校に入学する。この年の九月一日には関東大震災が発生し、東京・横浜は未曾有の混乱状況に陥ったが、保田の過ごす桜井では平穏な日々が続いていたと思われる。前年の二二年には、山県有朋・大隈重信という維新を成し遂げた大物政治家が相次いで死去し、国家の指導者が翌年政権を担う加藤高明（東大）、陸軍大臣となる宇垣一成（陸大）のごとき学校出のエリートに交代する。明治国家の完成期に当たっていたのである。

これ以後、学校出のエリートによって担われる各官僚機構（省庁・軍）と議会・政党が半ば勝手に自立し始め、明治憲法の特性であった分権的性格がいよいよ強くなっていき、各権力機関が相互に争い合うことによって、政治は不安定のまま昭和に突入していく。それは、通常の歴史叙述では、共に国民的基盤をもつ政党から陸軍へと権力中枢が移っていくと記述される過程でもあった。

五年間の中学生活を終えて、保田は、一九二八（昭和三）年四月に、数え年十九歳で大阪高等学校文科乙類に入学した。この年の三月、金融恐慌と共産党への大弾圧（三・一五一斉検挙）があったことは一応強調してよいだろう。左翼運動が隆盛を極める条件が整っていたということである。政府もそれを受けてか、翌二九年の四月にも共産党員の大検挙を行い、治安維持法の死刑適応が議会を通過した（当初は緊急勅令で公布した）。十月にはニューヨークの株式市場が暴落し、ついに世界的な大恐慌も始まった。

保田が高校に入学した一九二八年という年は、一九六八年前後に大学に入学した大学生と類似した空気が流れていたのである。それは、左翼運動が収まり、周囲はガリ勉ばかりだと嘆きつつ自らはドロップアウトしていった織田作之助が一九三一（昭和六）年に旧制三高に入学した年のほんの三年前のことであった。しかし、両人の時代はまるっきり別の時代であったのだ。

保田伝説を次々に暴いてみせてくれた渡辺和靖氏が、「保田が大阪高校のストライキ事件（一九三〇年十一月二十五～二十七日）において中心的な役割を果たしたとすれば」と仮定気味に推定しているように（『保田與重郎研究』）、旧制高校時代、保田も左翼の片棒を担ぐ、ないしは、左翼ぶっていたようだ。それは、雑誌『思想』の懸賞に応じて掲載された「「好去好来の歌」に於け

る言霊についての考察――上代国家成立についてのアウトライン」（一九三〇年八号）の冒頭近くにある

生産革命の必然性、狩猟から農業へ、それ故又原始共産制から国家成立への、滔々とした進展はかゝる……

と続く一節を瞥見しただけでも諒解されよう。橋川文三が、「保田の思想と文章の発想を支えている有力な基盤として」「マルクス主義、国学、ドイツ・ロマン派の三要因」を上げたことは既に保田研究者内では常識に属しているだろうが（『増補　日本浪曼派批判序説』）、保田がかくもマルクス主義に傾倒したのは、言うまでもなく、左翼的雰囲気が支配的だった時代に旧制高校に入学し、そうした時代の空気を吸って過ごしていたからに違いない。その意味で、保田も紛れもない時代の子であった。万葉の故地桜井に生まれ、少年時より古典に馴染んでいたという保田の言説が自ら捏造した「伝説」であったことを論証したのも渡辺和靖氏だが、後年、そのような「伝説」を生み出さねばならなかった理由の一つに、高校時代の左翼体験があったと仮定してもよいかもしれない。この点において、保田は、妙な顚倒した言い方になるが、昭和初期の全共闘世代に相当するのである。

それと共に、否、というよりも、若さとは時代の流行に敏感であり、明治の徳富蘇峰と同様に、地方の田舎世界から都会に出てきて、おそらくいっぱしの物書きあるいは人物になろうと夢想していた保田青年や多くの志のある他の青年たちは、純粋さ(＝未熟さ)と鬱勃たる野心(＝屈折した立身出世願望)が奇妙に野合した思いを抱き、かつ、その思いに悩まされていたのではなかろうか。そうした時に出会ったものが、明治と昭和の差異をこの際無視して言えば、蘇峰の場合、キリスト教であり、保田の場合、マルクス主義だったということになるだろう。

そうした「左翼」学生の中に、学生運動で一九三〇年に姫路高等学校を追われた一歳年下の河本敏夫(実業家・政治家、一九一一～二〇〇一年)もいたということである。

故郷に戻らない伊東静雄と逃げ出した保田

六年ほど前、故野呂邦暢(一九三七～八〇年)のエッセイ集が纏められ、装いを新たにして出版された(岡崎武志編『夕暮の緑の光』、みすず書房、二〇一〇年)。私は、その文章に魅せられ、すっかりファンになってしまったのだが、この中に、伊東静雄のことを記した二つの文章がある(「菜の花忌」「伊東静雄の諫早」)。そうなのだ。生まれた時代は一切擦れ違わないけれども、野呂と伊東静雄は共に長崎県諫早の出身なのであった。

だが、諫早との関わりでは両人で大きく異なった歩みを示した。短期に終わった京都・東京・北海道生活を除いて、四十二年の短い生涯を幼少期に長崎から疎開して以来、ずっと諫早で過ごした野呂に対して、伊東ときては、中学校を卒業後、佐賀高等学校を経て、京都帝国大学に進んで以来、郷里にはほとんど戻ってこなかったのだ。少なくとも生活はしていない。ずっと関西で暮らしていた。

「伊東静雄の諫早」によれば、伊東は、

> 長崎に久しぶりにかへり、改めてその美しい風景、しつとりとした人情、ゆたかな物資等を見直して、大阪生活がいやになりかかつてゐます

などと手紙で故郷への深い愛を記していながら、実際には諫早には帰ってこなかったのである。それは、野呂も指摘しているように、旧制中学校の教師であったとはいえ、文筆で生きるためには、都会以外に住むことは事実上無理だったからだろう。

保田も同様であった。敗戦後の一九四六（昭和二十一）年、中国河北省石門（現「石家荘」）から命からがら復員してきて、やむを得ず、十二年間の長きに亙って、郷里の実家に身を寄せた以外、高校入学以降は、大阪・東京といった大都会に暮らしていたのである。

そして、戦後の実家暮らしも、一九五八（昭和三十三）年には終えてしまい、京都鳴瀧に身余堂を建設し、そこで一九八一（昭和五十六）年に死去するまで過ごしている。保田は素封家の長男であるが、どこかで、郷里に対しては、本来俺が住むところではないといった近代の文人ないし文学青年に共通する違和感を抱いていたのではないか。

とまれ、大事なことは、保田は郷里を逃げ出したという事実である。保田が終の栖として京都郊外を選んだのは、東京ではなく京都にしたという点で意味があったと思われる。自己を否定する人ばかりが集う東京という文化の中心地を否定したい意志がそこに働いたと見るのは読み過ぎだろうか。東京から逃げ、かつ、東京を相対化できるとすれば、京都以外はないのではないか。この場合も、郷里に住むという選択肢は最初から想定されていなかっただろう。

それは、ドイツのカール・シュミット（一八八八〜一九八五年）のケースを加えても似たような想定が可能である。シュミットは、敗戦後、ベルリンから郷里プレッテンブルクに移り、隠棲した。エルンスト・ユンガー（一八九五〜一九九八年）との往復書簡集（『ユンガー＝シュミット往復書簡──1930─1983』、法政大学出版局、二〇〇五年、原著一九九九年）には、時折、悲運への嘆きとユンガーに対する嫉妬と読めるものが入り交じっている。ナチスと絡んだが故にシュミットは郷里に逼塞せざるをえなかったのだ。復活してドイツ文壇の中心にいるユンガーが時折眩しくて、爆発することもあったのだろう。

さて、郷里から移り住んだ京都の邸宅は、写真集（『保田與重郎のくらし──京都・身余堂の四季』、新学社、二〇〇七年）になったのも頷けるくらいの傑出した和風住宅と庭園である。自然を装いつつも、徹底的に趣向を凝らし、庭の木々、置物まで凝り抜いたある種の人工物の結晶であり、決して自然そのものではない。信楽焼の狸が置かれて俗や野卑に流れない例外的庭園でもあるのだ。周囲の自然とどれだけ溶け込んでいようが、あくまで昭和の名品で埋め尽くされた贅とハイセンスを極めたわび・さびとからなる高雅な文化の所産である。そこに自然を感じられるとすれば、『古今集』四季の和歌と同様に、文化コードによって作られた自然ということになる。だから、保田の態度には全く問題がない。保田としては、恩師佐藤春夫をも感動させてやまなかった、文人に似つかわしい家に住み、考え、著述し、暮らしていたに過ぎないからである。

とはいえ、先程の文脈を導入してみると、東京に象徴され、自らもそこで考えもし、著しもした「近代」に対する保田の文化的復讐は、この邸宅を通して一応果たされ、完結したと読むことも可能だろう。

「自然（かむながら）に生きる」はエコか

冒頭に記した映像、『自然（かむながら）に生きる――保田與重郎の「日本」』は、保田の思想の捉え返しの媒体としてはよくできていた。だが、ここで強調される保田像には強い違和感を持たざるを得なかったのも事実である。それは、言うまでもなく、出演していた菅原文太が熱く語る、どちらといえば、農本主義者のイメージが濃い保田像とも別物である。

また、映像を監修した前田英樹氏が指摘するように、保田の思想を「自然（かむながら）に生きる」暮らしにあるとするのも、『現代畸人伝』と並んで、戦後の保田の基調となった『絶対平和論』から見てその通りであろう。それを支える「米作りによる祭の生活」も保田が戦時中から強調するところであった（『鳥見のひかり』、『公論』一九四四年九月号・十一月号、一九四五年四月号、奥西保・奥西幸・迫澄江刊行、一九四六年など）。だから、全体的に見て、映像が主張する保田、また、保田が考える「日本」も、間違っているは言えない。

それでも、私の中で言いようもない違和感が拭いきれなかったのは、どうもこうした「自然（かむながら）」―「暮らし」―「米作り」―「祭」―「日本」と繋がれてくる言説が現代の支配イデオロギーたるエコ（ロジー）に近いものとして、私の目には映ったからである。むろん、過去の人物・思想を現代において再評価しようとする場合、現代の価値観に合うところと接合させるのはよくあることであり、致し方ない面もあるが、それが行き過ぎれば、人物なり思想なりをこちらに都合よく一面的に把握してしまう傾向を持ってしまうのではないだろうか。

だが、こうした思想的操作以上に、私には、保田がエコ実践者であるとか、さらに、保田の思想がエコだとはどうしても思えないのである。たしかに、戦後の一時期、『絶対平和論』で主張したように、日本人全員が百姓になって反近代＝絶対平和を実践するべく、本人も郷里で田を借りて農業に従事している。けれども、百姓はどうやら彼の肌合いに合わなかったようである。つまり、役立たずで終わったのだ。保田には、畦道を削りながら耕作面積を拡大していく農民のずるさを記した文章があるが、これを見ても分かるように、保田にとって農民は見事に他者である。思想については、このあと、詳しく見ていくが、ともかく、保田を安直にエコなどとは言えないし、なんと言っても、本来は、当時どこにでもいた田舎のモダニストなのである。マルクス主義、ドイツ・ロマン派、古典回帰＝日本浪曼派を経て、エコになるのか。まさかそんなことは、とだけ今は言っておきたい。

2　剽窃と創造

決して褒められたことではないし、大学教師という職業柄原則厳しく対応するものに、ほとんど剽窃・切り貼り（コピー・アンド・ペースト、近年は略して「コピペ」と言うようだが）としか言いようのない、一部の学生が提出するレポートの類がある（なお、付言すれば、「コピペ」はバブル期が全盛期であり、近年の学生はまじめになったのか、しない傾向にある）。この悪風がいつごろから瀰漫し、定着したのかは分からないけれども、授業内容の理解度を要約して提示する教場試験とは次元を異にした、自由に書ける領域がかなり広いレポートなるものに剽窃・切り貼りが顕著に現れることは、「自由」、「個人」、そして、「オリジナリティー」を何よりも尊ぶ近代の学問や精神と深く関係していることはまず間違いのないことだろう。よって、起源は近代高等教育の創始と同じくらい古いのではないかと想像される。

ある問題に対してオリジナルな見解や理解をもっている学生はいつの世にもほとんどいないのが実情である。だが、それが全くないと思われるのも癪なので、あるように見せかけたい、あるいは、単なる結果オーライの構え、即ち、とりあえず単位を取得したい、のいずれかが剽窃・切り貼りに走る動機の大半だろう。そして、偏差値の高い大学にえてしてこの悪事が見られる傾向が強いのは、悪事を遂行する能力と偏差値の高さが親和関係を有している証左に他なるまい。

だが、興味深いのは、人生を左右する可能性までもつ授業レポートとは無関係な、ほとんど趣味の領域と言ってよい、たとえば、大学サークル等で発行している会報や仲間たちと営む同人誌に掲載されている「論文」・「批評」・「創作」の類には、レポートとは比較にならない練度で磨きがかけられている剽窃・切り貼りが見出せる事実ではないだろうか。

かくいう私も、大学二年時の一九七五年であったか、所属する『アジア学会』なるサークルの会報（『聖柳（タマリスク）』と言った）に、まだ若かりし山折哲雄氏が一九六五年に執筆した「varṇaとjāti」（『鈴木学術財団研究年報』一）という、今日でも価値を喪わない卓抜なカースト論、それを発展させた「ヒンドゥイズムとカースト信仰」（『理想』、一九七二年八月）なる論文に触発されてというよりも、両論文を切り貼りして、既にタイトルも忘れてしまったが、カースト論をでっち上げて、載せていたのである。

当時にしても、書くものはオリジナリティーが一等大事だとはぼんやりとは思っていたはずであるが、そんなことよりも、論文なるものを書いてみたい、文章で自分の言いたいこと（実は山折氏の言いたいことなのだが）を形にしてみたい、それを皆に読んでもらいたいという劣情に基づく欲望の方がずっと強かった結果がこの為体（ていたらく）の内実であった。しばらくして、こみ上げてきた、当たり前の羞恥心によって、二度と読み返しもしていないが、書き終えた時はなにやら奇妙な達成感とも満足感とも言いうる感情が全身に沁み渡ったように記憶している。

この会報には、論文もどきから軽いエッセイまで学生の興味に任せてさまざまな文章が載っていた。ある時、洒落たエッセイが掲載されて、一本とられた、と思ったものの、後日、それは、山折氏同様、当時はまだそれほど著名ではなかった蓮実重彦氏のほぼパクリだと判明した。その瞬間、安堵やら同病相憐れむやらの後味が甚だ悪い気分となったことは今も忘れていない。

とはいえ、私にとって処女論文執筆はかくも悲惨かつみじめなものであった。よって、剽窃・切り貼りだらけのレポートを書いてくる学生を断罪する道義的資格は私にはない。私ができることといえば、その時の反省も込めて、執筆のルール（引用の明示、出典・典拠の明示など）を教え実践させることくらいのものである。

保田に「黒々とした空虚」はあったのか

のっけから、低レベルの内容となっているのは他でもない。保田與重郎がものした旧制高校時の批評＝論文が悉くといってよいほど、剽窃・切り貼りの代物だからである。剽窃癖と言うべき保田の特質を初期のテクストに遡り確認した後、それが批評家として自立し、活躍していた戦前を通して一貫していた事実を明らかにしたのが、前にも記したように、渡辺和靖氏である。

なにしろ氏に拠れば、

保田の思想は、先行思想家から学んだアイディアを尖鋭化し、それを華麗な文体のうちに包み込むところに成立した。保田にしてみれば、その文体にこそ己の独自性があるという思いがあったのかもしれない。しかし、高校時代の習作を手元に広げながら、しかも、その時受けた先行思想家の影響に口をつぐみ、新しい評論の筆を執る保田の姿には、なにか傷ましいものがある。華麗な文体のその奥に、黒々とした保田の心の空虚が見えてくる。保田は一九三〇年代末から一九四〇年代にかけて、古代文化の聖地大和に生まれたことを自らの思想的な根拠とする立場を選択する。そこにはもちろん、先行研究が指摘するように、自らの出自への自負と誇りもあったろう。しかし、同時に、そこには自らの内面に確実なものは何も存在しないという不安と焦慮が作用していたはずである。その空虚をうずめるために保田は、ことさらに自らの出自にすがろうとしたのである。後鳥羽院の「至尊調」への接近も、また、それと別のものではないだろう。（「芸術精神史の構築」、『保田與重郎研究』所収）

という、凄まじいものであり、鍵語句と言ってもよい「黒々とした（保田の心の）空虚」は、序章でも触れたように、氏の保田論の核心をなしている。これは、剽窃によって書かれた高校時代の習作を後年書き改めた箇所を論じたものだが、氏はさらに、

その内面にわだかまる黒々とした空虚を発見するとき、しかし、保田與重郎を昭和思想史のうちに位置づける手がかりが見えてくる。なぜなら、それは一九二〇年代から一九三〇年

代にかけて、前期的なかたちで成立した大衆社会的状況のただなかで思想を形成した若者なら、だれでも捉えられざるをえない空虚であったからである。マルクス主義を信奉する若者たちが自らをプロレタリアート階級に一体化したように、保田は、自らを民族あるいは国家へと一体化することによって内面の空虚をうずめようとしたのである。（同上）

と続けて、それを時代の思想を見る一つの典型として論じ、日本浪曼派が国家に向かった原因も「黒々とした空虚」を埋め合わせる行為と言い切っている（このあたりの展開はまず結果ありきでやや性急ではなかろうか）。

だが、保田の「内面」に「黒々とした空虚」があったかどうかは、分からないと言うほかはない類である。氏が指摘するように、保田が日本古典に触れたのは、旧制大阪高校に入ってからであり、また、剽窃・切り貼りしたことも詳細は省くが氏が微に入り細を穿って実証した通りであろう。

しかし、私は渡辺氏ほど、保田の剽窃に対しては殊更に問題にしたくないし、非難する気もさほどない。そして、言うまでもなく、剽窃・切り貼り行為をやむを得ずという意味合いで肯定的に評価するというものでもない。

それではどうしたいのか。それは、剽窃・切り貼りという事実を「黒々とした空虚」といった内面的なレベルとは別の形で問題にしたいだけである。というのも、保田および氏がいう「前期的なかたちで成立した大衆社会的状況のただなかで思想を形成した若者」にとって、いつ露見するかもしれない危険を冒してまでも、何かを書いてやろうとする欲望と、欲望のまま実際に書いてしまう行為といった、どちらかといえば、表層的レベルに問題の核心があると考えるからである。

これも詳しく実態を調べてみないと分からないし、その方面の研究の進展を期待するしかないのであるが、近代日本において北村透谷あたりから批評なるものが生まれて、それなりに定着し、そこへ、批評家たらんと期す、少数の文学青年が批評文もどきを書き始めていたとしてみよう。中には、保田のように、お金がかからず投稿できる、校友会雑誌といった準公的な機関誌に自己の論文や批評を発表する人たちもいたであろう。そうした批評家予備軍の中で、保田のように剽窃まがいなことをした人間は、推定の域を超えないけれども、大学サークルの会報同様に、かなりの数に上ったのではないだろうか（たとえば甘露純規『剽窃の文学史——オリジナリティーの近代』、森話社、二〇一一年など参照されたい）。

つまり、私が言いたいことはこういうことである。「鬱勃たる思い」という青春期の精神状態を形容する際に用いられる言葉があるが、意識先行で実がついていかない文学青年＝批評家予備軍は、とにもかくにも、前述したように、表現したくて堪らない存在なのである。これが冒頭で述べた「自由」・「個人」・「オリジナリティー」からなる近代精神の宿命かもしれないが、表現するものが小説や詩といった創作であれば、自己の拙い経験を踏まえて、主人公や舞台設定を変えることによって、出来のよしあしはさておき、最低限オリジナリティーは担保できるだろう。

しかし、論文や批評となると、そうはいかない。自己の思想や思考の土台をなすデータの処理はおろか、知的訓練や読書経験から始まり、自己の思いを論理的に言説化する概念化の方法などまだできていない若者のやることである。気がつけば、誰かの影響下にあるか、剽窃しているかのどちらかになりがちではなかったのではないか。言い換えれば、学びの語源である「まねび」の実践、それが剽窃・切り貼りなる行為に安易に踏み切る、心的構えだったのではないか。そこには、むろん、未熟であるのに、大見得を切りたいという青春期特有のええ格好（かっこ）主義が見え隠れもする。そして、書いたもので周囲の人間に「あっ」と思わせれば、未熟さと狡猾さも忘れたくなるくらいの快感があったに違いない。その時、俺は未熟だ、だから、こんなことをやっても許されようくらいの、向上心と甘さが綯い交ぜになった心的構えも居合わせていたのではなかったか。とりわけ、若いデビューを果たした保田には上記のことはかなりの部分当て嵌まるように思われる。

加えて、近代日本の場合、欧米文学・思想系の研究者・批評家はほとんど翻訳・紹介ばかりやってきた。オリジナリティー溢れるとされ、批評を自立させた小林秀雄でさえ、『ドストエフスキーの生活』（創元社、一九三九年）など、種本に拠らなければ、一行すら書けなかったろう（これは戦後の澁澤龍彦『サド侯爵の生涯』、桃源社、一九六五年にもそのまま言えるだろう）。そのような翻訳文化の定着も剽窃しやすい環境を用意したのではあるまいか（いずれ亀井勝一郎を扱う第四章でもこの問題は再説する）。

そうした環境にある自己の内面を渡辺氏に倣って「黒々とした虚無」と言えば、その通りであるが、仮に剽窃に行かなくても、何かお手本をおいて、それを見よう見まねで始めることしか、保田のごとき早熟な文学青年は文章を書き連ねる方法はなかった、というのも一面の事実ではあったろう。なんのことはない。こうした心的態度が現代の大学生にまで継承されているだけのことだ。

中学生の書く美文

とするとき、お手本に何が選ばれたかが今度は問題となるだろうが、お手本たる土田杏村（一八九一〜一九三四年）のもつ問題は、保田の批評意識ならびに一生を貫くといってよい国文学忌避意識の根元とも絡むので、次節にまわして、ここでは、剽窃・切り貼りのプロトタイプを中学生時代の作文に見ておこう。そこには、保田の「華麗な文体」が既に現出しているからである。

以下は、中学三年生の時（十六歳、一九二五年）に書かれた「初夏のよろこび」（畝傍中学『文武会誌』一二五号）の冒頭である。

もうあの青紫の燕尾服を着たおしやれの燕が植ゑつけたばかりの田の面をにく〳〵しい位上手に虫を捕へつゝすうー〳〵と飛びまはる頃となりました。今年も亦あの美しい初夏が私共のもとにおとづれてきたのです。今まで方々の田園を黄金色に彩つてゐた麦がかりとられて、麦藁を燃やすと白い煙があたりの藁屋をどんよりとつゝみ、水田に働く若い農夫の巧みな手どり足なみの調子、田の面を流れてくる長閑な田植歌の響、そしてその間を飛び通ふ燕、それらは錯綜して「おゝ初夏だ」といふ深い強い感じを私共に与へます。水田にうつる若葉の緑と燕の影、これは力強い初夏を飾る三つの風物です。

「初夏のうれしさ。ものすべて輝くうれしさ。
　草に臥し、煙草ふかせば
　世は緑。君は若人」

詩人川路柳紅は歌ひます。すべてにのび〳〵とした初夏、すべてによろこばしく希望と青春に燃ゆる初夏は若人の歓喜です。

前年の同誌には、「勤勉!!　聞くだに吾等の心は奮ひ立つのである。何といふ男性的な叫びだらう。又なんといふ意味深長な言だらう。一言の中に宇宙の成功の鍵は籠つてゐる。学業に勉強するのみが勤勉でない。天才を大人物となし凡人を大成するも皆勤勉の力だ。」（「勤勉」）と、妙に舞い上がった文章をものしていたのと較べると、たった一年で保田少年は随分と進歩を遂げたものである。

しかも、保田の二十年年長にして、一九〇七年に日本で最初の口語自由詩『塵溜（はきだめ）』を刊行している詩人・川路柳紅を巧みに使っていることは、「ですます」体の意識的使用と併せて注意してよいだろう。

現在、川路は、土田杏村同様、忘れ去られているが、大正期にはそれなりに著名だった。しかし、それにしても、なぜ川路かとなれば、やはりその詩をたまたま見ていたからに違いないだろう。即ち、ここでは、当時における代表的な詩人や詩壇の傾向とは無関係にそれを引用しているという事実を指摘したいのである。そして、これは杏村との出会いにも通ずる態度であると言ってよいものだ。たまたま出会った詩・文章を引用・剽窃するといった手段を用いて、自家薬籠中のものとしていく。これが保田の少年時から見られることは、無視できないのではないか。

とはいえ、「燕尾服」という手垢に塗れた表現を用いながら、他方で「にく〳〵しい位上手に虫を捕へつゝすうー〳〵と飛びまはる」という自在な形容を駆使する能力は、少年期や青春期特有のちぐはぐ感以上に、読ませるための文章を狙った結果だろう。どこかで中世によく見られた下手な本歌取りの和歌を思わせる。しかし、これもものを書こうとする人間、とりわけ、前のめり気味の若い知的男性がよくやることではなかったか。

保田が中学生時代から自覚した物書きだったことは確かなようである。

3　成長する文人

前近代社会においても盗作・剽窃の概念や行為はいうまでもなくあった。だが、著作権なるものがなかったためか、露骨に盗むのは人格的かつ技術的に指弾されたけれども、一部を取るのは、本歌取り・本説（物語）取りという高度な詠作技術として逆に推奨され、詠作行為における当然身に付けておくべき技法あるいは嗜みとなった。というよりも、和歌の詠作自体が、本歌や古歌がなければ、実行できない代物だったのである。歌人も、小川剛生氏が指摘しているように、一句を耳にして、すぐにあれを取ったなと読者・聴者に気づかせ、最後は本歌・先行歌をどうアレンジするかに賭けていたのだ（『武士はなぜ和歌を詠むか』、角川叢書、二〇〇八年、角川選書、二〇一六年）。そこのところが模倣を峻拒し、創造あるいはオリジナリティーを至上の掟とした近代文芸との決定的な違いである。

古典注釈にしても、師の説をそのまま継受するのが正しい学問のあり方であったから、たとえば、細川幽斎（一五三四〜一六一〇年）の『伊勢物語闕疑抄』なる『伊勢物語』の注釈書は、学派・学統の祖である三条西実隆の伊勢物語講釈を幽斎の外祖父であった清原宣賢が聞書（ききがき）した『伊勢物語惟清抄』と半分以上同文である。つまり、尊敬する実隆の説をそのまま引き継いでいる（＝継受している）のであり、それがそのまま幽斎を実隆の学統の正統な継承者と認定させる装置でもあったのだ。その一方で、幽斎は、随所に自分の考えや知見を付加することも忘れていない。

こうした振舞が前近代の和歌詠作なり、学問の基本的なありようなのである。そのようにして和歌と学問の「伝統」が形成されてきた。過去と切り離された、無からの創造など考えられたことなどないのである。してみると、何かと喧嘩腰で、仏教・漢学の知を乗り越えるために西洋天文学的知まで導入した宣長の学問は、この意味でも近代の先駆けであったと言ってよいだろう（山下久夫・斎藤英喜編『越境する古事記伝』、森話社、二〇一二年参照）。

幽斎について、さらに付け加えておくと、先頃、森正人・鈴木元編『細川幽斎　戦塵の中の学芸』（笠間書院、二〇一〇年）が刊行され、これまで以上に人物・家系・学問・詠作の全貌が明らかになった。その一つが私自身のみならず当の細川家自体までが惑乱させられていた幽斎の出自である（森「幽斎の兵部大輔藤孝期における典籍享受」）。今日においても、幽斎は三淵晴員（みぶちはるかず）と清原宣賢の娘との間に生まれ、管領細川家に養子に行ったと思っていた人が多い（細川氏の系図上では管領家の分家に繋がっていると記されている）が、実際は、山田康宏氏の考証（前掲書「足利将軍直臣としての細川幽斎」）によって、同じ細川氏でも管領家とは無関係の細川高久・晴広に養われていたことが判明した。誤解の主因は、幽斎本人がこの事実を子や孫にはっきりと伝えなかったことによるらしい。おそらく伝えたくなかったのではあるまいか。

細川高久は将軍足利義輝の側近（内談衆）である。幽斎が武士として最初に仕えた主君は将軍義昭であったが、それは高久の養子故の必然的事態であったろう。その後、義昭から信長に鞍替えし、信長の横死後は秀吉、秀吉の没後はちゃっかり家康と、仕える対象を巧みに選び変えながら出世していく幽斎の行動は、成り上がりの典型斎藤道三よりは文化的かつ身分的な環境はかなりましであったけれども、一人で家を興し、大名に成長していくという行動パターンを見る限り、道三と同類のまさしき戦国大名であった。

しかも、文化・教養面で森正人氏は、幽斎の書写活動から二十代は連歌書しか書写していないことを明らかにした。加えて、浅田徹氏が詳細な表現分析によって、「和歌と連歌を峻別せよ」と弟子の松永貞徳には語りながらも（『戴恩記』）、連歌風な和歌が幽斎の基調であったことを論証した（前掲書「衆妙集冒頭の百首歌について――成立・異伝・表現」）。即ち、幽斎は、幼少期から和歌・古典を学んで、偉大な歌人・文人になったのではなく、宗祇あたりと同様に、連歌から始めて、その後の様々な出会いによって、和歌・古典へと興味・関心を増やしていき、かつまた、それ以上の刻苦勉励のかいもあって、中年になる頃には、古典文化の精華と見られるごとく成長していった人物なのである。

むろん、かくなる歩みを幽斎が辿ったのも和歌・古典に対する個人的愛着による面が大きいのだろうが、それと同じくらい、否、それ以上に、生きていく上での知恵と技術（テクネー）として和歌・古典を積極的に受け入れたのではないだろうか。幽斎の古典学は、古今伝授を三条西実枝から受け、三条西家の学問を継受したものである。学を確立した実枝の祖父実隆には絶対的な崇拝心があった。実際、実隆筆の本奥書をもつ幽斎書写本が多く残されている。

かといって、こうした知的・学的行為を単なる学問的向上心とのみ捉えるのは、幽斎に対して失礼というものである。彼は権力者を渡り歩き、今に続く細川家を確立した男である。三条西家の学問を継受することが自己のグレイドを最高度に高めることくらい百も承知だったはずである。実際に、関ヶ原の戦いでは、丹後田辺城を西軍に包囲され危うく討死するところだったのに、幽斎を助けないと、古今伝授の伝統が消えると懸念した後陽成天皇の勅命で絶体絶命の危機を凌いでいるのだ。古典的教養は時に生命の危機すら救う程の潜勢力があったのである。

ここでやや長く幽斎について記したのは他でもない。双方の研究者・ファンから非難される可能性大だが、幽斎と保田與重郎を敢えて対比して見たかったからである。ざっくり言えば、二人は絶望的とも言える時代の差異を超えて存外似ていると思われる。つまり、幼少期から古典に囲まれていたという一般イメージとは異なり、幽斎は連歌から、保田は土田杏村の剽窃から始めて、いつのまにか、共に古典文化の代名詞的存在になってしまった、という二人の生き方が極めて類似しているのである。加えて、二人とも和歌が得意であった。これがなまなかな教養など軽く超えてしまうカリスマ性をも両人に付与してくれたことは間違いない。そこで、私は「成長する文人」という称号を二人に献上することにしたい。

そして、これも既に指摘されていることだが、古今伝授を始めた武将東常縁・連歌師宗祇も、さらに、松坂の漢方医だった宣長も、幽斎同様ないしはそれ以上に「成長する文人」であったという事実である。ここで逆説的な物言いが許されるなら、成長する文人が出てこなければ、古典など継受されない、ということだ。そこから、近代日本に保田が果たした役割の一つを見出すことも可能だろう。保田をはじめとして蓮田善明や戦中に古典論を開始した小林秀雄がいなかったと想定した場合、古典は国文学者や暇な好事家の専有物になり、閉じられたままではなかったか(土田杏村もその一人か)。

とまれ、成長する文人としての保田を、これからこれまで同様に保田と距離をとりながら見ていくが、まずは保田における「はじまり」を示す、旧制高校時代の剽窃だらけの文章の地平を検討しておかねばならない。

土田杏村とは何者か

大阪高等学校時代の保田は、渡辺和靖氏の指摘のように、剽窃の対象である土田杏村（一八九一～一九三四年）の名前を高校二年生時（数え年二十歳）に寄稿した処女作「世阿弥の芸術思想」（大阪高校学芸部『校友会雑誌』、七号、一九二九年）に出している。それは、歌学が能楽のみならず、俳諧にも影響を及ぼし、ついに、華道にまでという件であり、自説の補強材料として「土田杏村氏によれば華道にてもその影響を認めるといはれるのである」という言説で登場させているのだ。おそらく、保田の全文業中、土田杏村が引かれるのはこの箇所だけだろう。

自説の補強手段に剽窃した箇所とは別だが、同じ作者の文章を敢えて引用する。ここだけを見れば、そこから抜け目がなく狡猾な若き保田の像が構築できそうだが、すぐにでも足がつきそうな名前である土田杏村をここで出す必要もないのにわざわざ出しているのは、「謎を解いてみよ」に類する読者に対する挑戦なのか。言うまでもなく、そうではない。それは、世話になっている土田に対するなんらかのリスペクトの現れではないだろうか。なんの根拠もなく言っているが、まともに調べられれば、渡辺氏ならずとも、土田の影は至るところに発見できるはずである。それなのに、敢えてヒントを文中に残した事実からそう想像したまでのことだが、若気の至り、あるいは、狡猾すれすれのオリジンに対する稚気的敬愛の念とここは見ておきたい。それは、いずれ論ずることになる、成長後の保田のありようとも重なるはずである。

それでは、初期保田とでもいうべき高校時代の文業を実質的に支えてくれている土田杏村はそもそも何者なのか。

土田の研究者である山口和宏『土田杏村の近代　文化主義の見果てぬ夢』（ぺりかん社、二〇〇四年）が引く、土田の「自叙閲歴」を見ておこう。

自分は演壇へは立つたが学校の教壇には立つた事は一度も無いし、知人の学生に学資を稼いでやるために半年程中外日報社の社員といふ名義を持つて居たが、其れも書斎から寄稿するだけで通勤といふ事をした事も無い。私人的関係としては屢々大病に取りつかれ、静養に次ぐ静養を以てした事が最も眼立つて居る。病気と読書と執筆、其れが先づ自分の過去だといつてよい。特別の職業を持つた事が無いから、何の学問を専攻と名乗る柄でも無い。併し自分だけでは生活と思索の焦点をを持つて居るのだが、人生と文化とを徹底的に考へるといふ意味で、やはり其れは哲学なのであらう。（前田注、一九二六年頃の執筆らしい）

どうやら大正の正岡子規と言うべき、病気と闘いながら、書斎に籠もって読書と執筆活動を続け、人生と文化を「徹底的に考へる」哲学者と見てもよい人物であったようだ。「何の学問を専攻と名乗る柄でも無い」と言い切っているところをみれば、哲学者風ディレッタント、譬えてみれば、ものを書く「広田先生」（夏目漱石『三四郎』）ということになろうか。もっとも、山口氏によれば、

杏村は、病気と戦いながらも在野の立場から精力的な執筆活動を続け、四三年の生涯で六〇冊を超える著作を残し、ペン一本で生活できる〝売れっ子〟評論家として活躍した。ところが、一九三〇年代に日本の思想界を席巻したマルキシズムと対立したこともあって急速に評価されなくなり、長い間「忘れられた思想家」となった。（山口前掲書）

とあり、執筆量の凄まじさは子規以上である。ともかく、地方在住の人間の眼にとまるほど「〝売れっ子〟評論家」であったのだ。そして、三〇年以降、評論家として失墜する。これは、本人が三四年に亡くなったことが反マルクス主義以上に消えた最大の理由かと思われるが（全集が死後直後に十五巻で刊行されている。恒藤恭編、第一書房、一九三五〜三六年）、さしずめ、生きているときにはかなりの読者をもっている、輝かしい評論家だが、死とともに急速に忘れ去られるタイプのそれというのが実際のところではなかったろうか。

保田が土田に惹かれた理由

保田が土田を読んでいたのは、土田が精力的に執筆していた時期に相当する。保田が主に拠った（＝剽窃した）『国文学の哲学的研究』（一・二巻、第一書房）が出たのが一九二七・二八年であり、保田の処女作の発表が二九年であるから、読んで一年以内に書かれた計算になる。翌三〇年には、『校友会雑誌』には、やはり土田の剽窃が顕著な「上代芸術理念の完成」（八号）、「室生寺の弥勒菩薩像」（九号）、「芭蕉襍俎」（一〇号）が発表されているから、土田を一等読んだ時期は、高校時代の時期と見なしてまず間違いはないだろう。即ち、保田の青春期に最も影響を与えた人物が土田杏村だということである。

だが、どうして保田は土田に惹かれたのかという疑問は残る。和辻哲郎については、やはり渡辺氏が、かなり影響されている故にわざと退けたと記しているが、土田についてははっきりとしていない。古典論のみならず、宗教論・文学論・哲学論から恋愛論まで論ずる「〝売れっ子〟評論家」故か。これもそうではないだろう。中学時代の川路柳紅同様、たまたま触れた人物であろうと思われるが、それ以上に、『国文学の哲学的研究』二巻（全体では三巻だが、保田が見たのは一・二巻のみ）で展開される記紀万葉から、能楽、庭園等を経て近世俳諧・富永仲基に及ぶ多様さにまずは圧倒されたのではあるまいか。

加えて、書名と論文タイトルである。「哲学的研究」という書名、「精神生活と価値感情」、「自動詞他動詞の精神生活的発達」、「芭蕉の連句に於ける芸術思想」、「丈草と浪花の芸術的地位」といった論文タイトルは、いかにも文学思想青年タイプの高校生受けするものではないか。そこには国文学や古典学から想起される、古色蒼然としたイメージは皆無である。中身はよくは分からないけれども、とにかく高尚で新鮮なイメージが横溢しているように感じられないか。言い換えれば、知あるいは美に飢えた青年の知的向上心をそそるものではあったことは確かだろう。保田はおそらくこれらをおのが青春の書として読んだのである。そして、書くという欲望に任せて、土田を剽窃していったのであろう。

道理で、土田のキーワード「芸術思想」を冠した処女作「世阿弥の芸術思想」には文章の冒頭に限定しても、「一人の偉大な芸術家の芸術思想を知り得るのである」「中でも花伝はこの大芸術家の壮年期より老年期に入る間約二十年間、芸術家として最も円熟せる時代に」「しかもその思想は日本芸術の本流の一つ」「それにみに止まらず後世に及んで芸術表現論としての存在を要求する価値を」（この段落の傍点、前田）などなどと「芸術思想」「芸術家」「日本芸術」「芸術表現論」といった「芸術」のオンパレードとなる。

だが、肝腎の芸術の中身の議論となると、スローガンほどはない。貧弱な代物であり、「成長」も認めにくい。とはいえ、世阿弥をきちんと論じていない土田に対して、処女作として世阿弥を選んでいった保田の意図も気になるところではある。

4　南方熊楠・保田・中上健二

二〇一〇年の十二月中旬、和歌山県田辺市で「南方熊楠の説話と仏教——仏性・性・身体」なるシンポジウムが開催され参加してみた。田辺市は熊楠（一八六七〜一九四一年）が一九〇四（明治三十七）年から没する一九四一（昭和十六）年まで暮らした町であり、旧邸に隣接して建築された「南方熊楠顕彰館」が会場であった。

これまで熊楠については、無類の博覧強記、十数カ国語に通じた語学の天才、類い希な変人・奇人といった認識（レッテル）が支配的であった。私は、熊楠の博学や奇人ぶりには心から敬愛の念を表しながらも、それでも独得の違和感が否定できないでいた。それは、熊楠の文章がとてもじゃないが読む気になれない代物だったからである。代表作とされる『十二支考』でも何でもよいが、読み始めて一頁も過ぎた頃になると、もうへとへととなり、次の頁をめくる覇気など失せてしまうのだ。

それでは、そこに記されてあることが面白くないのかといえば、そうではない。個々に事例の多くは、当時の人間ばかりか現代人にとっても未知の事柄に属し、頗る知的感興を誘うものである。だが、これらの事例群が目の前で一気に宝箱を開いてひっくり返したように溢れ出すと譬えてみればよいのだろうか、これでもかあれでもかと論評抜きで蜿蜒と無味乾燥気味に羅列されていくのだ。知的感興も持続しないのである。

ところが、シンポジウムの議論を聞いているうちに、これまで抱いていた熊楠像が見事に変質していくのに気がついた。それを端的にいえば、熊楠神話の全面的解体であった。

たとえば、大きな木の下で上半身裸の熊楠が何か祈っているように見える、それなりに著名な写真がある。これは、一九〇九（明治四十二）年に始まった神社合祀反対運動の際に撮られたものらしいが、写真師を伴って撮影した、今でいう「やらせ」であった。この写真だけを見ると、森林と一体化したようなインドの聖者の雰囲気が漂ってくるが、自らを聖者であるかのように演出し、聖者が住む森を破壊する神社合祀はよくないと訴えたいのだろうが、やや演出過多、ざっくりと言ってしまえば、「くさい」のである。

報告した安田忠典氏やコメンテーターの松居竜五氏によれば、熊楠とは「過剰に演出された自己概念」（安田氏）をもって「身体的パフォーマンス」（松居氏）を実践する人であったようだ。写真ばかりではなく、地元の新聞などに盛んに投稿して自ら率先して熊楠神話を喧伝していたという。

そして、「やらせ」は終生変わらなかった。晩年といえる六十二歳の一九二九（昭和四）年、南紀行幸で田辺を訪れた昭和天皇に対して熊楠は粘菌類に関するご進講を行った。だが、在野の博物学者である熊楠を昭和天皇がどうして聞き及んだのかという素朴な疑問が最初に起こるだろう。結論から言えば、それは、ことあるごとに、熊楠が粘菌の標本を献呈していた成果であった。なんのことはない、自分で売り込んでいたのである。ご進講の際も、標本類一一〇点を森永キャラメルの大箱に入れて献呈するなど、天皇を驚かせ、記憶に留める過剰な演出も実行している。戦後、再び当地を訪れた昭和天皇は「雨にけぶる神島を見て紀伊の国の生みし南方熊楠を思ふ」なる歌を詠じた。この歌によって、没後、熊楠は田辺の偉人と昇華したのである。

シンポジウムの翌日、白浜にある記念館にも訪れ、二つのことに気づいた。まず、大学予備門を落第＝退学となった熊楠が「立派な男」と言われたくて渡米したという事実である。熊楠は、もともと立身出世を目指した明治初期の秀才青年であって、できれば、渡米して「高橋是清」的人間になろうとして結果的にはなれず、どちらかといえば、「永井荷風」もどきになってしまった人間ではないか。道理でどの学校も長続きしていない。

次に、予備門の成績一覧表の展示から、熊楠が漱石・子規と同期であり、子規は既に落第していたが熊楠も決していい成績ではなかったことを知った（翌年落第＝退学している）。なお、そこには目立たないが注目してよい人物の成績も記載されていた。三島由紀夫の祖父、平岡定太郎（一八六三〜一九四二年）である。平岡はその後帝国大学法科大学を出て、内務官僚となった。初代樺太庁長官以降の平岡の後半生はけっして良好だとは言えなかったものの、若い頃は、漱石など相手にならないほどの秀才であり、子規・熊楠とは対極にいる人物だった。

当時最高のエリート候補生であった予備門に入学しているのだから、熊楠は和歌山が生んだ大秀才である。しかし、そこから脱落し、渡米、渡英して、結局、暴力事件で大英博物館からも追放され、十三年間に亙る海外生活を終えて、つまり「立派な男」になれずに、一九〇〇（明治三十三）年に帰国してきたのである。心中は穏やかではなかったに違いない。それが「過剰に演出された」「身体的パフォーマンス」、他方、自己を徹底的に隠蔽した事実網羅・羅列的文章になった原因になったかは不明だが、無関係ではなかろう。

とはいえ、確認しておきたいのは、熊楠も近代の申し子だということだ。「立派な男」になりたい立身出世願望、柳田國男（一八七五～一九六二年）とすぐに喧嘩になって絶縁するといった「過剰」なまでの自意識、他方、西洋医学への深い信頼と、それに相反する前述の写真のようなわざわざ自然派に徹する振舞等々がそれらを立証している。

だからこそ、在野の人である熊楠にとって、自己を公的に認めさせる存在たる昭和天皇の果たす役割については十二分に自覚的だったのではないか。相当に「くさい」男だったのである。

そこで、次節では、世阿弥・保田・土田という三項関係を改めて説き明かさねばならない。

熊楠＝熊野・中上健次・保田與重郎

熊楠が愛した熊野と言えば、もう一人忘れられない人物がいる。言うまでもなく、中上健次（一九四六～九二年）である。中上は熊楠については、何も発言していない（娘の紀はしている）けれども、『保田與重郎全集』の広告パンフレットで、中上は熊野に絡めて、このような推薦文を寄せていた。

京都の太秦の家に保田與重郎氏をたずねたことがあった。やくたいもなく私の故郷熊野と保田與重郎氏の故郷の山とのいずれが強力なのか、と問うと、保田與重郎氏は、若い頃、熊野を歩き廻った、熊野の玉置山の大杉を見たかと問い返された。

保田與重郎氏のその時の言葉は、ことごとく謎として今もある。古典に殉じるほどの書物の人が、歩いているのである、熊野を。ヘルダーリンの狂視したギリシャより数十倍も濃い幽冥の気の満ちる土地、熊野と言った方がよいだろう。熊野の楠の葉のそよぎは、ワグナーのように響いたのだった。私には、大和の保田與重郎を読むことは、熊野を新たに読み解くことなのである。

中上の質問も常軌を逸しているが、「熊野の玉置山の大杉」と芝居がかって答える保田もかなりのものである。後段は、保田神話が中上によってさらに増幅されているとはいえ、ともかくも、保田と中上は熊野で結ばれていた。少なくとも中上にはそのように感じられていた。そうでなければ、このような濃密な親密感溢れる文章を記すはずがない。

そこに、熊楠を加えてみる。そうすると、保田―中上＝熊野―熊楠という構図がか細いながらうっすらと浮かび上がってくるだろう。実際、保田・熊楠はエコの思想家として、現代、共に注目もされているのである。

しかし、一等注目すべきは、別途論じてみたい熊野でも、どうでもよいエコでもない。それは、四十年の年齢差を超えて、「身体的パフォーマンス」を演じてみせるという両人の共通点である。前掲の安田氏によれば、熊楠は国内では洋装、海外では和服で写真に収まっていたという。これは岡倉天心（一八六三〜一九一三年）がアメリカで着用していた「道服」と同様に、自己を注目させる仕掛けの一つだろうが、保田與重郎も負けてはいない。保田は、和装であれ、洋装であれ、いつもなぜか目立つ服装をしていたが、大阪高校の同級生だった長野敏一によれば、一九七八（昭和五十三）年のクラス会の折に、保田は「短い和服を着、編笠（?）の帽子をかぶり、長い杖を曳いていた」という（全集第三巻月報、月報類はすべて『私の保田與重郎』、新学社、二〇一〇年に再収）。このエピソードなど、熊楠の出で立ちと重ならないか。保田も意識的な身体的パフォーマーだったのである。

そこから、近代に生きる在野の知識人のありようを考えてみることも可能だろう。おそらく、在野の知識人とは、どこかでこの二人のような目立つ生き方をせざるを得なかった存在ではあるまいか。むろん、そうした過剰な振舞は冷静に相対化されなくてはならないが、それでも、熊楠や保田は、近代に抱かれることを拒絶し（され）つつも近代と縁を切ることも不可能だったというイロニーを地でいく、即ち、論じるに値する近代人なのである。

なぜ保田は世阿弥を論じたのか

大阪高校で保田の一年先輩にあたり、後年、西洋哲学研究者として名をなした野田又夫（一九一〇〜二〇〇四年）は、全集の「月報」で、「私は、考え方は反対ながら、保田の国文学を本物であると感じ、かれの説に興味をもちつゞけた」と回想している。

野田又夫にあっても、「保田の国文学を本物である」と「感じ」られていた。ましてや、前述の長野となると、

一年時のある日、私は大きなショックを受けた。校友会雑誌をもらったが、その中で彼が「世阿弥の芸術思想について――花伝書を中心にして」という何とも難しい論文を書いていたのである。それまで受験勉強以外の本を読んだことのない私にとって、まさに脳天を直撃された形であった。

という称讃に終始する。長野が「脳天を直撃された」「世阿弥の芸術思想について」こそ、渡辺和靖氏の指摘になる土田杏村の剽窃といえる代物なのだが、この論文によって保田は長野をはじめとする同級生に対して衝撃を与えていたのだ。

長野の発言でもう一つ注目すべきは「受験勉強以外の本を読んだことのない」と自己を規定していることだ。思うに、当時の旧制高校生の多くは長野的存在だったのではないか。それは、現在も変わるまい（少なくとも私の時はそうだった）。つまり、「受験勉強」しかやらない連中のおかげで、保田のごとき文学・思想少年は際立ち、成績の善し悪しでは量れない固有の価値を有し、敬意まで寄せられる、という空気が旧制中学・高校にはあったということだ。逆に言えば、長野的存在という凡庸な多数派がいないと、保田他の少数派はアイデンティティ危機に陥り、甚だ困る

事態となるのである。

とはいえ、ここでの問題は、一九二九（昭和四）年に発表された保田の処女論文たる「世阿弥の芸術思想」であり、論じられた世阿弥である。というのも、あれだけ土田杏村の剽窃をしながらも、杏村自体には世阿弥を論じたものはないからである。

保田が世阿弥を取り上げたのは、これまた渡辺氏が保田の読書歴と岩波文庫の発刊歴がほぼ並行していると指摘したように、岩波文庫から一九二七（昭和二）年に『花伝書』が発刊されていることが契機となっていると見て間違いないだろう。保田は、『花伝書』が発刊されるや、すぐに読み、土田杏村をベースに「世阿弥」論を執筆したのである。だが、こう言ったところで問題は解決されていない。いくら岩波文庫が出たからといって、どうして「世阿弥」で書かねばならないのかは分からないからだ。土田が書いていない故か。そんなはずはあるまい。杏村の言説を踏襲しながらも、それを超えるべく用意されたのが「世阿弥」論であったろうし、また、大正教養主義・文化主義の枠組にある杏村をどこかで超える、あるいは、別の言説世界を作りあげる、そのような狙いが成果はともかく保田にはあったと思われるが、とまれ、世阿弥という古典が選ばれたのだ。これが決定的な決断だったのではないか。

翌昭和五年に、保田は、『思想』（岩波書店）の懸賞論文に応じて、マルクス主義的言説が全体を貫いている「「好去好来の歌」に於ける言霊についての考察」（八月号）を執筆したが、そこでも状況は変わっていない。当時支配的な思潮であるマルクス主義（渡辺氏によれば、主としてネタは野呂榮太郎〈一九〇〇〜三四年〉らしいが）にどっぷり浸かりながらも、保田は、『万葉集』なる古典から山上憶良の長歌を題材に選んでいたのである。

とすれば、杏村であれ、マルクス主義であれ、当時それなりの影響力をもった思想家を参考にしながら、保田は、自己の言説戦略として、古典を論じることを選択したということになるだろう。言ってしまえば、書かれた内容よりも、古典という題材を選択したこと、これが保田にとって生命線だったということである。

「世阿弥」論に至るところで幾度も強調される「芸術」なる空語、また、西田哲学的な主客合一論を無理やりに歌学＝世阿弥に導入した「主観と客観との限界は取り除けられ相一致する。之は歌学のとく所で又世阿弥の主張だったのである」なる言説など、取るに足らない、小林秀雄風にいえば、「意匠」に過ぎない。主題たる「世阿弥」もこの延長線上で考えれば、やはり「意匠」であったろう。

実際、世阿弥を論ずる際の鍵語（キーワード）である「幽玄」でさえ、まともに定義もされずに用いられているのである。

幽玄の風体は仕手の心を以て見所の心の花を開く方法としての最適法と信じたのである。之は世阿弥の象徴主義と見てよからうと考へる。

杏村譲りの既に手垢に塗れかかった「象徴主義」という言葉が使われてはいるが、この文章は何も語っていない。

しかし、私は、熊楠の振舞同様、保田の文人としての出発を敢えて肯定したい。何故か。それは、世阿弥を選んでしまい、それによって、今後、古典論として進むしかないと保田が自己を規定していくことになったからである。対象としての古典に対してパフォーマンスを演じたからこそ、保田は結果的に固有の世界を構築し得たのだ。人間の選択とはかくも運命的である。

5　「やぽん・まるち」と破局（カタストロフィー）

大阪高校を卒業し、東京帝国大学文学部美学科に保田が進学したのは、一九三一（昭和六）年の春であった。数え年で二十二歳の時である。この年は、昨年、東京駅で狙撃された浜口雄幸首相が総辞職（浜口が亡くなったのは八月）して若槻礼次郎が後継首相となったが、世上は落ち着かなかった。大陸では、六月中村大尉事件が起き、七月には万宝山事件も起きていたが、なんと言っても九月に満洲事変が勃発したことがその年の最大のニュースであった。保田が大学生になったのは、そのような時代だったのである。

それ以前の大正末期から昭和初期にかけての近代日本は、一九二三年の関東大震災以来、二七年の金融恐慌、二九年の大恐慌と続くどん底からなかなか脱却できなかった。この空気を変えた契機は、十四年後にやってくる破局(カタストロフィー)のことを棚上げにして言うならば、一九三一(昭和六)年の満洲事変である。

満洲国建国宣言が溥儀によってなされた、翌年の三二年三月に、保田與重郎は、編集兼発行人として雑誌の発刊を物心両面で支え続けた友人肥下(ひげ)恒夫(一九〇九~六二年、肥下については、澤村修治『悲傷の追想 『コギト』編集発行人、肥下恒夫の生涯』、ライトハウス開港社、二〇一二年参照のこと)らと、デカルトの「cogito(我思う)、ergo(故に)sum(我あり)」から誌名を取った『コギト』(月刊)を創刊した(~一九四四〈昭和十九〉年八月終刊号)。数え年で二十三歳、東京帝国大学文学部美学美術史学科に入学してほぼ一年が経過していた時期であった。

『コギト』創刊号は、目次によると、こうなっていた。(以下『コギト』の引用は復刻版、臨川書店、一九八四年に基づく)

手紙(*書簡体小説)　肥下恒夫
やぽん・まるち(*小説)　保田與重郎
義眼(一名敗北する男)(*小説)　若山　隆
明暗(*書簡体小説)　薄井敏夫
あど・ばるうん――海港紀(*小説)　三崎　皎
贅沢な買物(*小説)　園　聆治

時間（＊詩）　沖崎猷之介（本名中島栄次郎）
呪詛（＊詩）　田中克己
雨（＊詩）　山内しげる
ジンメルの言葉――その遺事日記から（＊評論）　ゲオルグ・ジンメル、服部正己訳
印象批評（＊評論）　保田與重郎
編輯後記　（Y）
（前田注、＊は高橋春雄「「コギト」細目」上（『日本浪曼派研究』（1）、審美社、一九六七年）の施した注）

これを見ると、所謂文芸雑誌だが、ジンメルの翻訳などもあり、思想性の追究がやや特徴的である（それは保田の評論にも言える）。その中で、保田は、小説・評論・編集後記（Yとして）三編も載せている。以後、「編輯後記」（全集四十巻に所収）もほとんどの号は保田が執筆しているから、『コギト』は保田の雑誌であった。

創刊号の「編輯後記」で保田は、

「コギト」といふ名が高踏的だと、他からもいわれた（ママ）。しかし私らは同人雑誌を一つの主義で通してゆく企画をもたぬ。私らは「何の為に」「なにを」書くかと、新しい角度から問ふ以前に、つまり文学の効用をいふが、それ以前に「なぜ文学をする」、「文学をしだした」、

とその生の意識を問はうとする情熱を感じる。明らかにこの二者の微細な区別の確立を看過し得ない。この原罪的な過去の宿命観を追究してゆきたい。そこから私の文学はそれの多彩と豊穣を得るであらう。わたしらは「コギト」発刊のことばを一色で書きえぬ。なほさらデカルトからフツサルにいたる体系の貧しい知識を並べる程高踏的（？）でもない。私らは謙譲に受用に、鞭撻と忠告を希求するだらう。たゞ私らは「コギト」を愛する。私らは最も深く古典を愛する。私らはこの国の省みられぬ古典を愛する。私らは古典を殻として愛する。それから私らは殻を破る意志を愛する。

と、周到すぎる謙遜的文章を施した上で、『コギト』の発刊意図を高らかに宣言した。とりわけ末尾の「私らは最も深く古典を愛する。私らはこの国の省みられぬ古典を愛する。私らは古典を殻として愛する。それから私らは殻を破る意志を愛する」という言説から、『コギト』の方針が『日本浪曼派』に直結する古典主義であると思われそうだが、それは異なると言うべきだろう。反復・連呼される古典讃美に反して、目次を見ても分かるように、古典讃美の述作・作品はないし、保田の狙いもどうやら「愛する」以上に、近代的青春特有の漠然とした思いと言う方が的確な「殻を破る意志」にあったと思われるからである。それを象徴し、なおかつ、保田の思想の原型を示すテクストとして、今回は、小説としては処女作である「やぽん・まるち」をとりあげてみたい。

最初の単行本が『日本の橋』（一九三六〈昭和十一〉年）であったのと同様に、「やぽん・まるち」にも「やぽん」（＝日本）が冠されている。どうやら保田は「日本＝やぽん」に憑かれていたというか、日本から逃れられない運命にあったようだ。むろん、確信犯的に「日本＝やぽん」を立ち上げたのだろうが、ここにある「日本」とは、古典的美に輝く前近代日本でも保田の生きる近代日本でもない。それは一体何なのか。

「やぽん・まるち」は、マーチ（行進曲）という西洋音楽をはじめて作曲したある幕吏の物語である。幕吏は、ブルックナーと同様に、生涯にわたって「やぽん・まるち」を改訂し続け、仕舞いには「一きは痩身し、顔貌は一層骨だち、眼は落ちくぼんで、さながら生ける餓鬼相を現」はすに至った。すでに常軌を逸して狂気の段階に入っていると見てよいだろう。

そうした幕吏の行動から保田の考える近代が透かし見えてくる。おそらく、幕吏は、単身、近代音楽なる壮大な壁に向かってくり返し体当たりしていたのだろう。そうして、なんとかして「やぽん」をこしらえたいともがいていたのだ。しかし、技術の巧拙を超えた壁が何度となく立ち上がり、我が身の行く手を遮って、幕吏を決して満足させない。故に、シーシポスの神話さながらの永遠の反復に似た作曲＝改訂行為が続けられることとなる。これこそ、西洋とまともに激突した前近代日本そのものであり、「やぽん」になるためには、狂気を必要としたのだと保田は考えていたか。結論的には言えば、それは否だろう。保田には、そのような建設的な意志はやはりないと思われるからだ。そこで、物語の結末を見ておきたい。

物語の結末は、保田が小説の書き手としても既に相当な力量をもっていたことを教えてくれる。舞台は、上野の山、彰義隊の一員ながら、新政府軍との戦闘には参加せず、幕吏は独り「やぽん・まるち」を奏していた。

するとその時どこからか喨々と小鼓の響が哀愁をいやましにかりあがらせて響いた。宮が「風流な者がゐます」と語られたのを、隊長天野は空虚に「ハツ」と答へるだけだつた。こんな幕軍の集団の気持ちは短い期間といへど、「やぽん・まるち」の作者の芸術意欲をますます増進させた。（中略）上野のあつけない陥落は昼頃だつた。あひ変らずに喪心して鼓をうちつゞけてゐた、「まるち」の作者は、自分の周囲を殺到してゆく無数の人馬の声と足音を夢心地の中で感じた。しかし彼は夢中でなほも「やぽん・まるち」の曲を陰々と惻々と、街も山内も、すべてを覆ふ人馬の響や、鉄砲の音よりも強い音階で奏しつゞけてゐた――彼にとつて、それは薩摩側の勝ち矜つた鬨の声よりも高くたうたうと上野の山を流れてゆく様に思はれてゐた。（引用は全集による。以下も同じ）

幕吏の行為を「風流な者」と理解していたのは寛永寺の宮（公現法親王、後の北白川宮能久親王）だけだった。だが、風流を理解する風流人である宮は、その後、奥羽に落ちていく。風流人の無惨な敗北、ここから保田における最重要な鍵語（キーワード）である「偉大な敗北」の露頭あるいは断片が少しだけ現れているように見えそうだが、それ以上に、ここで見落とせないのは、以下の件だろう。それは、上野が「あつけない陥落」をした後も、「すべてを覆ふ人馬の響や、鉄砲の音よりも強い音階で奏しつゞけてゐた」という幕吏の行動である。さらに、幕吏には、自ら奏する「やぽん・まるち」の方が「薩摩側の勝ち矜つた鬨の声よりも高くたうたうと上野の山を流れてゆく様に思はれてゐた」ことである。現実は、一人の狂人が誰も聞かないのに夢中に演奏している、どちらかと言えば、滑稽に類する光景だったに違いない。しかし、幕吏にしてみれば、自ら演奏する「やぽん・まるち」は薩軍を圧倒し、そこに幻聴といえ、輝かしい「やぽん」が立ち現れていたのである。これは、まさしく「偉大な敗北」そのものではないか。

演奏する幕吏が狂気の状態なら、その現場も自ら属していた彰義隊は敗北し、上野は陥落している、そこに薩軍がなだれ込むといったある種のカオス、さらにいえば、破局(カタストロフィー)的状況である。そこから幕吏の意義を軍事に対する芸術（＝音楽）の優位性があるなどと陳腐に論じても意味はない。狂気は狂気でよいのである。幕吏が勝手に演じていること、それは宮以外の人間には何も影響すら与えない一人相撲でしかない、それでもそれでよいと保田はしっかりと見ていたはずである。

そこから保田は、おそらく近代日本が精神として立ち上がることがあるとすれば、周囲の破局(カタストロフィー)や情勢の変化といった眼に見える状況において適切・合理的に行動することではなく、幕吏の狂演を通してであろうと考えていたに違いない。

こうした何の効果ももたらさない努力や行為をよしと見、美とする態度、これが保田にとって破局(カタストロフィー)という場の役割であり、日本を超えるものであったのだ。そして、こうした構えが後年自ら経験した現実の破局(カタストロフィー)をもろともせずに、彼の一貫した思想となったのだと今は捉えておきたい。

6 「外地」の奈良

二〇一一年七月九日、『空間の日本文化』(筑摩書房、一九八五年、ちくま学芸文庫、一九九四年)、『風土の日本』(筑摩書房、一九八八年、ちくま学芸文庫、一九九二年)という著作で知られる地理学者、というよりも独創的な日本研究者であるオギュスタン・ベルク氏(一九四二年〜)の講演が私の勤務する明星大学人文学部日本文化学科の主催で開かれた。題して「風土と縁起」。

普段の公開講演会といえば、どちらかといえば、近所のご年配の男女が集うものだが(地域貢献という講演会の目的にそれが一応は適っている)、今回は違った。聴衆の半分は研究者であり、三つ出た質問も研究者ばかりであり、ちょっとした学会のような雰囲気になってしまった。これを危ぶむ声もあったくらいである。もっとも参加者のアンケートを見る限りは、だいたいの方は満足してくれたようで主催者側としては安堵したのだが。

講演自体は、ヨーロッパの第一級の学者・知識人とはかくなるものかと思わせるに足る、素晴らしいものであった。ベルク氏の風土論の根柢には、和辻哲郎の『風土』があり、和辻が『風土』を書くに至ったハイデガーの『存在と時間』がある。そのような知的バックボーンから、氏は、まず、環境と風土を、次いでこれら二項に絡めつつ、因果と縁起を厳密に区別する。

氏によれば、環境と風土は全く異なるという。環境には人間はいらない。人間も環境の一部だからだ。しかし、風土となると、人間が環境の中から一定の意味を見出すことである。人間がいなくては始まらないのだ。と同時に、因果は縁起とは異なる。因果は単なる原因――結果の論理関係、言い換えれば、自然科学的な純粋な論理関係であるけれども、他方、縁起となると、単なる因果関係と言い切れないものがある。というのも、これから関係することになる二項の間にはなんらかの「縁」が既に埋め込まれているからだ。その「縁」は通常人間が見出すものである(でないと、「縁」が生まれようがない)。因果が環境同様に、人間の介在を拒絶して成り立っているのとは対蹠的に、縁起は風土と同じく人間によって意味づけられて発見されるのだ。なるほど、この対比的図式はすんなりと受け入れられそうだ。

むろん、ここで人間が見出すというのは、個人の主観によるのではなく、ある種の集団なり、集合的な文化なり、伝統なりがある種の共同主観性を以て見出すという謂である。

だが、氏は、そこから一歩進んで、西欧近代の主観性・客観性からなる二者択一構図の超克を企てるのだ。「風土」・「縁起」は共に人間が意味づけるものであり、それは二者択一をある意味で乗り越えてしまう。そうした行為を氏は「通態化」(trajection)と呼ぶ。そして、この通態化こそが、アリストテレス以来の主語・述語＝実体・偶有性という西欧形而上学の構図を、あらゆるものが〈見立て〉られ、主語と述語が常にひっくり返るといった西田幾多郎の述語的世界に変換していくのである。その時、二者択一的な世界は解体されて、近代も超克され、人間的な豊かな世界が広がる、というわけだ。

私は、風土論から西欧近代のアポリアの乗り超え方まで恐ろしいまでに「抽象的」かつ「体系的に」論じていく氏の声をハイデガーもかくやと興奮して聞いていた。

以前から日本独特の風景論である「歌枕」に関心を抱いてはいたが、ベルク風土論から学ぶべきは、風土は共同性をもった人間が見出すものという視点だろう。それは時代の変遷によって変容しながらも同時代においてはほぼ共通のイメージで認知されているものなのである。だから、単なる自然環境・自然地理的客体ではないのだ。

琉球・奈良・慶州

一九一一（明治四十四）年、沖縄で公刊された伊波普猷（一八七六〜一九四七年）の『古琉球』は琉球学の始まりを告げる著作として揺るぎない地位を保っている。だが、伊波が琉球出身者としては二人目の東京帝国大学入学者（但し、紆余曲折があり、既に二八歳になっていた）であり、言語学を学んだ結果、琉球概念に決定的な方向付けをしたことはあまり知られていない。当時の言語学はグリム言語学であり、いわば、ドイツ・ロマン主義が学問化したものである。小野紀明氏も強調しているように（『政治哲学の起源――ハイデガー研究の視覚から』、岩波書店、二〇〇二年）、ドイツにおける理想の古代は、ヘルダーリンからハイデガーに至るまで一貫してギリシャであり続けた。ここからはやや推測がかってくるが、おそらく伊波はこの図式を日本と琉球に転換したのである。現代＝日本、理想の古代＝琉球という図式である。これが「古琉球」と命名された所以だろう。こうして、琉球は劣位から仰ぐべき古代のトポスと変換されたのである。それは、伊波においても、まさしく「風土」の発見であった。そして、以後、琉球に〈古代〉を見出していく人々が跡を絶たなくなったのである。

次に来るのは和辻哲郎（一八八九～一九六〇年）である。一九一九（大正八）年、岩波書店から出版された『古寺巡礼』は、その後の奈良のイメージをほとんど決定してしまった書物である。和辻三十歳の述作であったから、たいしたものだとも言えるが、法隆寺の柱＝ギリシャのエンタシスといったいい加減な説があることからも分かるように、功罪相半ばする著作でもあった。保田與重郎が若い頃に和辻に影響されたことは既に証明されているが（渡辺和靖前掲書）、『古寺巡礼』に対するその後の激しい反撥も含めて、ともかくその影響力はかなり広範囲に亙っていた。

伊波の古琉球、和辻の「古寺」に囲繞された奈良、共に近代によって見出された「古代」であり、「風土」であった。つまり、見出された「古代」＝「風土」によって、私たちは、ある一定の原郷イメージを奈良に、そして、琉球にもつこととなり、現代＝今との差異と同時に古代からの繋がりをも見出してきたのである。和辻となると、奈良は、ギリシャにも見事に繋がる世界性まで有してしまうのであった。ギリシャ＝古琉球＝奈良となれば、もう対西欧コンプレックスは克服されているであろうか。

こうした構図に、柳宗悦（一八八九〜一九六一年）が中心となって発見した慶州を加えてもよいだろう。柳が「石仏寺の彫刻について」（『朝鮮とその芸術』、叢文閣、一九二二年）で始めて詳しく論じられた慶州郊外石仏寺（仏国寺）石窟庵の彫刻は、新羅仏教美術の精華であるとのことだ。むろん、その前に関野貞が一九〇三年に調査してまとめた『韓国建築調査報告』（韓国の建築と芸術刊行会）があったことも付け加えておきたいし（梁智英「「民芸」の成立と朝鮮の美の変化――柳宗悦の「不二論」を通して」、『文学研究論集』、二〇〇六年七月）、さらに挙げれば、大坂六村（金太郎）（生没年不詳、九十歳くらいの長命だったとか）の研究と紹介があるだろう。保田も指摘しているが（「仏国寺と石仏庵」、『コギト』三五号、一九三五年四月）、一九二一年に刊行された『新羅旧都慶州古蹟案内記』は慶州古蹟保存會編となっているが、大坂の執筆になるものであった。『趣味の慶州』（慶州古蹟保存会、一九三一年）は大坂の単著となっている。

野ざらしになっていた石仏庵を修復したのが総督府（工事期間、一九一三〜一五年）であった、という事実に対して何か割り切れない思いをもつ向きもあろうけれども、以後、「慶州はその（古蹟調査）事業のシンボル」（金廣植「近代朝鮮説話集における新羅説話考察――脱解説話を中心に」、二〇一一年説話文学会大会レジュメ資料）となり、結果的に「外地の奈良」（南富鎮『文学の植民地主義　近代朝鮮の風景と記憶』、世界思想社、二〇〇六年）へと昇華したのであった。こうしたイメージ形成に大きく荷担したのが関野、大坂、柳らの言説および行動であっただろうことはほぼ間違いない。就中、知名度において、柳の功績は、その熱烈な朝鮮への愛と過剰に濃い文章を抜きにしても、決定的に大きいだろう。

慶州を大日本帝国的布置の中で再度眺めてみると、南の琉球、真ん中の奈良、そして、西の慶州という三つの古代が大日本帝国の「古代」＝「風土」として定式化されていたことが諒解されてくる。慶州は外地の植民地（朝鮮は当時のジャパンタイムスが「Japan and Korea made one」と報じたように厳密には「併合」であるが、ここでは、柳を嘆かせた日本人の朝鮮（人・文化）蔑視を含めてそう捉えておく）だが、これで本土と繋がるのである。後残すところは北海道となる。これもこの三つほどではないが、金田一京助あたりのアイヌ語研究にはこのような意識があったかどうか、いずれ検討してみたい。

帝国の領土的拡大と「古代」＝「風土」の再発見、これこそ、前近代（封建の世＝江戸時代）を否定して出発した近代日本が自己を支えてくれる新たな原郷なのであった。そうした意識形成に図らずも上記三人は大いに寄与したということでもある。

保田與重郎と慶州・朝鮮

一九三二（昭和七）年七月、保田は朝鮮を訪れ慶州を中心に一ヶ月ほど滞在した。前年、東京帝国大学文学部美学美術史学科に入学していたから、大学二年時の夏休みをほぼ費やした旅行と言ってよいだろう。そして、同年三月には、松下武雄・中島栄次郎らと『コギト』を創刊していた。以後、毎月、二本から四本くらいの文章（小説・批評・編輯後記など）を執筆しているから、三二年は、批評家保田が誕生した年であった。

そんな時、よりにもよって保田は慶州に出かけているのだ。保田の今後の動向と慶州・朝鮮の関係は浅からぬ因縁（ベルク氏にちなんで「縁起」と言った方がよいか）をもっていると言えるのではないか。保田の慶州行は、「朝鮮の旅」と題されて計四回『コギト』に断続的に連載された（三三年・十月号、十二月号、三四年二月号、四月号、『全集』十六巻に所収）。連載が終わった三四年は十一月に『コギト』に「『日本浪曼派』広告」を神保光太郎、亀井勝一郎、中島栄次郎、中谷孝雄、緒方隆士と連名で出している。保田＝日本浪曼派というイメージというか、保田の描きたい、目指したい世界の構図を考える上でも、慶州は無視できないのである。

もっとも、三三年八月に山陰地方を旅し、隠岐にも渡っているから、その頃に、慶州＝古代、隠岐＝後鳥羽院というイメージが保田の中に生まれていたかもしれないが、他方、慶州旅行の前後、保田は、「全無智上人伝、雑譬喩経義疏私案を発意さるる話」（『コギト』三二年五月）、「当麻曼荼羅」（同三三年十一月）、「日本国現報善悪霊異記」（『文芸汎論』、十二月、後二者は『戴冠詩人の御一人者』に所収）しか日本古典あるいは古代系のものは書いていない。その意味で、『英雄と詩人』（人文書院、一九三六年）に収録された「仏国寺と石窟庵」同様に、慶州がらみの文章には注目せねばならないのである（その後は『蒙疆』〈生活社、一九三八年〉に収載された、佐藤春夫と同行した旅行記「慶州まで」がある）。

「慶州」と題された「朝鮮の旅（一）」では、「慶州の地形は奈良と類似点がある」（これは、「仏国寺と石窟庵」でも「奈良も京都も冬は底冷えし、夏は蒸し暑かった。それに慶州の盆地も似ている」と繰り返される）という。慶州＝奈良は、別段、保田の発見ではなく、上記に記されたように既に発見されていたが、そこから、保田は、「寧楽（なら）」以上に「歴史の址の廃滅のみが省みられて感興深い」というロマン主義特有の廃墟趣味と慶州を結びつけていく。そして、

東洋の廃墟は慶州にあつて存在する。

とまで言い切るのである。そこには、「慶州に於て僕のみたいものは、奈良の血縁をさぐることではなく、別個の古代の文化の運命の姿である」とあるように、安易に慶州＝奈良の構図に乗りたくない意図が窺える。それを明確にするのが、ここで持ち出された廃墟ということになろうか。それから、ジンメルの「廃墟の美学的考察」が――何に基づいたは知らないが――引かれ、ゴーギャンを経て、土田杏村の剽窃からなる「室生寺の弥勒菩薩像」といった初期文章が想起される（保田には剽窃したという意識はおそらくない）。ここで室生寺の弥勒観音像が河内観心寺の如意輪観音像よりも優れているのは、「はるかな損傷に委ねられた」からだとされる。廃墟に近いものがより尊いのだ。

こうした廃墟趣味が保田の慶州観を貫いている。

すべてが廃墟である。遺物である。完全の代りに欠除である。

そうして、「東洋古代庭園の首位に値する雁鴨池」と比定される廃墟化した池で釣り竿を垂らす「のびやかな白衣の人」を好意的に記すのである。この紀行文全体における「鮮人」の描かれ方は後述するが、「仏国寺と石窟庵」でも「二通りの朝鮮」として、「醜悪な浮浪人を思わせる生活者であり、あるいは厚顔無恥な生活的な朝鮮人たち」と対比されるのが「夢のような白衣の男や女たちの姿」であった。「現実的な亡国の民」が前者の人たちであるとされ、保田は言うまでもなく、「白衣の人たち」につく。

釣り竿を垂れる「鮮人」は「慶州」の後半再度登場し、「興趣を感じた」と改めて好意的に叙述され、

盛唐芸術をさへもその洗練と精緻さでは凌駕してゐたと考へられる新羅芸術のみに心ひかれる僕には、一王族の滅亡も、一帝国の興亡も何ら心動かない。

と続けた。とすれば、白衣の鮮人とは、滅亡・興亡・亡国といった時代の変移には目もくれない

人たちのこととなる。言い換えれば、さしずめ「生きている廃墟」ということになるだろうか。

このような捉え方を保田の単なるオリエンタリズムだと言えば、その通りだと言うしかない。しかし、そこにジンメルが言う「人間労作のつくりあげたフォルムへの再度の復帰、そこに廃墟のまさに崩れかける瞬間の美しさ」といった西欧流の廃墟趣味を乗り超えるものを保田は見ようとしたのではなかろうか。廃墟の意味するものも気づかず、ただ釣り竿を垂れている時代遅れ（アナクロニスティック）気味な「鮮人」の姿は、上記の芸術至上主義的言説を裏で支えてくれる定点なのである。

とはいえ、保田がわざわざ慶州を訪ねたのは、「外地の奈良」という「風土」を自分の目で見て、奈良と慶州という二つの古代の差異と同一をしかと観察したかったからだろう。そこで、次には、やはり「慶州」なるエッセイを書いている小林秀雄との比較を通しながら、慶州・奈良・古代、さらに鮮人が作り出す、保田に見られたものたちを分析したい。

7　保田が慶州で見たもの

二〇一一年九月五日から八日まで、私にしては珍しく意を決した気分で、韓国・慶州を旅した。むろん、保田與重郎の足跡を辿ることと慶州なるところをこの眼で見てみたいと思ったからにほかならない。

羽田―ソウル（金浦空港）が二時間弱、ソウル駅から韓国自慢のKTX（新幹線）に乗って新慶州まで二時間強、そこからタクシーに乗り三十分ほどで到着した。思ったほど近い。保田の頃と較べて、今日では、羽田から五時間くらいで到達できる場所が慶州なのである。

慶州では、町の現況をしかと経験したいという理由で市内中心部の安宿をとった。慶州の場合、おそらく市か政府の方針だろうが、いわゆる高級ホテルは、普門湖周辺のリゾート地区と仏国寺周辺に集中している。だが、共に市内からかなり離れていて、町をふらつくのに適していない。その点、私が泊まっていた安宿は、施設その他は決して立派とは言えないものの（湯沸かし器すらなかった）、一応、ゆっくり寝られ、風呂に入ることもでき、これはサービスだろうが、テレビをつけると、ＮＨＫの海外放送にチャンネルが調整してあった。

それ以上に興味を惹いたのは、安宿周辺の環境である。宿の一歩外に出ると、そこは、怪しげなクラブ・バー、一見高級風から見るからに安そうな多様とも称しうる食堂群、ビリヤード、コンビニおよびコンビニもどき（個人商店）などと並んで、モーテルと命名された装飾過度のラブホテルが林立する、ちょっとした歓楽街だったからだ。バスターミナルに近いだけでなく、建設許可地が条例等で限定された結果でもあるのだろうが、世界文化遺産の町、慶州にあるラブホテル、奈良や京都のそれと同じかと思うと、苦笑せざるをえなかった。人びとはどこもかしこも、それなりのリアリティーを帯びて生きているということである。とはいえ、その地域の名誉のためにも言い添えておくと、ここは場末ではない、慶州儒林協会のビルに加えて、都会的センス溢れる喫茶店やパン屋もある一等地でもあるのだ。

対して、慶州のいわゆる古蹟群は、三方川に囲まれた市内を南北に縦断する東大路の東側にある芬皇寺・月城地区、市内西部を南北に流れる兄山江のさらに西側にある西岳地区、市内南部を東西に流れる南川の南に広がる南山地区、南山よりに西南に位置する仏国寺地区、そして、市内北部を東西に流れる北川の北側に位置する小金剛山地区にある。ということは、安宿・モーテルが位置する、東大路と兄山江に挟まれた歓楽街は、見事に世界文化遺産から排除されているということになる。これもある種の棲み分けだろう。

言い換えれば、日本の奈良・京都と同様、と言うよりも、とりわけ奈良が影響されたのであろうが、盆地に建設された都である慶州とは、東大路から東に広がる平野と三方の川の向こう側にある山々のことなのである。それはまさに「外地の奈良」に相応しい景観である。日本人であれば、誰しもこの町を訪れると、奈良を想起するに違いない。しかし、歴史的事実としては、盆地同様、奈良の方が「外地の慶州」だったのではあるまいか。

二日目の午前中、私は、仏国寺と石窟庵、午後は、慶州博物館、雁鴨池、瞻星台、皇龍寺址、芬皇寺、大陵苑を廻った。仏国寺の往復以外は基本的に徒歩である。三日目の午前中は、南山を三陵から登り、金鰲山山頂を極めながら、旅行中にまま起こることとはいえ、ここは当初から来たかった場所ではないと勝手に勘違いをしていた。だから、保田が訪ねた神仙庵や七仏庵には行かないで、下ってしまったのである。しかし、とにかく石仏、磨崖仏が多く見られる山であった。南山とは皆こんなものかと思っていた。いずれも穏やかな顔をした仏様ばかりである。

下った後、トラックなどがかなりのスピードで走り抜ける道路の端を歩いて（こんなことをしているのは私だけであった）、町の中心部に向け北上していくと、着くはずがない、新羅王が曲水の宴を行ったといわれる鮑石亭址に到着した。ああ、今登り下ってきた山こそ目指していた南山だったのだと気づいたが、今さら引き返して、神仙庵などに行く気力などもう残っておらず、南山はすべて見たとする心の合理化を行って、たまたま通ったタクシーを捕まえて、新羅の半島統一の殊勲者である金庾信将軍の墓を訪ねた。これで事実上の観光は終了である。だから、昼下がりは安宿でごろごろし、夕方、近くを散歩して旅の大半を終えたのであった。

石窟庵と皇龍寺址

渡韓前に古書肆で購った、大坂六村の力作『慶州古蹟案内』（一九三八年、慶州で印行されたものであるが、むろん、保田が訪れた昭和七年には存在しており、彼もこれを見て廻ったのだ）に記された「慶州古蹟案内図」と現代の文化遺産には、当たり前だが、全く変わりはない。せいぜい、石窟庵の入口近くに巨大な駐車場が作られて、人と車で賑わっているぐらいの違いしかない。私が訪れた時（私は仏国寺から約四十分かけて歩いて辿り着いたのだが）は、小学生の団体と一緒になった。こうなってくると、石窟庵の中央に位する、立派なお顔の釈迦如来像などもどうでもよくなってくる。あたりは喧騒しかない。だが、ひときわ感動を呼んだのは、信仰が生きていることであった。石窟庵の他にも、仏国寺、さらに南山の石仏群も今も宗教施設として生きており、僧侶・尼がいるばかりか、実際に信仰されていないわけではないが、ガラスで仕切られた石窟庵内部で喧騒をよそに、五体投地を繰り返している女性信者達のありようは、その善し悪しはともかく、日本では既に失われているのではないか。

　日本ではなくなったエピソードをもう一つ付け加えておく。石窟庵からまた歩いて仏国寺に下り、そろそろ空腹を感じ始めていた頃、小柄な老婦人が近づいてきた。「ショクジアルヨ、ビビンパ、クッパ……」と何か日本語で呟いている。まあ、いいかと、ついていくと、老婦人が経営する食堂に到着した。私は、日本語で書かれたメニューから韓定食を注文した。出来上がると、老婦人は、手に二〇〇〇ウォンをもって、今すぐ、お代を払えと言っているようである。妙な店だなと思ったものの、言うとおりに、私は一万ウォンを払い、その二〇〇〇ウォンを受け取った。その直後、彼女は客引きに出かけていったのだ。店にいるのは私だけとなった。これが前払いの理由だろう。五六分後、彼女は、日本人と韓国人の男性二人を引っ張ってきた。味も悪くなかったので、精一杯の感謝の気持ちを態度で示して店を出た。彼女は今日も客引きに精励しているはずである。

　とはいえ、今回の古蹟巡りで私が一等感銘したのは、石窟庵でも、南山の石仏・磨崖仏群ではなく、ただただ、広いだけの空間を占めていた皇龍寺址であった。そこは、芬皇寺と雁鴨池の間を占める地と言ったらよいだろうか。礎石以外は何もないところである。観光客もほとんどいない。私が訪ねた時も私を含めて一家族三人と女性だけであった。しかも、広いから五名が勝手に点在しているといった具合である。「其の規模の宏大なる新羅の寺刹中先づ指を屈すべきものなり」（『慶州古蹟案内』）と大坂六村が語っているとおりである。

寺の本体は、高麗時代、侵略してきたモンゴル軍によって焼き払われたとのことだが、その後、再建されなかったところを見ると、おそらく、後三条・白河・鳥羽といった専制君主によって洛外・白河の地に建立された、法勝寺をはじめとする六勝寺が早晩滅んだのと同様の運命を辿ったのだろう。簡単に言えば、財政基盤が脆弱だったということである。国家的使命を帯びながらも、信仰対象としては広く開放されていなかったということでもある。そうは言っても、礎石だけの静かで明るい廃墟空間、その周囲はお花畑と水田である。暑くさえなければ、一日中寝そべっていたい場所ではあった。その時、慶州の本質は実にこの「宏大な」原っぱにあると確信した。

「向うにある日本」と「鮮人」との間

保田與重郎は、皇龍寺址について、このように述べている。やや長いが引いておく。

皇福寺（ママ）（前田注、保田はずっと皇龍寺を皇福寺だと思っていたようだ）址は北川を挟んで憲徳王陵と対蹠の位置にある。皇福寺址には三層石塔があり、丘陵の東斜面の小高い平地にある。新羅式の石塔であるし、僕は一歩慶州に入つておびたゞしい石塔や廃塔の類にふれてから、余り興味をもたなくなつてしまつた。たゞここに十二支神の護石があるからそれを見るために行つたわけである。この護石の特異さについては項を改めてのべるつもりであるが、これを捜し出すことは一つの苦心だつた。附近にゐる鮮人の農夫にきいて漸くわかる。塔のある台地から少し下の田畑の中にあるのだからわからない。しかもそれが全部土に埋れて、ちやうど穴の中へ立てかけてあるのであつた。この附近にゐる鮮人をみると皆よく働いてゐるので感心した。後にそんなことを案内人の鮮人と話すと、鮮人は一般によく働く、あるものは生命をすりへらして働く、しかし、年をとると働かぬ、子供は親のために働くのが当然だと自他共に許してゐるのだ。といつた意味のこと語つて、これだからだめだとひいては亡国の切々たる情を慨嘆してゐた。なほ案内のことを書いたが慶州の駅へ一人でゆくとよく鮮人の子供が出てきて案内しようと云ひよつてきた。

（「慶州」、『コギト』一九号、一九三三年十二月、全集十六巻所収）

保田は皇龍寺址の廃墟のありようには殆ど関心をもっていない。逆に石塔など飽きたといったそぶりである（現在、石塔は移されていてそこにはない）。対して、十二支神の護石を地元の「鮮人」の手を借りながら、必死で探している。おそらく奈良の新薬師寺の十二神将像や大極殿に掲げられていた「四神・十二支画」などとの連想だろう。なにしろ「慶州に於て結局僕は日本的なものを発見し、又その本質的なものが慶州にはないことを発見したといへると思ふ」（「慶州博物館」、『コギト』二一号、一九三四年二月、前掲巻所収）、「僕が新羅で発見したものは、芸術史的に日本へ近いものがこゝにでてゐることであつた」（同上）とまで言ってのけ、六年後再訪した折にも、鮑石亭を訪ねて、「朝鮮の芸術は日本の個〈ママ〉有と共に、向うにある日本を教へるのである。日本の失つた日本を、朝鮮の廃墟に見ることも、日本の将来のためには無駄ではない」（「慶州まで」、『蒙疆』所収）と前稿をやや変形させながらも繰り返す保田である。彼は、基本的に慶州などにはさして興味はない。「日本的なもの」を慶州で発見すること、そのためにやってきたのである。「向うにある日本」など「外地の奈良」の言い換え以外の何物でもない。

そこから、失われた日本を復活すべく、古典に向かって行ったという物語（ストーリー）を描くことは容易だし、かつ、分かりやすい。だが、まだ二十三歳、そんな目論見が確定する年頃でもなかろうとしても、慶州で日本を発見しようとしていたことだけは確かである。それでも、「その本質的なものが慶州にはない」と言っていることからも諒解されるように、慶州が日本的な本質をもっていないこともきちんと理解もしていた。

また、「東洋の廃墟は慶州にあつて存在する」（「慶州」）と宣言したわりには、廃墟の廃墟たる皇龍寺址を見ても、どうやら彼の廃墟嗜好は始動しなかったようである。とすれば、そこに日本を見出すべく十二支神を探していただけということになろうか。ひょっとしたら何も見ていなかったか。

しかし、六年後の再訪では、保田は「日本の失つた日本」＝慶州と確定していくのである。既に、『日本浪曼派』（一九三五年）を刊行し、『日本の橋』（芝書店）『英雄と詩人』（共に一九三六年）によって、一躍、日本浪曼派の代表的批評家となったからかどうかは分からないが、日本を慶州に発見しようとしてどこかに違和感が残ったままの若き保田の揺らぎは実は見落とせないのではないだろうか。

そうした中で、保田がしかと見ていたものがある。それが今を生きる「鮮人」である。それは、前に取り上げた雁鴨池で「釣ざをを垂れる鮮人」といった理想化されたそれではない。若いときは「生命をすりへらして働」きながら、「年をとると働かぬ」とされる鮮人である。小遣い稼ぎに道案内を買って出る「鮮人の子供」もその一人である。

「これだからだめだとひいては亡国の切々たる情を慨嘆」する案内人の鮮人の話を聞いて、保田がどう思ったかは記されていないけれども、「本質的なもの」ではないものの、保田がとらえる慶州の「日本的なもの」と、慶州という個別具体性を離れた、亡国に至る鮮人の生き方、働き方とはほとんど交叉しない。ねじれの位置にあると言ってよい。にも拘わらず、保田はこうした描写を惜しまず記しているのだ。

そして、南山で案内の金君とともに、弁当を開いていると、集まってきた鮮人たちの「大声で老人たちが喋りたてるので、その唾が弁当の中へ飛び込むやうに思はれて」（「慶州の南山」、『コギト』二三号、一九三四年四月、全集十六巻所収）嫌になり、弁当の残りを子供へ与え、「洗ふ水が飲む水と同じである」（同上）水を飲む金君に驚いている。

ここにあるのは、日本＝清潔・富、朝鮮＝不潔・貧という単純な二項対立の構図である。だが、生の朝鮮に対する違和感が直に表現されている箇所でもある。その後、私も通り過ぎた山頂近くの草庵で、尼僧がもってきた煮沸した水に「何かわからぬ粉」が入っているのを「いくらか気味悪いが一口くふとなかなか香ばしく」と記しているが、違和感はなくなっていない。

古代の慶州から見えてくる「日本」と「非日本」との間に横たわる違和感、現代の鮮人に対する生理的違和感、位相を異にする二つの違和感、これらが古典回帰とどのように結びつくのか。次節で、小林秀雄を絡めながら、再度、保田與重郎と朝鮮について論じてみたい。

8　保田が朝鮮で得たもの

二〇一一年九月下旬、千葉市美術館の特別展「浅川伯教（のりたか）・巧兄弟の心と眼――朝鮮時代の美」を覗いてきた。朝鮮と保田與重郎を繋ぐものがないかを探るためという実に不純な動機によるものである。

だが、意に反して、会場内に所狭しと置き並べられた朝鮮の白磁や木工品の名品に眼を奪われながら、安宅英一（一九〇一～九四年）旧蔵の名品が多いのが気になっていた。おそらく、浅川伯教（一八八四～一九六四年）没後、所持品の多くが安宅英一に引き取られた結果だろう。周知の通り、安宅コレクションは、安宅産業倒産後、住友銀行（当時）に差し押さえられ、その後、大阪市に寄贈され、現在は、これが縁となって建設された市立東洋陶磁美術館に収められている。何のことはない、この展示会もそこから開始されていたのだった。とはいえ、安宅英一という稀代の朝鮮陶磁愛好家は浅川コレクションを見逃さなかった。さすがと言うべきではないか。

とは言うものの、収穫がなかったわけでない。この展示から、浅川兄弟と柳宗悦のみならず、柳の主導した民芸運動に積極的に加担した河井寛次郎（一八九〇〜一九六六年）・富本憲吉らとの浅からぬ関係を知ったからである。それは、一九二〇（大正九）年に、柳・浅川兄弟らによって開催された「朝鮮民族美術展」で朝鮮の陶磁に河井が深く感動してから始まったとされる（『河井寛次郎作品集』、京都国立近代美術館編、東方、二〇〇五年）。

よく知られているように、保田の京都鳴瀧の自宅・終夜亭を設計したのみならず、調度品・食器までを作りあげたのは、河井の愛弟子上田恒次（一九一四〜八七年）であった。上田の仕事については、保田の「藍毘尼（ルンビニ）青瓷茶会」（一九五九年、全集三十八巻所収）に詳しいが、河井本人についても、保田は、

美と出会ふことを念じ、大方対面された人と思はれる。その状態には停止がない。この場合の制作は、普通に云ふ職人の仕事の考へ方でなく、純な詩人や思想家や、一般に宗教の求道者にも通じるものである。美との対面を次々につゞけるといふことは、美が向うからきて訪れてくるのを待つことである。

（「神戸・河井寛次郎回顧展」、一九七二年、前掲書所収）

と最大級の言葉で絶讃している。とりわけ、「美が向うからきて訪れてくるのを待つ」人としての河井は、保田にとって神と同然の存在だろう。だからこそ、一九六六年の河井の死に際して

時雨の雨庭を濡らして降る時に神の如しとわれは思ひつ

と詠じたのである。そして、保田は、当時を振り返りながらも、未来を夢見て、「この今生に神の如き人を、来るべき将来の日、いつかの如くに、私の時雨のどこかの庭に、立たせることが出来るだらうかと」とまで付け足して、「若木の人」への期待を述べた上で「私はわが民族の輝く将来性を永遠に信じてゐるからである」と文章を結んでいる（「追憶賦」、一九七六年、前掲書所収）。保田にとって河井は「神の如」くであり「永遠」的存在であった。

だが、朝鮮がらみでいえば、保田と浅川伯教（保田の渡鮮時には浅川巧は既に没している）との関わりは薄いと言うしかない。

私は今度は、京城で博物館を見るよりも、浅川氏と柳氏によつて集められた民芸を見て興味を感じた。それは芸術的にはとるにたりないものであつたし、朝鮮の劣〈ママ〉しい生活の中に、あの日本へ渡来して珍重された一切の雑芸品的要素が全然とりいれられてゐないことが興味を教へた。（「朝鮮の印象」、一九三八年、『蒙疆』所収、全集十六巻）

ここでは浅川氏（伯教）は柳と並んで名前が上げられているだけである。人間的な接触はおそらくなかっただろう。とはいえ、その後、河井に深く傾倒していった背景には、どこかに朝鮮の影があったのではないかと思われてならない。たとえば、上記の文章の中で、保田は、後述する小林秀雄と同様に「とるにたりない」とされる、朝鮮の「民芸」に「一切の雑芸品的要素が全然とりいれられてゐないこと」に、「興味を教へた」という奇妙な表現で応えているが、このような意識は、「我が意を押しつけられた時、美は逃げ去る。美はつとした瞬間に発見されたのである」（保田「神戸・河井寛次郎回顧展」）と捉えられた河井の創作態度とそのまま通じるものではあるまいか。

おそらく、保田の庶幾する夾雑物を排したある種の純粋な精神によって創造される美のうちに、朝鮮民芸も河井の陶磁も包含されるのだろう。むろん、河井も朝鮮民芸に触発されて、保田が前述するような方向に向かったのかもしれないが、一等注意しておきたいのは、保田の古典観にもこの美意識が深く染み込んでいるという事実である。

仏国寺入口の仁王像を見て、保田はこのように記している。

剣をもつたまゝ、稚拙な手法のためにくすませられ、さらにそのために何か妙な笑ひを作るもの、推古の法隆寺仁王像を想はせるグロテスクながらのユーモアや、白鳳を省みさせる豊かな稚なさ、それらの中で手をくんで印を結つた神像は名称は知らないが、博物館の天官寺出土の壇石の像に似たおほらかになごやかな傑作である。この表情には意識の深さがあつて、単に感傷の奇古や原始の素樸さでない古典的なものがある。流派としての古典的といふものではなく、存在として古典的である。既に形態の完成とか均斉といふ形式的規範に於ていふ古典性でなく、つねに今日の意識に新しいものとしての古典性がある。

（「石仏寺と綏遠」、『英雄と詩人』所収、全集三巻）

保田はここで、「何か妙な笑ひ」、「グロテスクながらのユーモア」、「豊かな稚なさ」「おほらかになごやかな」などといった印象を抱かせる仁王像に「存在としての古典的」を見出している。保田の古典観は通常の定義である「形態の完成とか均斉といふ形式的規範」ではない。そうではなく、敢えて「今日の意識に新しいもの」＝「古典性」という新しい定義あるいは概念である。こうなると、何でもかんでも古典になってしまうきらいがないではないが、おそらく何でもありの放縦に堕させない防波堤が、朝鮮民芸・河井の作陶・仁王像を貫く、純粋性そのものと言ってよい非作為的な美なのだろう。

即ち、「古典＝今日の意識」という図式によって、保田は浪曼派として今後批評活動をしていく覚悟が一九三五年には固まっていたということだ。古典は今日の意識だからこそ、読むべきであり、同時に、現状を批判するものとなるのである。さらに推測を重ねると、かかる古典観が核心に純粋性がおかれる国学のそれに近いことも諒解されるだろう。保田にとって古典とは国学的概念でもあったのである。国学においても古典とは、死せる遺物ではなく、「今日の意識」そのものであったはずである。

保田は、最初の渡鮮後三年目にして、上記の文章をものしている。その間に、『日本浪曼派』を立ち上げ、『日本の橋』・『英雄と詩人』を刊行し、「明治の精神」（『文藝』一九三七年二月・三月・四月、『戴冠詩人の御一人者』所収、全集五巻）・「昭和の精神」（『新潮』、一九三八年四月、『蒙疆』所収、全集十六巻）といった近現代論以外に、「和泉式部家集私鈔」（『コギト』、一九三七年二月、『和泉式部私抄』、育英書院、一九四二年所収、全集十四巻）、「木曾冠者」（『コギト』、一九三七年十月、『改版日本の橋』、東京堂、一九三九年所収、全集四巻）といった古典論も発表し、批評家としての地位を確立していく。気がつけば、毎月、最低五から六本の原稿を書く多作家となっている。だが、こうして保田の歩みと二度に亙る渡鮮体験で得た「今日の意識」とアナロジーされる「古典」と出会っていることはある意味で決定的な事態ではなかったか。人は外部・他者を見て我が身を知る。保田もその一人であったということだ。

浅川巧と小林秀雄の朝鮮

朝鮮でかけがえのないものに出会ったのは保田だけではない。一九三一（昭和六）年、肺炎のため四十歳の若さで京城の土となった浅川巧は、本来林業技師であり、朝鮮緑化のために尽力しつつ、並行して、『朝鮮の膳』（民芸叢書三、日本民芸美術館編、工政会出版部刊、一九二九年）、「朝鮮茶碗」（『朝鮮民芸論集』、岩波文庫、二〇〇三年所収）といった民芸品の研究を続け、朝鮮陶磁のすばらしさを兄伯教と共に世に知らしめた人物であった。類希な文章家でもあり（大仰な柳や悪文の保田よりもずっとうまいし、小林秀雄の気取りもない）、その文業は『朝鮮民芸論集』として現在容易に読めるようになったが、その中で眼をとめざるをえないのが「窯跡」をめぐる一連のエッセイになるだろう。なぜなら、巧が朝鮮各地の窯跡をめぐっていた一九二二（大正十一）年から二七（昭和二）年頃の朝鮮では、陶磁の制作は事実上なくなっていたという重い事実がそこから知られるからに他ならない。巧の遺稿「朝鮮窯業振興に関する意見」（前掲書所収）には「もし時代が進運に向いつつあるものとしたら、来るべき朝鮮に先ず美術工芸が振い興らねばならぬ」という、渾身の思いが籠められた一節がある。ここまで強く言わねばならないくらい、現実の朝鮮窯業は事実上終わっていたのだ。巧はひたすら廃墟をめぐっていたのである。

実際、巧がさまざまな伝を使って（彼は現地の案内を頼むときはかなり強引だが、それでも在住の鮮人に嫌われなかったのは偏に偏見のない正直な人柄と態度のよさに拠るものだろう）、彷徨いながら窯跡を発見していくが、現地の鮮人自身が既に窯の存在すら知らないというのが大半といった状況であった。一九一〇年、朝鮮は日本に併合されたが、窯がうち捨てられたのは、併合以前である。だから、巧が村々で見る陶器はいずれも日本製だったというから、どう考えても、浅川兄弟や柳らが発見した「朝鮮民芸」も現実の朝鮮を表象したものではありえない、強いて言えば、朝鮮民芸と名づけられた過去（＝記憶）の陶磁・工芸品であったのだ。これは、慶州に日本を見ようとしつつ、現実の鮮人に対して違和感を否定できなかった保田とも共通する意識の擦れではなかろうか。

小林秀雄に「慶州」と題されたエッセイがある（『文藝春秋現地報告』、一九三九年六月、全作品十二巻）。内容は小林が石窟庵の仏像を見た印象記が中心だが、小林独自の観点が全編に横溢している。

山を下り乍ら、僕はいつかその事を考え込んでいた。ああいう美しいものを見て、心が一向楽しくなっていないのを感じて、僕は何んとなく不機嫌であった。

こうなった理由は「こちらに仏が無い事に疲れた」からなのだが、小林を疲れさせたのは、石窟庵の仏像だけであり、前室にある「神像めいたものや金剛力士と言った様な像」は「二流品と思われ」て、眼もくれていない。「二流以下のものを見せられるのが、もう適わぬ気持ちであった」という理由で慶州の博物館に気が進まなかったのも同様の気分によるものだろう。逆に言えば、そこまで小林は石窟庵の仏像だけに魅せられていたということでもある。

その一方で、他のものには「二流品」「二流以下」という判断で無視の構えで徹底している。小林は朝鮮陶磁については、ここでは何も触れていないが、杉本圭司氏がネットで発表している『小林秀雄實記』に引かれる「朝鮮の思ひ出」（初出『文化朝鮮』、第三巻第一号、一九四一年）によれば、小林は朝鮮陶磁についても発言していた。

朝鮮で感服したもう一つの美術は、京城の李王家の博物館の高麗の陶器であつた。あの繊細で而も強い感じの美しさは無類である。陶器を並べてあのくらゐ立派な室(へや)は、世界の博物館を廻つてみてもそんなにある筈はあるまいと思つた。京城の町もなかなか美事で、僕は遊覧バスに乗り一日中方々を見物し歩いたが、あの高麗の陶器の室の様な驚くべきものは何処にもなかつた。

(引用は初出に拠る)

小林は、李王家博物館の高麗陶器に感動している。そして、陶器を置いている「立派な室」ほどの部屋は「なかなか美事」な京城の町の「何処にもなかつた」と記している。石窟庵の仏像といい、高麗陶器といい、小林が惹かれるのは保田・浅川兄弟と同様に過去の美的朝鮮だけであった。

保田・朝鮮・日本

前に引いた「朝鮮の印象」のなかで、保田は、「京城の李王家秘苑を拝観して」「日本の失つた日本を朝鮮に発見することもあつた」と述べている。これに類した語り方はこれまでもあったが、すぐさま「日本の失つた日本をいふのは、やはり誇張と感傷のやうな気がする」と反省する。それは、「日本の芸術がもつ日本の本有性が、どうしてもその形のふるさとの新羅や百済と異つてゐたから」であり、言ってみれば、「ゆきずり」の印象に過ぎなかったからだ。

保田の違和感はなかなか解決しなかったのである。しかし、「朝鮮窯業振興」に関する具体的プロジェクト、即ち、伝統朝鮮の復活案をまとめた浅川巧や、何であれ「二流」以下には興味を持たず、信仰なき故に疲れ果てる小林秀雄とも異なり、「古典」から「現代の意識」を汲み取っていくのが保田であった。

満洲に於て蒙古に於て又は熱河や大同に於て、私は日本の固有のものに何か心ひかれた。日本人はどこかにある既存の形にさへ精神と生命を与へることのできる人種であつた。その生命を与へた芸術には一貫して縦横に「日本」といふ血が流れてゐる。その生命を与へる対象は、自然のものでも人工のものでもよい。堺の十七世紀の詩人たちは、その構想した茶室の中にもちこむことによつて、朝鮮の雑器に、さはやかな神韻を賦与した。（「石仏寺と綏遠」）

鼻持ちならない言説と一見思われるが、保田によれば、それは、「既存の形にさへ精神と生命を与へることのできる人種」という日本人の固有性の説明となるだけだ。その例証をお茶における高麗茶碗に求めているが、「形に精神と生命を与へる」とはなんとも大胆な発言である。言うまでもなく、外国のものには精神と生命がないと言っているに等しいからである。しかし、こういった思い上がった態度こそが、保田の違和感を解消し、なおかつ、「古典＝現代の意識」としていく原動力となる直観であったのだ。そして、それは、朝鮮ばかりか、古代日本から日本古典にまでも及んでいく直観ではなかったのか。

形がなく、精神と生命だけを与える人種としての日本人とは、観念だけの抽象的存在である。だが、それ故に、世界性を具備することも可能となる。他者としての朝鮮と出会うことによって、保田が得たもの、言い換えれば、〈日本〉は存外大きく深かったのである。

第二章　ドイツ・ロマン主義との邂逅

1　「故郷を失った文学」と「土地を失った文学」

保田與重郎の大学三年時に当たる一九三三（昭和八）年は、批評家としての活動が本格化する年である。一年前の創刊以来、保田は、毎月、長短含めた三〜四本程度の文章を『コギト』に載せているが、この年から他の媒体に載せたものが急増する。以下、挙げてみる。

「文学に於ける思考と実践」（『セルパン』、福田清人編集、第一書房、一九三三年二月）、「ステイル論」（『文学』、岩波書店、三月）、「詩に於ける「感傷性」」（『椎の木』、百田宗治編集、五月）、「文学の一つの地盤」（『作品』、作品社、六月）、「ハイネ」（『麵麭』、北川冬彦主催、編集発行人、山口孫太郎、麵麭社、七月）、「「批評」の問題」（『思想』、岩波書店、七月）、「言語使用の純化」（『マダム・ブランシュ』、北園克衛編集・発行、ボン書店、九月）、「鷗外」（『行動』、豊田三郎編集、紀伊國屋書店、十月）、「感想」（『麵麭』、十一月）、「心境小説の方向」（『レツエンゾ』、十返肇編集、紀伊國屋書店新刊ＰＲ誌、十一月）「深さへの探求」（『行動』、一九三三年一二月）、「日本国現報善悪霊異記」（『文芸汎論』、岩佐東一郎編集、同年同月）「千樫と赤彦」（『マダム・ブランシュ』、十二月）（このあたりの出版事情については、長谷川郁夫『美酒と革嚢　第一書房・長谷川巳之吉』、河出書房新社、二〇〇六年を参照されたい）。

学術的な『思想』、『文学』の他、様々な人間関係の所産とはいえ、主要な同人文芸誌・詩誌にこれだけ登場するのだから、もういっぱしの物書き、批評家として断じてもよいだろう。保田にとって東京帝国大学の学生という身分・境遇は、本来の「学生」と同義ではむろんなく、文章を書く場と時間を与えてくれる特権的な地位でしかなかったようだ。

たとえば、同年七月を見ると、

ハイネ（『麵麭』）
悼（『コギト』）
叔母たち（『コギト』）
ドストエーフスキー（『コギト』）

編輯後記（『コギト』）
「批評」の問題（『思想』）
（『全集』別巻五巻、「著作年表／年譜」に基づく）

となっている。質のよしあしを置いても、大学生の文業としては改めて驚嘆に値する執筆量ではあるまいか。

ついでに言えば、私が、保田の「剽窃」とされる行為に対して渡辺和靖氏の厳格な姿勢に較べてやや寛大である理由の一つは、序章でも論じたように、保田の執筆量の多さにある。これだけ大量に書いていれば、どこかで同じネタの焼き直しや使い回しくらいはするだろう、否、するしかないと考えられるからである。しかし、ここまで書く。しかも、どれもこれも似たような内容かも知れないが、多種多様な題材で書く、書ける。そこから、保田の批評や文業で大事なことは、「書く」という行為あるいは運動のもつ意味が浮かび上がってくる。若き日の保田與重郎とはある意味で存在自体が「書き続ける」運動体なのである。

「土地を失つた文学」

「大学生」らしからぬ保田ではあったが、大学の学業の掉尾を飾る卒業論文にヘルダーリンを選んだことは既に述べたけれども、これとほぼ同じ内容と思われる「清らかな詩人」が、「昭和八年十一月」の日付を持ち（初出には「三三・一一・二」とある）、一九三四（昭和九）年二月に『文学界』に掲載された。『文学界』は、宇野浩二・深田久弥・川端康成・武田麟太郎・小林秀雄・広津和郎・林房雄という当代を代表する作家・批評家が編集同人となり、『犯罪公論』という「エロ・グロ雑誌」の編集者田中直樹が経営していた文化公論社から「純文芸雑誌」として一九三三年十月に創刊されているから、創刊まもなく掲載されたということになる。だが、保田の「清らかな詩人」が載った五号であえなく休刊してしまった。同年六月に文圃堂書店から復活号が出ている（いずれ版元が文藝春秋社になり、今日に及んでいるのは、周知の通り）。

そして、同じ月に、保田は、小林秀雄「故郷を失つた文学」（『文藝春秋』、一九三三年五月）を強く受けた「土地を失つた文学」を改造社発行の『文芸』（一九三四年二月）に載せている。

保田にとって、卒論とは、上記から察せられるように、決して通常の大学生のような学業の総決算ではなかったはずである。卒論を少し書き換えたとは思われるものを、そのまま依頼原稿で『文学界』に載せているのであるから。彼にしてみれば芳賀檀に相談に行った割には、卒論など、one of them に過ぎなかったのではないか。とはいえ、内容がヘルダーリンであり、それを書くために、服部正己にディルタイのヘルダーリン論を翻訳させ、五回に分載して『コギト』に載せているくらいだから、決していい加減にものした文章ではない。と言いながらも他方で、これに賭けるといった意気込みもそれほど感じられない。この手の妙に神妙ぶった意気込みもどきは彼の常套的レトリックであるから、このように言ってみたのである。

そして、「土地を失つた文学」と「清らかな詩人」はおそらく書かれた時期が重なるのだろうが、密接な関係がある。まずは搦め手ながら、「土地を失つた文学」から見ておきたい。

私達が故郷を失つた文学を抱いたこと、青春を失つた青年達である事に間違ひはないが、又私達はかういふ代償を払つて、今日やつと西洋文学の伝統的性格を歪曲する事なく理解しはじめたのだ。西洋文学は私達の手によつてはじめて正当に忠実に輸入されはじめたのだ、と言へると思ふ。

（「故郷を失つた文学」『全作品』四巻）

小林秀雄は、故郷・青春を失うことによって、逆に西洋文学の正統的理解が可能になったと断じている。日本の近代とは、西洋化の代償に故郷・青春を失うことであったのだ。これに対して、保田の「土地を失つた文学」では、

僕は、しかしこゝで故郷といふ言葉で抽象的なふるさととか、伝統の国文学をいふのではない。素朴に故郷を、耕地を、生活の地をいふのである。しかし、素朴に云つたからとて、これを文学の郷土色だな、などと早合点をする人はあるまい。土地とは第一に作家精神の地盤である。次に、最も素朴な具体的な土地である。そこからだけモラリテの強放性が生れ出る（中略）。僕は百姓のもつ如き強豪な地盤から生れる文学のみを愛したい。けだしレアリズム

の本道である。（傍点原著）

なんと「レアリズム」を生み出す「具体的な土地」に帰れと主張するのである。それは、「そこからだけモラリテの強放性が生れ出る」からだ。その前にカントに言及しているが、保田にとって、「レアリズム」・「土地」・「モラリテ」は三位一体の如く結びついている。

そして、このようにも言う。

先頃僕は「清らかな詩人」といふエッセを書いた。「清らかさ」とはかゝる情勢から作家が守り通した「清らかさ」に他ならない。精神のレアリズムである。汚穢の人生を描き通して清いのである。小鳥のやうに生れてきれいなのでない。けだし文学とは著者のうるお座敷の芸事ではない。僕らは自己周囲の文学を純粋にするために、土地を考へよう。

「かゝる情勢」とは、作家を取り囲む「流行」や「××と資本」（ママ）を指すようだが、ここでは、「清らかさ」が「精神のレアリズム」そして「土地」と連結されていることは、改めて注目に値するだろう。

小林秀雄は世の一般的とも言いうる嘆きに対して、いや、故郷なるものを失ったからこそ文学の近代化ができたんじゃないのかと、突き放して見守っているのに対して、保田は、彼のよく用いる言葉を使えば、「俗悪」を逃れうる場として「清らかさ」を生み出す「土地」に着目している。だから、「土地」に帰れと言うのである。

お互い、現状に対する単純な肯定ないしは否定の地平から遠ざかり、現状を相対化していることでは共通しているものの、小林にはない保田の特性をここで指摘すれば、それは、「清らかさ」「モラリテ」といった美的かつ倫理的な判断が論の核を占めていることになるだろう。

そして、この図式が、上にも引かれた「清らかな詩人」のキーワードになっているのである。

2　ヘルダーリンへの接近

保田は、「清らかな詩人」の冒頭をこのように始めた。

仏蘭西では基督教が廃止され、その代りに理性崇拝が移入せられて、有名なサロンの女主人Mme Maillardなどがエーベルらの季節の祭礼の女神と祝はれてゐた時、その同じ年の一七九三年ドイツのチユービンゲンの学院の若い学生たちは広場に自由の樹をたてて、その周囲を熱狂し朗らかに踊りまはつてゐた。そしてこの学院の若いドイツ青年の中に後のヘーゲル、シエリング、それからいつも若い肖像しかもたないと云はれるヘルデルリーンも入つてゐたのである。学園の神学生徒の間に革命演説がなされて、自由の歌、マルセイエーズの歌の絶叫がこの地の公爵の耳に入つたとき、突然学院の食堂にあらはれた公爵は譴責の演説をした。革命はカントの精神の世界に於ける実現である。カントの「自由」は現実的に革命によって完成されるのであらう。それが三人の天才をふくめてその頃の清い精神をもつた新興ドイツ青年の既望の気持であつた。

暴王（チユラン）の座は地に墜ちて
その奴隷は塵垢に塗れん時

どこかすがすがしさが漂う文章であるが、これは、ほぼ同文が服部訳ディルタイの「フリードリヒ・ヘルデルリーン」（連載では（二）、『コギト』六号、一九三二年十月）にある。

学生達は一つの政治倶楽部を設立し、シエリング、ヘーゲル、ヘルデルリーンもこれに加はつた。仏蘭西に於て基督教が廃止され、理性崇拝が移入された同じ年の一七九三年に若い学生達は広場に自由の木を樹てゝ、その周囲を朗らかに歓呼して踊りまわつた〈ママ〉。学林の神学徒の間に革命演説自由の歌、マルセイユ歌の吟誦を聞いたこの地の公爵は突然学林の食堂に現はれて譴責演説をした。公爵と学林の最良なる人々の理想主義の間には少しも理解がなかつた。ヘルデルリーンは当時自由の讃歌に於て、この提携した勇者達の勝利を得た収穫の日を歌ひ、

暴王(チユラン)の座は地に墜ちて
その奴隷は塵垢に塗れん時
彼には自由の創造期が来た様に思はれ、希臘の英雄精神が仏蘭西革命の革命の勇者達に繰り返された気がした。（傍線前田。傍線部は保田によってほぼ写された箇所）

「学林」を「学園」、「朗らかに歓呼して」を「熱狂し朗らかに」に変えたのはご愛嬌だとしても、実質、保田がディルタイの文章に加えたのは、「有名なサロンの女主人Mme Maillard」と「カント」の「自由」についての文言、そして、主題と深く関わり合う「清い精神を持った新興ドイツ青年の既望の気持」くらいである。「土地を失つた文学」でもカントの「第三批判」（『判断力批判』）に触れているが、「清らかな詩人」がらみで言えば、ディルタイの訳文には、「カント、シレル及びフンボルトの造り上げた自由の理想主義」、「仏蘭西革命とこれに極めて密接なカントの哲学およびドイツ文学」（同上）とあるから、これを保田は縮減しただけだろう。とすれば、保田のオリジナルは、事実上「清い精神」だけとなる。

だが、これも、ディルタイ「「ヘルダーリン」論冒頭に、
古の信仰であるが、心の穢れなき人には神々宿り給ひ、物事の将来を示顕し給ふとある。ヘルデルリーンはかやうな敬虔的の加護をうけた純潔と性向の清浄美に生きた人であつた。

（傍線、前田）

とあるから、事実上、ディルタイの焼き直しが保田のヘルダーリン論ということになるだろう。しかも、カントの理解などは完全に単純化されている。これだけの改竄を施されても、その後、服部と保田の関係が悪くなったとは聞かないから、評論とはこのようなものだと互いに見做されていたということだろうか。

ここで、保田の名誉のために、一言付しておくと、実は、保田はディルタイ以外のヘルダーリン論も引いていた。それは、グンドルフの「ヘルデルリーンの多島海」（川村二郎訳『ヘルダーリン詩集』、岩波文庫、二〇〇二年では、「多島海」は「エーゲ海」とされている）である。だが、これは今後の探究課題でもあるのだが、ヘルダーリン論が収められた『グンドルフ文芸論集』が出たのは一九三四（昭和九）年（小口優訳、木村書店）であり、保田は執筆時点ではこれを見ることができないのである。だから、保田がどこからグンドルフを引いているのかが分からない、と今のところ言うしかない

再びグンドルフを出しながら、保田はこのように述べていた。

ヘルデルリーンはロマンテイクであるか、クラシイケルであるか、さうした下らぬ論争は、文芸学の早き発生――かのシレルの感傷と素樸の――文学と同時に、概念的な遊びとさ

れてきた一つの方向の表れにすぎない。ハイム、シュトリツヒ、それから、グンドルフまでも。しかしグンドルフは救つたのである。私はヘルデルリーンが、独逸ロマンテイクと地盤をひとしくしてゐたといへばよいのである。そのことにこの詩人のすべての運命の必然性が含まれてゐる。カント哲学が実現される、これが夢想であらうか。かくの如く理解したといふことが。ギリシヤは今後ドイツにもなければならない。しかもここに於ける現実との距離、そしてかかる距離にも妥協しないことこそ、清らかな詩人の本質である。

やや文意が不明な文章だが、ここで保田が言いたいことは、ヘルダーリンを「独逸ロマンテイクと地盤をひとしくゐた」とすれば、そこにすべての運命の必然性が含まれ、そこから「現実との距離、そしてかかる距離にも妥協しない」「清らかな詩人の本質」が導き出される、ということのようである。他方、グンドルフの主張は「美しき偉大なる過去を永遠化せんとするか、若しくは美しき偉大なる未来を現在化せんとする」（傍点原著）、言い換えれば、「過去と未来とは合体して一つの現在の運命となる」預言者的詩人の純粋な典型としてヘルダーリンを捉えることにあるのである。それは、保田が言う、現実に妥協しない単純な「清らかさ」ではおそらくない。

こうしてみると、服部訳に基づく保田のディルタイ理解、どこから引いたかは分からないグンドルフ理解、そして、肝腎要のヘルダーリン理解もはなはだあやしくなってくるだろう。にも拘わらず、これを保田は自信作として『英雄と詩人』に再収しているのである。

「清らかな詩人」――古典論と英雄論の起源

ヘルダーリンをめぐる保田與重郎の議論の検討を続ける。

ヘルデルリーンを考へるとき、今日の情勢を遍く感じる私にはむしろその清らかさが切実にさへ感じられた。

昭和八年十一月

保田與重郎は、「清らかな詩人　ヘルデルリーン覚書」をこのように語って閉じた。ここで言われる「今日の情勢」とは、ヘルダーリンの本質たる「清らかさ」が欠落否喪失している、昭和八年現在の日本の思潮を含む情勢やそれに呼応する人々の考え方を指すと見てよいだろう。「今日の情勢」に気に入らないから、二年後の一九三四（昭和九）年に日本浪曼派を立ち上げた保田である（十一月に『コギト』に「「日本浪曼派」広告」を出す）。現状拒絶の姿勢は、かなり初期からあったのだ。保田の古典論もそこに繋がることは改めて言うまでもない。

とはいえ、ここでは、「清らかさが切実にさへ」とまで言う、保田の過剰な拘りを重視しておきたく思う。やや言語矛盾めいた物言いになるかもしれないが、「清らかさ原理主義」とでも言ってよい態度で保田はヘルダーリンを見続けていたのである。それ以外は、さしずめどうでもよかったという振舞いなのだ。

たとえば、ヘルダーリンが「独逸ロマンテイクと地盤をひとしくしてゐた」と述べた後に、ギリシヤは今後ドイツにもなければならない。しかもここに於ける現実との距離、そしてかかる距離に妥協しないことこそ、清らかな詩人の本質である。イロニーもパラドツクスも、しやれや軽口も、真の詩人の世界ではそれを手段とすることはゆるされない。と信じた詩人を誰が侮辱し得るであらう。（傍点原著。同上）

といった文章にそうした振舞いは典型的に現れている。

ここでいう「清らかさ」とは、現実との距離に妥協しない態度のことであろう。ここでの文脈では、「ギリシヤは今後ドイツにもなければならない」とあるけれども、現実は、言うまでもなく、ギリシャはギリシャであり、ドイツはドイツである。しかも、ヘルダーリンの描くギリシャは、舞台設定を『ヒュペーリオン』のように、現代ギリシャにしていたにも拘わらず、描出される世界は古代の理想的なギリシャであり、そのような理想的な起源としてのギリシャ観がヘルダーリンあたりを創始者とし、以後、ニーチェからハイデガーに及ぶといった、近代ドイツに一貫として流れる一大潮流であったことは十二分に認めながらも（小野紀明前掲書）、ギリシャがドイツにもなければならない、ドイツのギリシャ化という願望が現実化することはどう足掻いてみてもあり得なかった。

だが、保田によれば、ヘルダーリンは願望と現実の距離に妥協しない人物である。しかも、イロニーやパラドックス、といった相矛盾する二項を強引にと言うか、カール・シュミットの言辞を借りれば、永遠に未決定状態で留保しつつ繋ぐといったトリックはむろんのこと、しゃれや軽口までも許されていないとなると、ことは存外深刻である。なぜなら、このような永遠に一体化できない対象に対して距離感のない態度をとることは、早晩、狂気と結実するからだ。はたして ヘルダーリンもそうなった。

だからであろうか、ヘルダーリンの態度を、保田はこうも言い換えている。

清らかな詩人は、それがヘルデルリーンにしても、クライストやニイチエにしても、つねに世界と自己の間に一分の間隔も認めなかつた。これはヘルデルリーンが、ギリシヤに於て、自然、人間、英雄、神の血統意識を以て出発点としたこととといみじくも共通する。世界が、精神と心情から乖離するとき、自ら心情と精神を現実に屈服せしめない限り、心情と精神は自殺せねばならない。ヘルデルリーンの精神分裂症がいつから始るか私は知らない。（中略）清らかな詩人は、現実と自己の対立を、或ひは自己と他人の対立をうめる便宜の方法としてデイアレクテイクもイロニーも発見し得ない。自分が現実に倒れるか、あるひは現実が自己になびくか、この二つの場合以外を見出し得ない。

ここで、保田は、ヘルダーリンが故に狂気に陥ったであろうことも仄めかしてはいるが、前の文章と内容的にはほとんど反復されているに過ぎない上記の文章の中で、敢えて、取り上げたいのは、ヘルダーリンに代表される世界と自己の一体化を信じる人間にとって、ギリシャに始まる血統意識こそが世界であり、かつ、自己なのだという指摘だろう。ギリシャ＝世界＝自己という構図である。たしかに、本来のギリシャ＝世界が、時を経て、自己＝精神・心情と乖離していった現代においては、現実世界に精神・心情を屈服させることを拒んだ場合、待っているものは、「自分が現実に倒れるか、あるひは現実が自己になびくか」しかなく、多くは前者となるだろう。このような、強いて言えば、わかりやすい二項対立を青春期特有の妙な純粋信仰で捉えることもたぶん可能だろう。

だが、ギリシャに始まる血統意識を世界としてそこに自己を一体化させるという保田のヘルダーリン理解は、保田のその後の展開を考えると、二つの大きな示唆を与えるのではなかろうか。

一つめは、保田の古典論である。近代に対する徹底的な嫌悪、後に「文明開化の論理」と命名された近代の日本に対する「偉大な敗北」を実践するための装置の一つが保田にとって古典であった。つまり、保田はヘルダーリンを上記のように理解したからこそ、己自身もヘルダーリンに準えることで、ある種不思議な安心立命が生まれ、そこから、日本浪曼派なり、古典なりを論じることができると確信したのではあるまいか。あまり上等とは言えない保田のヘルダーリン的な詩など、この種の思いが高鳴った結果であると見なしうる。

そして、二つめは、古典論と不可分の関係にある保田の英雄論である。上記にも「自然、人間、英雄、神の血統意識」とあるように、保田は、ヘルダーリンに対する彼特有の理解から、英雄像の原型を想起したのではないだろうか。ヘルダーリン論と一緒に『英雄と詩人』に収められた「セント・ヘレナ」（初出『コギト』、一九三五年五月）で、保田は、つまらない敵に敗れる英雄ナポレオンを感動的に論じた（本章4参照）。それは、「戴冠詩人の御一人者」（初出『コギト』、一九三六年七月）の日本武尊像、「木曾冠者」（初出『コギト』、一九三七年十月、原題「木曾冠者「平家物語論」」）の木曾義仲にも通じる「美しい、限りなく悲しい」英雄に他ならない。

現に、「セント・ヘレナ」にこのような文章があることは上記の見通しが正しいことを物語っていようか。

ナポレオンの教へるものは、人間の最後にある祈りである。現実的な行動の理論でなく、純粋な創造的な行動人間の悲劇である。今日のギリシヤ人の悲劇である。それはそのまゝ今日に於ける浪曼的な生活と思惟の関係である。

「今日のギリシヤ人」は現代のギリシヤ人ではない、ヘルダーリン同様に、今日を生きざるを得ない古代ギリシャ人の謂である。ナポレオン同様に、ヘルダーリンも、

唯物論の論理からではなく、唯物論の要請となり、前提となつたものからこそ、文学の出発はある。そこは論理の操作した世界でなく、論理がそのものの中にたくはへられてゐる世界

である。かかる世界に於て作家に妥協の余地は許されない。かかる宿命的な事実のまへに一人の清らかな詩人の宿命が犠牲として求められたのである。

とあるように、「犠牲」となるほかはなかったのである。この「犠牲として求められ」る存在こそ英雄であることは言を俟たない。

してみると、服部正己訳のディルタイ「フリードリヒ・ヘルデルリーン」との出会いによって、本格的に始まったヘルダーリンとの出会いは、保田にとって、今後の方針を固めることが可能となった事件と言ってよいのではないか。現実の異界たる朝鮮と連なりつつ、他方、不可視の異界たるヘルダーリン＝ギリシャ＝ドイツといった二つの異界によって、保田は急速に自身の拠って立つ基盤を固めていったのである。

「清らかな詩人」――ディルタイとの距離（二）

だが、ここで、保田とディルタイとの距離を改めて測定しておかねばならない。

生の哲学の系譜にあるディルタイは、ヘルダーリン論の中でも、「生」を何度となく強調する。また、「生」という言葉と共に、これを収めた『体験と創作』というタイトル通り「体験」という言葉が多く用いられている。

たとえば、こんな具合である。

ヘルデルリーンが生の相貌に深く根ざす暗黒面を、体験によってのみ与へられる迫力を以て初めてこの小説に表はした点に実にこの作の独自の意義があるのである。この暗黒面そのものから生を解釈し、この暗黒面の中に含まるゝ諸価値のもつ力と限界を意識せんとする傾向——これは又バイロン、レオパルディ、ショペンハウエルが略々ヘルデルリーンと同じく試みたところである——かゝる傾向が今や孤独なるヘルデルリーンの内部に生じて来たのである。

（服部訳『コギト』掲載稿に基づく。以下も同じ）

ディルタイによれば、「生の相貌に深く根ざす暗黒面」を「体験によってのみ与へられる迫力」によって書かれた小説が『ヒュペーリオン』となる。ヘルダーリンのありようはバイロンなどと同じ傾向にあったというのだ。

その他、「言語における律動、悲劇の分析における律動は彼にとつては、彼の哲学の最終至高の概念——生の律動そのものに対する象徴である」といった生への拘りが『ヒュペーリオン』論の中で何度も畳みかけるように記されるが、『エムペドクレス論』において、服部は、通常「生き生きとした」（岩波文庫版ディルタイ『体験と創作』）と訳されるlebendigを、どの辞書にも載っていない「まざけき」と造語=翻訳して、生の問題におけるある種のキーワードとして用いていることはやはり無視できない。

> エムペドクレスの宗教感は神の事物に対するまざけき関係より出でたのである。彼は奇蹟の信仰、教義（ドグマ）、生気なき外部的境遇に処する彼の本来的な宗教的態度から最もまざけきもの（das Lebendigte）の面前につれゆかれたのである。　（傍点原著）

ここでいう「まざけき」ものは、服部の理解では、「生き生きした」というよりももっと肉体的な傾向の強い「生々しい」くらいの意味であり、言ってみれば、生の内実そのものである。そして、この「まざけきもの」を具体化していく行為が、後半に記された詩における古代ギリシャの「韻律」の採用であった。それによって、「自由形式に発展した」熱狂詩が作られていったのである。だが、「ちやうどその時彼の精神は宿命の衝撃に屈し始め」たのである。つまり、「かゝる最後の発展は狂気の堺に初めてなされた」ということだ。ディルタイの理解によれば、生＝「まざけきもの」の律動こそヘルダーリンという詩人の本質なのだ。

他方、生の哲学の系譜にあるハイデガーはヘルダーリンについて何度となく論じているが、その詩作について「詩作は言葉としての有（＝存在）の創設である」（「ヘルダーリンと詩作の本性」、辻村公一・上島精訳『ハイデッガー全集』四巻、創文社、一九九七年）と言っている。もっとも、「創設」とは、

> 人間が現に有ることをその根拠の上に確固として設立するという意味でもある。

とのことだから、ディルタイに較べれば、生の根源たる存在を創設するとはいえ、ずいぶんおとなしい。

しかし、ここでは、二人の深刻な差異を超えて、生の律動あるいは存在の創設といった内側から生起してやまないものとしてヘルダーリンを理解していくという共通点に注目すべきだろう。我々日本人から見れば、すこぶる難解な詩人にドイツの哲学者が次々に参っていくのは、程度の差はあれ、ギリシャ趣味でも、熱狂的狂気でもなく、自己存在を揺るがすに十分な内的生起性をそこに見出すからに違いない。

そこで、保田のヘルダーリン理解を見ると、内的生起性はほとんど注目されていない。ディルタイでヘルダーリンを考えていたから、少なくともディルタイの生の律動は知っているにもかかわらずである。それでは、保田は何を見ているのか。言うまでもなく、一貫して「清らかさ」であった。

とはいえ、さすがに後半に至ると新たな味付けはされていた。

論理による止揚を知りつつしかもその対立の中に分裂の歌を絶叫する精神こそ、まづ論理の基定（ママ）をたづねる作家のリアリズムである。この陰惨な時代に於て、まづ民族を発見したのは誰よりも彼であつたかもしれない。

保田に拠れば、現実との距離に妥協しないことが清らかさの証であるから、論理による弁証法的な止揚など、この詩人に求めることはそもそも不可能である。となると、「論理の基定（＝前提）」そのものに向かうという態度こそが、「土地を失つた文学」で展開された「レアリズム」・「土地」・「モラリテ」の三位一体を最上とする保田にとっては望ましいものになる。その時、「土地」の具体相として「民族」が発見されることになるのである。

かくして、清らかな詩人は、「俗悪」も「概念弁証法」も寄せ付けず、「民族」を発見して狂人と化した。論文の終盤に、保田は、ディルタイを引いて「後期の詩作に自由の形式が生れ出た」と記している。しかし、その直後に、「しかも現実に妥協せぬ精神は、その慰安を期待しなかつた」として、自由＝慰安と捉えてしまっている。ディルタイの言説を誤解しているとしか言いようがないが、保田は何であれ自分が読みたいようにしか読まない人間である。こうなってくると、誤読も芸の一つとなってこようか。その意味で、ヘルダーリンは古典・英雄・民族を核とする保田の浪曼主義形成には決定的な役割を果たしたのである。

3　シュレーゲル・イロニーとの格闘

今は聞かれなくなって久しいが、かつてうら若い女性の間で、甘美な状況や事態に対して「ロマンチックね！」という定型表現があった。男性に捧げられる「ロマンティスト」という称号

(この語とて既に死語だが)がまだ肯定的な響きがあった時代の話である。現代では、ロマンティストと言われて、嬉しくなる人はもういないのではなかろうか。と言うよりも、「甘ちゃん」と同義のロマンティストと言われて、それほど嫌な感覚を持たないでいられたらしい事態が、近代日本のロマン主義受容のある傾向を示しているのである。我々はだいたいにおいて都合よく外国種の文化を受容してきたのだ。

さて、「ロマン的イロニー」の創出者であるフリードリヒ・シュレーゲルは、一七七二年生まれであるから、一七七〇年生まれのヘルダーリンの二歳下、事実上、同時代人である。両人の直接の交流はなかったようだが、一七九六年頃はその当時ドイツ文化の中心であったイエナに住み、共にフィヒテと交流している。フランス革命の申し子とも言えるロマン主義は小さな町で人を得て開花したと言ってよい。これは、『コギト』を刊行し続けた日本浪曼派が保田與重郎をはじめとする旧制大阪高校出身者という小さなグループで始まったこととどこかで類似している。それは他の文学運動や思想運動も事情は同様であったろう。

シュレーゲルのロマン主義を考える際に、一つの基準枠を提供してくれるのが、一九六五年、ワシントンでおこなわれたアイザア・バーリンの講義(『バーリン ロマン主義講義』、田中治男訳、岩波書店、二〇〇〇年)である。たとえば、シュレーゲルのみならず、ロマン主義の鍵語である「イロニー」は、バーリンによれば、こうなる。

イロニーはフリードリヒ・シュレーゲルによって創出された。この観念は、あなた方は職業に従事している誠実な市民を見る時、正しく構成された詩――規則に従って構成された詩――を見る時、市民たちの生命と財産を保護する平和的な制度を見る時にはいつも、それを笑ってやれ、ばかにしてやれ、反語的であれ、吹き飛ばしてやれ、反対のことをまた正しいと指摘してやりたまえ、ということである。そこで唯一の武器は、死に対抗し、彼にとっては、化石化に、あらゆる形態の固定化に対抗することであり、生命の流れの凍結こそ彼がイロニーと呼ぶものである。

さらに、バーリンは、このように言い切って、定義を終える。

この二つの要素――自由な拘束されない意志と、事物の自然が存在するという事実の否定、何についてであれ固定した構造を吹き飛ばし、爆破する試み――が、このきわめて価値のある、重要な運動の中で、もっとも深く、ある意味でもっとも途方もない要素である。

つまり、「あらゆる形態の固定化に対抗することであり、生命の流れの凍結」たるイロニーは、自由主義によって生まれた「自由な拘束されない意志」と「それを笑ってやれ、ばかにしてやれ、反語的であれ、吹き飛ばしてやれ」と同義である「事物の自然が存在するという事実の否定」によって構成される。

そして、その行き着く果てと言えば、「途方もない」と形容されることからも容易に推定されるだろうが、通常は自滅、あるいは、狂気に陥るしかないということになるだろう。だから、こうした事態から逃れるためには、野島秀勝が鋭く見通したように、「シュレーゲルが「転向」（前田注、カトリックに改宗したこと）したとき、彼のイロニーも芸術も終わった」（「イロニーの彼方――保田与重郎とドイツ・ロマン派」、『ピエロタ』、一九七三年四月）ということになるのである。自由意志と破壊衝動という二つのパッションがもたらす果実はそんなに甘美なものではなかったのだ。

もっとも、シュレーゲル自身は、

いかなる実在的関心にも観念的関心にもとらわれず、文学的反省の翼に乗って、描写された対象と描写する者との中間に漂い、この反省を次々に相乗して合せ鏡のなかにならぶ無限の像のように重ねてゆくことができる。（アテネーウム断片一一六）

と言っているように、山本定祐氏の簡潔なまとめに従えば、「イロニーはシュレーゲルにとって文学における構成的原理なのであって、単に皮肉（アイロニカル）な言辞を弄するという、通常のイロニー概念とは本質的に別の次元に属している」（傍点原著。山本編訳、Fr・シュレーゲル『ロマン派文学論』、冨山房百科全書、一九七八年）ということになるのだが、それでも、「イロニーに至るほどに、あるいは自己創造と自己破壊の絶え間ない交替に至るほどに」(アテネーウム断片五一)が示すように、イロニーとは、電気で譬えれば、交流の如く、自己創造と自己破壊が瞬時に交替し続けるという「途方もない」運動である。「構成的原理」はそのまま「破壊的原理」となるのは必定であり、シュレーゲルならずともそこから逃げだしたくなるのが人情というものだろう。

たとえば、ロマン主義とは微妙にずれていたけれども、生き方としては、ロマン主義的であった岡本太郎(一九一一~九六年)・三島由紀夫の生のありようはどうだったか。

「芸術は爆発だ」の発言から推定できるように、自己創造と自己否定の絶え間ない交替を具現した岡本太郎が、最終的には、「太陽の塔」と類似する、あるパターーンの中に嵌まった作品しか制作できなくなっていた。このことは、レベルは異なるものの、ピカソ(一八八一~一九七三年)の制作活動にも言えるかもしれない。つまり、作品はある傾向を持った異形の状態で定着してしまいながらも、発言だけはいつもながら過激だという事態である。両者の間にある、まさにアイロニカルな齟齬・矛盾・自己撞着を表面化せざるを得なかった悲喜劇を岡本太郎に見ることができるのではないか。本人は、おそらくしらばっくれて演じ続けていたのだろうが。

次いで、物書きとしてのあらゆる才能に恵まれていた三島由紀夫は、小説・戯曲・エッセイ・批評と何でもござれであった(公表しなかったのは韻文くらいだろうか)。だが、序章にも記したように、初期の名作『青の時代』(一九五〇年)と最後の大作『豊饒の海』第四巻『天人五衰』(一九七〇年)には驚く程近いというか、ほぼ等しい人間観が見出される。つまり、三島は、二十年間という時間の経過の中で人間観・人間像においては全く変化がなかった、言い換えれば、それは、人間観・人間像が最初から完成していたとも言えるが、他方、深まりも、変容もなかったということである。抜きんでた才能故に、手を替え品を替え、ジャンルを変えながら作品は発表され続ける。だが、ジャンルの多様さに反して人間を見る目は常に一様なのである。これはある意味で深刻な事態と言うべきではないか。『天人五衰』を書き終えた日に三島は自決したが、よくもここまで生きたものだ、辛かったろうに、と思ったのは、おそらく私だけではあるまい。

こうした、言い方は悪いが、悲惨な運命しか待っていないのがどうやらロマン主義というものであったようだ。結果はともかく、はじまりは輝かしくも映るロマン主義に付帯する、言い切ってしまえば、甚だ思い上がった態度の根柢に神の地位に人間が座った近代の歪みを見たのがカール・シュミットである。ロマン主義に関してシュレーゲル、キルケゴール『イロニーの概念』、バーリンと並んで必ず参看せねばならないシュミット『政治的ロマン主義』の第二版序文（一九二五年）には、このように記されている。

この社会（前田注、個人主義的に解体された社会）においては私的な個人が自分自身の司祭になればいいのである。いや、それだけではなく、宗教的なものの持つ枢要な意味と帰結によって、司祭である以上また自分自身の詩人、自分自身の哲学者、自分自身の王、自分の人格の聖堂を建てる建築家であることもできるのだ。私的な司祭ということのなかにロマン主義とロマン主義的諸現象の究極の根柢がある。このような観点のもとに事態を観察するならば、常に善良な牧歌詩人のみを見ているわけには行かない。ロマン主義がこころよい月夜のなかで神と世界に抒情的に陶酔していようと、世界苦（ヴェルトシュメルツ）と世界の痼疾として悲歎の声を上げ、ペシミスティックに我と我身を引裂き、あるいはまた熱狂的に本能と生の深淵に落ちこもうと、ロマン主義運動の背後にある絶望をも見なければならない。引歪んだ顔で多彩なロマン主義のヴェールの向うからこちらをみつめている三人の人間、バイロン、ボードレール、ニーチェを人は見なければならない。私的司祭制の司祭長であると同時に犠牲でもあったこの三人を。

（大久保和夫訳）

やや長くなったが、ロマン主義の構造をしっかり押さえているので、引いておいた。ここで言われる「私的な司祭」「私的司祭制」とは、神なき近代に神の代理人を詩人・哲学者がやっているという事態である。おのおの陶酔したり、悲歎の声を上げたり、我身を引き裂き、生の深淵を覗き込んだりしているが、それらの背後には絶望が横たわっていることをシュミットは正しく指摘していた。こうした事態は、シュミットに拠れば、どのような振舞いであろうと、「自己創造と自己破壊の絶え間ない交替」が生み出してしまう必然である。何と言っても、絶対＝神がなくなった世界で、人間がある種の絶対を求めてもがけばもがくほど、その行為を支える動機が純粋であればあるほど、人間の壁にいとも簡単に到達してしまうからに他ならない。五〇～七〇年代のジャズやロックのミュージシャンも遅れてきたロマン主義者であり、自己創造と自己破壊を繰り返し、多くは、麻薬やドラッグに嵌まるか、絶望の中で狂気に陥ったのである。だから、自己創造＝自己破壊の毒を現代人はまだ乗り越えていない。

してみると、一八〇八年、三十六歳の時点でカトリックに改宗し、ロマン主義から体よく逃げ出し、以後、学者・哲学者・文人であると共に、ウィーン宮廷秘書官、公使館参事官、メッテルニヒの随員という所謂「高官」の道を歩んだ（シュミット風に言えば、アダム・ミュラーと同様に、政治的ロマン主義者の正しい末路を辿った）シュレーゲルは、賢かった、ということになるのだろうか。

『ルツィンデ』をめぐって

そのシュレーゲルが一七九九年、二十七歳の折にものした奇怪な小説（既に小説という範疇を超えている可能性が高いが）が『ルツィンデ』である。日本での紹介は、保田與重郎の慫慂で『コギト』同人薄井敏夫の翻訳が最初だろう（『コギト』一九三三年八月〜一九三四年一月号、計六回連載）。

薄井は翻訳のみならず、小説・戯曲を『コギト』に一九四〇年（一〇〇号、十月号）まで断続的に掲載しているが、田中克己（一九一一〜九二年）の回想録（「コギトの思い出」、小高根二郎編纂『果樹園』〈九六〜一二八号、一九六四〜六六年〉所収）によれば、大阪高校出身で、東大のドイツ文学に進んだ。田中の回想の時点で既に故人であり、死因は結核であったようだ。『コギト』終刊号まで追悼記事がないので、死亡日時は今のところ不明である。（掲載がなくなった頃から病に臥せていたのかも知れない)。結構な量の作品や翻訳があるが、病弱でもあり、残念ながら、文人として自立はできなかった。

とまれ、本邦最初の翻訳を得て、保田は、『コギト』三〇号(一九三四年十一月)に「ルツインデの反抗と僕の中の群衆」を発表して、その後、これを『英雄と詩人』(一九三六年)に加えたのである。ここでは、『ルツィンデ』がどのように捉えられているかをざっと見ておきたい。

最初に言っておくが、この小説もどきを保田は、「近世小説史の古典の一つ」(「編輯後記」、『コギト』二〇号)と呼んでいる。成立年代は古典にふさわしいかも知れないものの、読んでも全く面白くない代物である。二〇〇年前のシェークスピアの戯曲の方がずっと堪能できる。だが、『ルツィンデ』を引かないロマン主義論はないから、同時代のヘーゲルが最初に徹底批判をしているけれども、多大な影響を与えたことは確かなのである。

一八四〇年に記されたキルケゴール『イロニーの概念』(白水社、一九六六年)所収の「フリードリヒ・シュレーゲル」では、

自我がより高い自由を欲し、人倫的な精神を否定しようと欲することによって、自我はそれとともに肉や衝動の法則に服することとなる。ところが、この官能性は素朴でないために、その当然の結果として、官能性をわがまま勝手に正当化したのと同じ身勝手さが、次の瞬間には一転して抽象的で極端な精神性を主張するようになりうるのである。

（飯島宗享・鈴木正明訳）

と断ぜられる。さすがにキルケゴールは、自我↓人倫的精神の否定↓極端な精神性というアクロバティックなロマン主義の動きをよく見ている。すべては「身勝手」なのだ。ゆめゆめこの「精神性」を信頼してはならないということだろうか。

そして、バーリンは、この小説が、シュライエルマッハーによって、誤読されたことが評価を上げたとまで言う。

四流のポルノグラフィー小説であった『ルツィンデ』は、誠実なシュライエルマッハーによって、性格上まったく精神的なものとして理解された。その肉体的な叙述はすべて寓意的なものと述べられ、その中のすべては偉大な説教であり、もはや誤った因習によって縛られない人間の精神的自由への讃歌であると端的に指摘された。

（バーリン前掲書）

バーリンによれば、これは、日本でも話題になった『チャタレー夫人の恋人』が、イギリスにおいては、「さまざまな聖職者」によって「キリスト教の正統教義と、ほとんどその支柱となるものと同じ方向に動いているとして理解された」のと同様の現象だったという。『チャタレー夫人の恋人』の評価はさておき、「あなた方は、因習を打破できそうなところではどこでも、それをしなければならない」という『ルツィンデ』の目的」は、受容の初期でかくもずらされていたということだろう。

とはいえ、官能性で言うなら、ほぼ同時代のジョン・クレランド『ファニー・ヒル』（一七四八〜四九年）の方がずっと上等な出来であり、逆に言えば、下手だったから、身勝手だからこそ、シュライエルマッハーの心温かい誤読も生まれたのだろうが、肝腎要の「因習」打破はどうなったのか。

独逸浪曼派特輯

一九三四（昭和九）年、十一月、『コギト』三〇号（「独逸浪曼派特輯」）に掲載された保田與重郎の評論「ルツインデの反抗と僕の中の群衆」は、同年一月（『コギト』二〇号）に完結した『ルツィンデ』の翻訳を受けて、執筆されたものである。

三〇号には、保田の評論以外に、以下の翻訳・論考が載っている。

ゲエテのマイステル修業時代について　シュレーゲル　薄井敏夫訳
「公子ホンブルグ」の上演について　ティーク　肥下恒夫訳
独逸浪曼主義　ワルター・フォン・モーロー　神保光太郎訳

ハインリヒ・フォン・クライストに於ける死の問題　ウンゲル　松下武雄訳
フリィドリヒ・シュレエゲルと女性　玉林憲義
フリードリッヒ・シュレーゲルの文学観　輿地実英
島々　ヘルデルリーン考　日高次郎（野田又夫）
憂愁について――ヘルデルリーン覚書　中島英次郎
わがひとに与へる哀歌　伊東静雄
浪曼的思惟と生活　ニコライ・ハルトマン　服部正己訳
浪曼派のメールヘン文学について　大山定一
古典の親衛隊　芳賀　檀
ハムレットとドン・キホーテ　亀井勝一郎
ハインリヒ・フォン・オフテルディンゲン（六）　ノワリース　田中克己訳

保田の論考は、ウンゲルの論考（翻訳）の後におかれていた。保田から輿地までがシュレーゲルに関する論考でまとめられている。

執筆者の多くは、旧制大阪高校仲間と新しくコギト同人に入った芳賀檀（一九〇三～九一年）などであるが、田中克己の回想に拠れば、「シュレーゲルの文学観」を執筆している輿地実英（一九〇二～四七年）は大阪高校のドイツ語教授であったので、かつての恩師に依頼して原稿を得たのだろう。他にも、ドイツ文学者であり、戦後において京大のみならず、日本のドイツ文学を牽引した感のある大山定一（一九〇四～七四年）、戦後長く関西学院大学で教鞭をとった、ドイツ文学者・聖書学者であった玉林憲義（一九〇七～九六年）、彼らと同様に京大出身で、この号から『コギト』に加わった神保光太郎（一九〇五～九〇年）が評論・翻訳で参加している。

ちなみに、大山は、『コギト』二六号（三四年九月）にトーマス・マン「魔法の山」翻訳（三三号・三五年二月まで六回連載）および「マンの「魔の山」について」（二六号）から、『コギト』に登場するが、彼自身は、ネット版『自分誌ジョーのパレット大山定一資料室カタログ』によれば、三三年からドイツ文学誌『カスタニエン』に関わった（京都帝国大学独逸文学研究会の機関誌、三八年六月まで計二十六冊刊行）。この雑誌には神保も一度執筆し、保田もアンケート（『カスタニエン』五冊、一九三三年十二月）に答えている。

このあたりの事情について、おそらく一等詳しい西村将洋氏によると、『カスタニエン』は、ヒットラー登場後、新即物主義（Neue Sachlichkeit）賛美から、ナチス文学に傾斜しはじめた東大系の『独逸文学研究』・『エルンテ』とは異なり、あくまで「新しく独逸文学に肉迫する心組み」（『カスタニエン』創刊号巻末）で発刊されたものであったという（「雑誌『コギト』とドイツ文学研究――新即物主義を起点として」、『社会科学』、二〇〇三年）。時流に左右されない文学研究を志したまっとうな雑誌を目指したということだろう。他方、保田のアンケートが機縁となって、『コギト』との交流が進み、三三年の滝川事件が発端となり、『カスタニエン』誌上には、「『美・批評』――『世界文化』という系統の京都知識人グループと、『コギト』——『日本浪曼派』の系統とが接点を持つ特異な場」(同上)になった。昭和前期における文化運動の新たな胎動を如実に物語る状況と言えようか。

一つの事例となるかとも思われるが、本号において、生涯の代表作となり、雑誌の配された位置そのままに、あたかも自身がヘルダーリンになったかのように「誘はるる清らかさを私は信ずる」と歌う「わがひとに与へる哀歌」(処女詩集『わがひとに與へる哀歌』は同詩をタイトルとして、三五年十月にコギト発行所から刊行)を掲載した伊東静雄(三三年八月の一〇号から『コギト』に詩を載せ始める)も、その後、大山と交流している(大山が伊東に言及したのは、四〇年から。四三年に刊行された伊東の詩集『春のいそぎ』は大山に献呈され、大山は出版記念会に出席しているなど)。伊東も京大出身であるから、この動きは存外自然であるのかもしれない。伊東のある種媒介項的存在は、その後、三六年八月に、栗山理一(一九〇九~八九年)宅で蓮田善明(一九〇四~四五年)と出会い、深く交流するようになることを上げてもよいだろう。その後、蓮田・清水文雄(一九〇三~九八年)・栗山・池田勉(一九〇八~二〇〇二年)ら広島文理大グループが三八年に創刊した『文藝文化』にも伊東は詩を寄せるようになるのだ。

とはいえ、三五年六月の時点では、伊東は、京大時代の恩師であった国文学者潁原退蔵(一八九三~一九四八年)宛書簡(四日付)で、『コギト』で芭蕉特集を八月号にしたいので、芭蕉の著作表のことで話を伺いたいと記していた。実際に、芭蕉特集が出たのは、十一月号であり、「芭蕉著作表」もないことから、その後は伊東の意図通りには進まなかったようだが、この書簡では、「これは昨年末（前田注、十一月である）にやりました、独逸浪曼派特輯と一対をなす試みのつもりでございます」（『伊東静雄全集』、桑原武夫・小高根二郎・富士正晴編、人文書院、一九六七年）と述べているところを見ると、伊東は、『コギト』三〇号「独逸浪曼派特輯」に対してかなりの気合いをもって臨んでいたこと、また、芭蕉特集号に対する抱負などから、編纂にもそれなりに協力していたことが知られる。伊東と保田・蓮田、さらに、大山との関係は、さらに深められなければなるまい。なぜなら、そこに昭和前期の浪曼主義・詩・日本古典・ドイツ文学の重層的な関係性のエッセンスが見られるからである。

最後に、三〇号には、もう一つ落とせない事項がある。それは、「文学の運動を否定するために、進んで文学の運動を開始する」「日本浪曼派は、今日僕らの「時代の青春」の歌である」などなどの高踏的なイロニーに溢れる「『日本浪曼派』広告」も掲載されていたことである。この「広告」は文体からして保田の執筆に違いないが、何であれ、実はぬかりのない保田のこと、「独逸浪曼派特輯」に併せて、次は「日本浪曼派」だと企図したものだろう。

それにしても、保田はこの年の三月に東京帝国大学を卒業したばかりである。にも拘わらず、同年十一月に、これだけの執筆者と多様な内容に富む特集を計画・実行し、加えて、時期をずらさず、『日本浪曼派』まで立ち上げているのだ。数え年二十五歳の若者がやることとはとても思えない。エディターのみならず、プロデューサーとしての保田の才覚は群を抜いていた。「日本浪曼派はこゝに自体が一つのイロニーである」（前掲「広告」）と、まったく衒いなく言い切ってみせる保田は、やはり、間違いなく、時代の寵児になるべく登場してきた人間であったのだ。

『ルツィンデ』とは何だったのか

ここから、保田の評論「ルツインデの反抗と僕の中の群衆」に入りたい。

保田はルツインデ論を三六年十一月に『日本の橋』（芝書店）とほぼ同時に刊行された『英雄と詩人』（人文書院）に収載した。むろん、「英雄と詩人」というテーマにふさわしく、自信作だったからだろう。処女作『日本の橋』・『英雄と詩人』をもって、初期保田與重郎の思考・思想・感性・狙いなどの一切が詰まっているテクストと見なしうるが、『英雄と詩人』においては、ヘルダーリン論とルツインデ論が、ドイツ・ロマン主義がらみの評論であり、「英雄と詩人」のうち「詩人」に配当されている。英雄とはつまらない敵に敗れるから英雄なのだとする典型的なイロニーに満ちた論理は、詩人の場合はどうなるのだろうか。評論の冒頭は唐突に始まる。

> 僕は悟性をもつてゐる。しかし経験は浅い、やはり僕には何かが欠けてゐる、何か大へんなものが欠けてゐる、僕はいつもそれをさがさねばならない、しかしそれはどんな形で手に入るだらうか、どの道何も考へなくつたつて何かが欠けてゐるのだ、実際やむを得ないなりゆきだけわかるではないか、心がもつ心であらうか、僕にとつて一番重大なものではないか、

その欠けてゐる何かといふのが――。

これは、一応、シュレーゲルに目される「一人の天才的断片作家の考へ」の説明である。だが、保田自身も後程「僕にも何かがかけてゐるにちがひないのだ」と言っているから、シュレーゲルを借りて、自分の見解を述べていると見てよい。また、野島秀勝も評価するように（「イロニーの彼方――保田与重郎とドイツ・ロマン派」）、保田が上記を概括して言い換えた「切迫した欠如の心情」を論の冒頭に置いていることは無視できないだろう。ロマン主義もイロニーも畢竟自意識過剰の産物だが、それを的確に表している言葉が「切迫した欠如の心情」だからである。

それならば、こうした「切迫した欠如の心情」と対峙する人間は一体どうしたよいのか。保田の答えはこうであった。

ただ一つの道がある。彼の優越感を歌ふことである。このしすまされた反抗の形に於て、優越感はもともと孤独の四壁である。はからずもそこで芸術は遙かな天空に展ける窓となり得たことがないとはいへないであらう。

難解な文章だが、「孤独」と同義である「優越感を歌」うとは、「しすまされた反抗に於て」、即ち、なしとげられた反抗において と言ってはいるが、思い上がった孤独の自己を歌うことだろう。いよいよ以て救われないな、と思われるものの、保田に言わせれば、その「芸術」が「孤独の四壁」を打ち破る「遙かな天空に展ける窓となり得」ることもあるらしい。本当かと思う反面、これは存外、近代における芸術等の創造イメージをそのまま言っているのではあるまいか。孤独の中に住まい、そこで苦悩しつつ、自己を見つめ、遂に自己を超越するというイメージである。だが、その直後、保田は、「天才的断片作家」の言い換えであろう「超人」と「群衆」を対比してこう述べるのだ。

超人の姿は、群衆に比べて彼ら自身の奈落の姿であつた。超人は群衆の奈落に他ならない。しかもそれは超人の自覚である。かつてすぐれた詩人芸術家たちは、奈落の人に他ならなかつた。彼は反省などをこととせぬ。ありのままにも奈落の姿を暴露しつくす。芸術家は裸体であるといふ。心がけるべき群衆の復讐である。悟性はつねに悟性が課した孤独を群衆によつて復讐されねばならなかつた。

最初から悩ませる文言は、なぜ「超人」＝「詩人芸術家」が「群衆の奈落」なのかということだ。まず、これを逆に言ってみよう。すると、群衆は奈落しないし、群衆は反省する存在であるということになる。そこから、上段も踏まえながら考えると、孤独な中で優越感を歌う超人とは、反省もせず、「ありのままに奈落の姿を暴露」する存在ということになるだろう。おそらく、保田が言いたいのは、孤独な自己が「優越感を歌」うためには、「ありのままに」「裸体」であることが絶対不可欠だということだろう。そうでないと、超人ではないのである。

そこから、保田がヘルダーリンを最高の詩人として捉えていたことが思い出されよう。「ありのまま」「裸体」といった純粋性、保田の言葉で言えば、「清らか」さをもつ超人だけが優越感を歌える存在なのである。しかし、仮にそのような人間がいるとしても、まともに生きられるはずはない。最後に発狂した『白痴』の主人公ムイシュキンと同様に群衆によって復讐されるのが落ちである。しかし、純粋である故に自己を超越させ、それ故に群衆に復讐される、このアイロニカルな存在こそ、保田の理想像なのだ。

とは言いながら、保田は、『ルツィンデ』なる小説が「ルツインデは面白くもをかしくもない頭のいたくなるといふ方が適した小説である」とかなり先で述べているように、この小説を面白がってはいないし、バーリンのように「四流ポルノ小説」とも見ていない。それでは、保田はこの小説とも言えない小説のどこを評価しているのか。

ただこの小説に僕は不可能な夢を作つてみる。近代の芸術家の精神の発生の事情について。嘘でも偽はその点にだけない。それが僕には気がかりでならない。

これは上記の引用に続く文章である。保田は、「近代の芸術家の精神の発生の事情」、これだけ

を『ルツィンデ』から読み取っているのだ。それは、『ルツィンデ』に則して言えば、

芸術家が身を以て体験したものは、下らぬ己の自覚に他ならない。しかもさういふことばによつて彼らは高邁な自己の精神の主張をせねばならぬ

ということである。神や絶対が存在しない近代においては、人間は皆「下らぬ人間」となる。だが、その自覚をもって、「高邁な自己の精神の主張」をする、即ち、「優越感を歌」う。このイロニーそのものと言える生き方を実践するのが芸術家だということである。『ルツィンデ』とはそれを明らかにしてくれる「頭がいたくなる小説」なのである。

言うまでもなく、保田は、近代的な進歩主義を否定する。また、この当時はまだ古典への全面的回帰もしていない。そのようなとき、「今希望と呼んでゐるものがまことに追想であつた」というシュレーゲルのイロニーにおいてしか「芸術家の精神」は発生しないと保田は見ていたのだ。

その時、何がイロニーを支えるのか、それこそが「芸術する心の情熱」であり「ハムレットの真正真銘の正直さと勇気」である。そこから、なぜ保田が異常なまでにヘルダーリンに傾倒し、その後、木曾冠者や日本武尊に惹かれていくかが推測できるのではないか。イロニーしかない現状において、最終的に自己を支えるのは、「清らかさ」であり「情熱」「正直」「勇気」なのである。この時、純粋性とイロニーは狂気や破滅を予想させつつ合体あるいは野合するのだ。

「イロニーのもついたましい内面性、迫烈した精神を知るもののみが再びシュレーゲルの歌を間近く抱いてゆくであらう」と保田は末尾で語る。「いたましい内面性」以上に「迫烈した精神」こそ、英雄論、古典論へに進んでいく導因になったはずである。

4 「偉大な敗北」の定位――「セント・ヘレナ」から

時代小説のみならず、オーディオや麻雀などでも耳目を集めた往年の「流行作家」であった五味康祐（一九二一～八〇年）は、一部には知られていたが、保田與重郎の弟子であった。五味邸に来訪した際、保田は五味が普段腰掛ける椅子で寛いでいたという（五味由梃子「保田先生の思い出」、全集月報、『私の保田與重郎』再収）。最高レベルのもてなしと言ってよいだろう。

それでは、五味は保田のどこに参っていたのか。保田の著述物とその人間に心酔していたと思われるが、五味の深い思いを端的に伝えてくれるエッセイがある。一九七一年、保田が六十二歳の時に刊行が始まった講談社版『保田與重郎著作集』（なお、これは、二巻だけの刊行で終わった、一九六八年の南北社版以降、最初のまとまった全六巻の著作集であり、その後、八五年から八九年にかけて同じ版元から刊行された四十五巻版全集の先鞭となった）第三巻月報にある「青春の日本浪曼派体験」がそれである（『私の保田與重郎』再収）。このエッセイで五味は保田との縁を熱く語ってもいるが、最後の一節は、本章のテーマとも密接に関係するので、引いておきたい。

『セント・ヘレナ』は言う迄もなくナポレオンの最期を叙述されたものだが、私が知る限り、これはベートーヴェンの交響曲第三番（英雄）第二楽章に比肩する芸術である。〝葬送行進曲〟を文章で――英雄ナポレオンへの哀悼を音楽ではなく、言葉で――これほどあざやかに描破された作品を私は他に知らない。青少年の日に、これだけは是非すべての日本人に読んでもらいたいと念う。

今日、オーディオ・ファイルあるいはクラシック音楽通としてかすかに記憶される五味だが、保田の「セント・ヘレナ」について、ここまでオマージュを捧げた文章は他にはないだろう。何と言っても、ベートーヴェンの交響曲第三番の第二楽章に「比肩する芸術」とまで言っているのだから。周知のように、第二楽章は「葬送行進曲」として知られている。「英雄」をめぐっても様々な説があるようだが、ナポレオンであることは動かないようだから、第二楽章のゆったりと流れる荘厳で暗い調べを、五味に拠らなくても、ナポレオンに対する哀悼であるととるのが通常の理解というものだろう。

とはいえ、五味の愛してやまないベートーヴェン第三番第二楽章を言語化したテクストが保田の「セント・ヘレナ」だというのである。ということは、これまた、トートロジー的物言いになるが、五味は、「セント・ヘレナ」を「ナポレオンへの哀悼」として読んだということになるだろう。その理解は、むろん、間違っていない。ナポレオンがワーテルローの戦いに敗れて流刑にされ、死に至った場所がセント・ヘレナ島であり、それに至るナポレオンのありようと言動を主として叙述しているのがまさに「セント・ヘレナ」といういささか長い評論であるからだ。

しかし、五味の、法悦とも言ってよい心酔ぶりに泥を塗るようだが、それでも言ってしまうと、保田の「セント・ヘレナ」は構成的に見ても、「葬送行進曲」の旋律ほど単純で一本調子ではなく、それなりに複雑な代物である。実際の論理は、よく見ると、他の保田の作品同様に、それほど複雑ではないのだが、いくつもの引用や保田節と言ってよい難文のためか複雑に見えてくる。加えて、書かれている内容も、ナポレオン伝にかなりの筆を費やすなど、単に「哀悼」と言い切って済まされない要素をたぶんに含んでいる。

だから、「青少年の日に（中略）すべての日本人に読んでもらいたい」作品であるかと言えば、直ちに諾とは言いがたい。今日、保田が話題になる時に、必ずと言ってよい程出てくる「何を言っているのか、分からない」という多数派の意見は「セント・ヘレナ」にもそのまま当てはまる。要するに、多くの人にとっては、ついて行けない文章なのである。仮にこれを教室なりで「青少年」に強制的に読ませるとしたら、おそらく、見たくもないし読みたくもない、もしくは眠たくなると訴える保田嫌いの「青少年」が増えるだけで終わるだろう。

それにも拘わらず、五味のように無頼を繰り返しながら生き方を模索しつつ文学に飢えているような、言い換えれば、無理矢理に背伸びをしていた昭和の文学・思想青年にとっては、「セント・ヘレナ」は、やはり、何を書いてあるのか分からないように見える西田幾多郎他京都学派の作品や、伏字対策のためか必要以上の難解に堕してしまったマルクス主義の作品などと同じく、通常の言説というよりも密教の真言(マントラ)に似た法悦ないしは心身が一体化したような感動を与えてくれる疑似宗教的な作品であったことも一方の事実だろう。断っておくと、難文だが、後述するように書かれてある批評のレベルは決して低くない。それは京都学派もマルクス主義も同様である。だが、ここでは、通常で言われる「理解」に至らなくても熱狂的に「青少年」に読まれた書物の霊力が保田の著述にもあったということを言いたいのである。ちなみに、この「伝統」の最後に位置するのが昭和末期の廣松渉、柄谷行人氏、さらに、ポストモダンのデリダになるのではないか。その意味で、彼らは最後の教養主義者であったかもしれない。

そうした中で、私は、心酔する五味でも、理解不能と忌避する側でもなく、イロニーの果てにある、保田のキー概念としての「英雄」を考える上で、「セント・ヘレナ」を改めて読み直してみたい。それは、保田がその後、英雄をナポレオンから日本武尊・木曾冠者(源義仲)と変えていき、英雄との絡みで展開される古典論のありようを摑みたいからに他ならない。

グンドルフ・小口優・保田

川村二郎は、『イロニアの大和』所収「ゲーテ」でこのように述べている。

保田がハイネについて最も内密な調子で書いたのは『セント・ヘレナ』(一九三五年、『英雄と詩人』所収）においてである。「セント・ヘレナ」とはいうまでもなくナポレオンが流された島の名。ちなみにこの表題の評論を収めた評論集『英雄と詩人』という題は、グンドルフの評論集『詩人と英雄』を、順序を逆にして連ねたものと考えられる。

何も付け足すことはない。この通りだろう。フリードリヒ・グンドルフ（一八八一～一九三一年）の評論集は、日本では、一九三四年に小口優訳で『グンドルフ文芸論集』（木村書店）が刊行されている。その後、一九三九年に冨山房百科文庫の一冊として小口によって改訳・改題されて『詩人と英雄』として出された。保田が『英雄と詩人』を刊行したのは、一九三六年であるから、上記の推定に矛盾はない。

ここで、グンドルフについて略述しておこう。生松敬三（一九二八～八四年）によれば、ベルトラム（一八八四～一九五七年）と並ぶゲオルゲ・クライス（ゲオルゲ派）の「中心的存在」（『二十世紀思想渉猟』、青土社、一九八一年、岩波現代文庫、二〇〇〇年で再版）であり、また、生松著と並んで、二十世紀初頭のヨーロッパ精神史としては卓抜な上山安敏（一九二五年～）『神話と科学』（岩波書店、一九八四年、岩波現代文庫、二〇〇一年再版）の指摘にもあるように、結局はうまくいかなったものの、「ゲオルゲとウェーバーとの間の接触をとりもった」のもグンドルフであった。師であるゲオルゲ（一八六八～一九三三年）とは異なり、グンドルフは、「文学史における詩と学問の一体化に非凡な才能を見せた」ようである（上山前掲書）。つまり、秘教的サークルであったゲオルゲ・クライスの中では、幾分とも社会性・一般性をグンドルフはもっており、結果的に『ゲーテ』などの著述で、「その背後に超然と屹立している「師(マイスター)」ゲオルゲにいっそうの光輝を添えることにもなった」(生松前掲書)とのことだ。これを私なりに言い換えれば、師弟関係にはよくあることとはいえ、グンドルフが顕教的役割を果たすことで、密教的存在としての師ゲオルゲをより高めたという図式だろうか。これまた一部には知られているが、グンドルフはドイッチャー(一九〇七～六七年)の言う「非ユダヤ的ユダヤ人」の一人であった。もっとも、ゲオルゲ・クライスのユダヤ人率は、上山氏も指摘するように、存外高かった。これは別に考察する意義があるだろう。

そうとはいえ、グンドルフの文章も容易に読める手合いでなかったことは、日本で最初にグンドルフを紹介した訳者・小口優(一九〇七～七〇年)の以下のような言説からも了解される。

グンドルフは類稀なる文章家である。彼の文章の華麗と荘重とを併せもつた気品の高い格調、端倪すべからざる措辞、更にその微妙な明暗、色彩、香気に至つては、これを他国語に移すこと至難の業である　(『詩人と英雄』序言)

後で翻訳文ながらグンドルフの文章を具体的に検討していくが、私は、小口の指摘するグンドルフの文章・文体も論文のタイトルだけではなく、保田に響いているとは感じている。それに絡めて、グンドルフの言説に入る前に、少し触れておきたいのは、小口が『グンドルフ文芸論集』

を『詩人と英雄』と改題した理由である。

改題した理由を小口は冨山房版で何も述べていない。語られることは、「今再び世に出すに当つて全部を改訳し、出来るだけ日本文として正しいものたらしめることに苦心した」と記すのみである。けれども、敢えて推測、否、邪推すれば、これは、保田の『英雄と詩人』を意識してでのことではなかっただろうか。小口にしてみれば、「詩人」と「英雄」との順序を逆にしているとはいえ、自分の訳業の方が時間的に先行しているばかりか、保田の評論がグンドルフに拠っているのは自明なので、『英雄と詩人』を目にした時、面白くない感情が生まれただろう。それが人間の自然の感情というものである。そこで、題を正しく原題通り『詩人と英雄（Dichter und Helden）』に戻し、保田が拠った旧訳ではなく、改めて「全部を改訳」したのではないか。訳文をよくすることによって、小口が考えるグンドルフの正しい理解を提示することと、保田に対する間接的な異議申し立てとが共に可能となるからである。これは、小口のなしたせめてものしっぺ返しあるいは矜恃の表明と見てもよいのではないか。そこに翻訳・紹介に徹せざるをえなかった一外国文学研究者の鬱屈した思いを見ることもできよう。

他方、友人に読みたい作品を翻訳させて、それに基づいて評論を書くタイプの人間である保田にしてみれば、今回のケースも、友人・知人と同じ態度で臨んだのだろう。即ち、なんら気にしてはいないのだ。川村に拠れば、保田は、ハイネ（一七九七〜一八五六年）の『ル・グランの書』も見ているとの由である。なるほど、ハイネは嫌という程、使われている。

保田が一筋縄でいかないのは、グンドルフだけに拠らないことである。参考にすべき、拠るべき、場合によっては剽窃まがいのことをすべき書物群を彼は連想と気分でパッチワークにしていくのだ。読み始めていくと、途中からどこが保田の意見で誰かの意見かどうかも分からなくなってくる。それでも、全体から醸し出される情念のようなもの、あるいは、妙に気合いが入っている熱い語り口、そして、時折見られるちょっとした物言いが保田の文章だと知らせてくれる。保田は小口のような研究者ではない、批評家である。自己を語るために他者はある。グンドルフ、ハイネ、ヘルダーリンしかりである。本人は何に拠っても自分を語っているつもりだろう。

但し、グンドルフについて付言しておくと、以前、俎上にのぼせた「清らかな詩人」（一九三四年三月）というヘルダーリン論でも、言及されている事実があることだ。小口訳が出たのは、同年十一月であるから、保田がグンドルフをドイツ語の原文で接していた可能性はある。

グンドルフ『詩人と英雄』の射程

そこで、グンドルフの「詩人と英雄」の分析に入りたい。のっけから、結論めいたことを言えば、保田は、グンドルフなくして、「セント・ヘレナ」のみならず、英雄論自体を構想し得なかったに違いない。それほど、グンドルフとの出会いは、保田には決定的だった。それでは、どこが決定的だったのか。

グンドルフ『詩人と英雄』を貫く思想的な構えは、「驚異と饒舌の対象を供し・単調を破り・

地上の風景を美化し或は豊にするが故に、独自性・特異性・色調(ニュアンス)に打ち興じ、そして何よりも偉大なる人達を珍重する個人主義（便宜上、冨山房版に拠る）」らを拒否するこれらの言辞が如実に示すように、徹底した反・近代である。

こうした近代の風潮の根柢に、グンドルフは、あらゆるものを「人間化する」行為があると見ている。つまり、偉大や力強さに対する思いや信仰・崇拝、さらにそれに向かおうとする意志が完璧なまでに欠落して生まれた、安易な世俗主義・合理主義・相対主義が支配する時代、これがあらゆるもの「人間化する」近代なのだ。だから、こうも言われるのである。

偉大なるものは要求、基準、中心である。心のうちでそれによつて自己を作りかへさせるもののみがそれに近づくことを許される。

グンドルフの偉大なるものへの熱情は、近代的価値に対する怒りやいらだちの表れでもある。そこから、偉大を正しく具現する「英雄」へと論が進むのは分かりやすい。そして「英雄」の本質としてあげられるのが「宇宙的人間」・「宇宙的(コスミッシュ)」と表現される性格であり、この言葉は保田の「セント・ヘレナ」においても何度も強調される。英雄とは「宇宙的人間」なのである。具体例として、グンドルフは、ダンテ、シェークスピア、ゲーテを、それから、「神話的に不滅なる形姿」としてアレキサンダー、シーザー、ナポレオンを上げた。

グンドルフの根柢にある反近代の構えと世俗主義・合理主義・相対主義に覆われた悪しき近代を超克するものとしての「英雄」崇拝、これが保田の英雄論の基盤になったことは間違いない。だが、保田は、気がつけば、グンドルフとは別の「あはれ」な、はかない英雄像を樹立していくのである。

グンドルフは、「宇宙的詩人」ダンテ、シェークスピア、ゲーテの三位一体と対になるもう一つの「宇宙的」英雄の三位一体をアレキサンダー、シーザー、ナポレオンとし、彼らを「人間文化そのものの生ける神話財」であり、「歴史的に忘れられぬといふのではなく・神話的に不滅なる形姿」をもつと顕彰する。

その中でナポレオンはどのように描かれているか。

ナポレオンが初めて再び内部に国家的世界意志とそれを実現する無制約的な力とを持つ。彼に於ける何物も単に私的、単に人物、単に天才ではない――それ故彼には当然にも我等の国民的英雄の懐かしい特徴、フリードリヒの笛吹き、ビスマルクの家族感覚が欠けてゐる。当然にも人間と事物、人間と世界とが分離してゐる所にのみ生ずる義務感情が欠けてゐる。ナポレオンは全く近代の天才ではなく、再び古代的な仕方での宇宙的人間であり、彼にとつてかの分離はアレキサンダーやシーザーにとつてと同じく不可能であった。（傍点原著）

プロイセンのフリードリッヒ大王（一七一二〜八六年）は、フルート演奏家としても知られていたし、鉄血宰相ビスマルク（一八一五〜九八年）は友だちはいなかったものの、代わりに妻子（＝家族）を深く愛していたらしい。グンドルフは、こうした人間味を感じさせる「国民的英雄の懐かしい特徴」をナポレオン（一七六九〜一八二一年）は「欠いてゐる」と言う。これはどういうことか。フリードリッヒ大王やビスマルクには、「人間と事物、人間と世界とが分離してゐるところにのみ生ずる義務感情」、言い換えれば、愛玩物としてのフルート、愛情の対象たる家族なるものをもつことによって生ずる、ものや妻子に対する幾分忠誠的とも言いうる思い、即ち、人間味が、「国民的英雄」の「懐かしい特徴」の根拠となっているのに、ナポレオンときては端からこの感情が欠落していたということである。

その原因は、「人間と事物」「人間と世界」、言ってみれば、〈主体と客体〉あるいは〈自己と他者〉の「分離」あるいは「区分」といった近代的な分節的観念の欠落にある。だから、アレキサンダー（BC三五六〜三二三年）やシーザー（BC一〇〇〜四四年）と同じく、「古代的な仕方での宇宙的人間」となってしまうのである。その場合、「宇宙」とは一切合切が分離されない全体であり、絶対の謂に他ならない。つまり、ナポレオンは、「分離」という言葉で表される近代的な分節的思考や感情をもっていない、宇宙的＝全体的人間なのだと言いたいのである。改めてざっくりと言えば、ナポレオンの前では、近代的な〈主体と客体〉の分離感情に支配されていたフリードリッヒ大王やビスマルクなどスケール的に言っても高が知れているということだ。

さらに付け加えて、挫折したといえ、ナポレオンが作り上げた帝国のことをこのように述べている。

彼の帝国のみが――そして彼はそれの現実的象徴である――一個の世界包含的な人間の王国成化であつた。羅馬帝国以後最早如何なる政治的組織もかゝるものではなかつたのである。

「一個の世界包含的な人間」とは「宇宙的英雄」の言い換えだろうが、帝国自体が、ナポレオンの「現実的象徴」だと言うのも、繰り返しではあるものの、ナポレオンの宇宙性を物語ってあまりある。

しかし、どうやらここだけで収まらなかったようなのだ。それはどういうことか。

我等の時代の唯一の宇宙的支配者として、単に古代の憧憬と信念のみならず、古代の国家及び英雄精神の奇蹟的再生として、彼のみが彼に敗れた者及び彼を破つた者よりも一層多く「世界」である。宇宙的な像はシェークスピアとゲーテとが現代に保証した。人間性にとつてまさに同様に必要である宇宙的行為はひとりナポレオンが保証する。

何やら分かったようでよく分からない文章だが、それでもなお、こういう疑問は呈示できるのではないか。それでは、なぜ「世界」や「宇宙的行為」は必要であり、重要なのであるか、と。論文の掉尾でグンドルフは、以下のように獅子吼する。

彼（前田注、ナポレオン）は価値として、宇宙的な力は死せず、常に新たなる世界成化と英雄成化とを待つてゐるといふ生ける感情のうちに、現存すべきである。ナポレオンは未だ我等の同時代人であり、そして彼のみが我等をアレキサンダーやシーザーの同時代人にする。このやうな英雄はけれども「我等の本質的存在の根源、意義をなすもの、そは過去に存在せしにはあらず、永遠に存在するなり」といふ啓示の諸形式である。

あいにく括弧内の啓示の出典がまだ見つかっていないのだが、宇宙的英雄たるナポレオンは、我等の同時代人のみならず、我等を古代のアレキサンダーやシーザーの同時代人にする、いわば、時間を超越した存在である。即ち、「永遠に存在する」のだ。だが、この宇宙性がもたらすものは、「常に新たなる世界成化と英雄成化」、これを言い換えれば、創造の根源というものだろう。もっと言えば、神が死んだ近代以降の新たな神でもある。だからこそ、ナポレオンは、「生ける感情のうちに、現存すべき」なのである。ナポレオンとは、グンドルフにとって、分節化された〈主体と客体〉を再統合するのみならず、新たな世界成化＝創造をもたらしてくれる存在だったのである。だから、現存してくれないと困るのである。

ついでに付言すれば、グンドルフが師事したゲオルゲもまた宇宙的人間であった（グンドルフ「現代に於けるシュテファン・ゲオルゲ」）。ナポレオン＝ゲオルゲという構図である。

保田における「英雄の運命」

保田は「セント・ヘレナ」のなかで「あるひは高等学校時代に見出したグンドルフの「詩人と英雄」」と述べているように、どうやら大阪高等学校時代にグンドルフ「詩人と英雄」に遭遇したようである。

だが、保田が描くナポレオンは、グンドルフと異なり、「永遠に存在」しないのだ。むろん、ナポレオンが英雄であることはこの上なく強調されている。たとえば、

> ナポレオンこそ近代空前絶後のギリシヤ人であつた。そしてナポレオンに近代のギリシヤ人を見た。その不屈な精神の諸相が、つねにナポレオンといふ一個の英雄を抱擁する。

といった叙述である。しかし、同時に、悲劇性を持っていたと語るのである。

> ナポレオンはさうした精神の近代人型ではなかつた。つねに永久に新しい人間であり、ヘラスの時代の血を以て現代に再生した、一個の古典人であり、従つて至高の悲劇人であつた。

それはハイネの断言であつた。

ここでは、ハイネの断言（『ル・グランの書』八章・九章に基づいているか）と言いながら、「古典人」であり、「至高の悲劇人」となっている。それでは、ハイネによって、墓標の上には一字も刻まれていないけれども、女神クリオが正義のペンで目に見えない文字で記した墓標は「霊魂の叫びのように数千年を通じて鳴り響く」（同上）と表現された「至高の悲劇人」は、保田によって、どのように造形されたのか。そこで、召喚されるのが、またしてもヘルダーリンであった。

僕はかつてヘルデルリーンをのべて、この近代最初のギリシヤ人に、悲しい運命の側面をより近くみるとかいた。戦ふものは悲劇である。今日の戦ひに於て、文学者はそれを無償の行為と思ひ定め、英雄の精神を左右するえたいのしれぬもの――デーモンは、つねに美しい徒労にまで彼を駆る。戦ひは悲劇であり、勝つことも悲劇である。しかもこの悲しい運命に偉大な人は力強く戦つた彼らを見る。ヘルデルリーンの教へたものは、まさに悲劇といふ勝利であつた。世俗にいへば彼らの光栄の日のセント・ヘレナである。偉大な敗北である。偉大さのもつ悲劇より、今にして語り始めねばならぬ。

保田はここで、ナポレオンとヘルダーリンをギリシャ人＝古典人で同一化している。グンドルフのナポレオン＝ゲオルゲと似た手法である。グンドルフと異なるのは、そこに「悲しい運命」、「悲劇」を読み取っていることである。「戦ふものは悲劇である」と語り、そこから、ヘルダーリンの教示として、「悲劇といふ勝利」という構図を導きだすのである。おそらく、保田の代名詞的言説として知られる「偉大な敗北」の初例はこの箇所だと思われるが、ナポレオンがヘルダーリンと同定された結果、「偉大な敗北」＝「悲劇といふ勝利」をせざるえなくなるのである。これを端的に表す言葉が「世俗にいへば彼らの光栄の日のセント・ヘレナである」となるだろう。通常の意味ではまったく「光栄」とは対極にあるセント・ヘレナの日々であるが、偉大な敗北を具現したナポレオンには、「光栄の日」なのだ。この際、ナポレオン自身がどう思っていたかは関係がない。ナポレオンが背負う英雄が英雄であるためには、「光栄の日のセント・ヘレナ」でなければならないのである。

イロニーが漂っているが、これこそ、保田がグンドルフ・ヘルダーリン・ハイネを通して発見した新たな英雄像に他ならない。そして、その後、英雄達（日本武尊・木曾義仲など）の原型となり、「偉大な敗北」という観念も、デガダンスを越え出て、偉大な敗北のために大東亜戦争断固支持という態度に発展していくのである。

とはいえ、その後に叙述されるナポレオンの悲劇の原因などは、グンドルフにそのまま乗っており、保田の文章だけでは何のことか分からない箇所もままある。たとえば、古代のシーザーやアレキサンダーは、英雄的なものと政治的なものとの平面へ入ってゆくが、彼（前田注、ナポレオン）は政治的英雄として牧歌的な文明の中へ歩みゆかねばならない。一人の無関係な宇宙人間の生誕の理由と由来はこゝに徹底的に成立する。彼に於ては、人工の宥和の原理がなかつた。彼は自然の宥和にゐたからだ。世界が彼の儚ない事業に恒久性を検討するといふことは今さらどうでもよいのである。

という叙述（これがナポレオンの悲劇性の原因となっているが）は、グンドルフ（改訳版）では、

アレキサンダー及びシーザーは英雄として英雄的政治的な世界へ歩み入るに反して、彼は政治的英雄として田園詩的文明のうちへやつて来る。このことが彼の没落を説明する。（中略）人間性にとつてまさに同様に必要である宇宙的行為はひとりナポレオンが保証する。ひとが彼の時代的事業に恒久性を見るや否やはどうでもよい。

となっている。現代の常識なら「剽窃」とされる叙述だろうが、それはともかく、グンドルフの主張は、古代の英雄達と異なり、英雄にふさわしくない文明にやってきたことにナポレオンの没落の原因があるということだ。近代と英雄の言ってみれば不調和である。そこを保田は、「人工の宥和」と「自然の宥和」という言葉を立てて、両者を対比させているが、どうも分かっていいな

かったのではないか。自分にふさわしくない文明の中で宇宙的行為をしたから、ナポレオンは偉大なのだとグンドルフは言っているのだから。

にも拘わらず、このような瑕疵をそれなりに抱え込みつつ、終盤に至るや、保田は見事な結末に至るのである。これはもう才能と言うしかない。

近代のペシミズムがあらはれたのは、その時代からである。ニヒリズムはヘルデルリーンの絶望の悲劇にさへ見出される。ニヒリズムの中で、その敵のために戦つた。残忍な主観虐待の悲劇から、近代の「ギリシヤ人」の悲劇はいよいよ深刻悲痛にされた。彼は絶望しつゝ戦つてゐた。知つてゐて、しかも徒労に戦つた。その場所が高次で上層なあまり、つひに犠牲であつた。いくらかの精神は、そこで荒唐無稽の虚構を意識した。(中略)ヘルデルリーンの狂気から、今世紀のペシミズムは一つの強固な色を得た。ナポレオン悲劇を描くものも、いはばその遺子である。(中略)セント・ヘレナは現在の精神の奈落である。その奈落を意識するものによつて、今日の光栄の復興は試みられる。深刻にまでニヒリズムを知つたものは、過去の光栄のために、ニヒリズムの俗化と闘はねばならなかつた。本当の敵と戦ふまへに、低い戦ひをせねばならなかつた。しかし英雄もまた、真の彼の敵と最後を戦ふまへに、彼の敵に価ひせぬものに破れて、その首を検された。これは英雄の運命と云ふにちかい。僕らはいまセント・ヘレナの帝王の日を新しくする。彼らは、セント・ヘレナを頭として生れてきた。ニイチェを実現するもの、あるひはナポレオンを実現するものの、悲劇がそこにあつた。

ここには、保田の英雄・ニヒリズム・悲劇の相互関係がほぼ明らかにされている。保田に拠れば、ニヒリズムが支配する近代において、ギリシャ人的英雄は、「絶望しつゝ戦」うしかない。それは「徒労」であり、「精神の奈落」というべきデカダンスでもある。だが、「奈落を意識するものによつて」しか、「今日の光栄の復興」がないとすれば、現実的には、「ニヒリズムの俗化」と戦うしかない。具体的には、「本当の敵と戦ふまへに、低い戦ひをせねばならな」いのである。

この状況こそ、ニヒリズム・デカダンスの極みとも言えるが、そこから、保田は、ナポレオンに象徴される近代の英雄が逃れられない悲劇性のありかを一気に摑んでいく。それは、「彼の敵に価ひせぬものに破れて、その首を検され」る「運命」にあるということである。これは、あまりに辛い運命である。何と言っても、英雄的戦いができないで、格下の連中に無残に倒されるのが英雄の運命とされ、それどころか、英雄の条件ともなっているからだ。まさにイロニーそのものが生成する悲劇ではないか。

だが、保田はここからまた展開する。「英雄の運命」を近代から解放して、普遍的英雄像に変換していくのだ。グンドルフの論点を越えるのはここからである。そして、古典的英雄、さらに古典と改めて出会うのである。

第三章　日本古典論の展開

1　「英雄と詩人」としての戴冠詩人

戦いと創造

一九三三年の六月一日、ドイツの法学者カール・シュミットはケルン大学教授就任講演「ライヒ—国家—連邦」を行った。その中で、ヘラクレイトスの「断片五三」の前半部分を引用していた。

戦争は万物の生みの親であり、万物の王である。

この引用は、ハイデガーのフライブルク大学学長就任演説にあったプラトン引用を受けてのものだったらしい（ラインハルト・メーリング「一九三三年九月ベルリンのマルティン・ハイデガーとカール・

シュミット」、『思想』、二〇一三年九月）が、メーリング論文の訳者である権左武志氏に拠れば、ハイデガーがシュミット宛の書簡（八月二十日付）でヘラクレイトスの言葉に言及しているのは、おそらく「シュミットが献呈本に手書きで書き入れた献辞に関係するのだろう」とのことである。

だが、戦争を万物の生みの親＝王とするヘラクレイトスの見解は、翌三四年、日本でもしっかりと使われていた。通称、「陸パン」（正式には「国防の本義と其強化の提唱」）と呼ばれ、軍務局長永田鉄山・陸軍大臣林銑十郎の認可を経て、陸軍省新聞班から十月に新聞紙上で公表され、計六〇万部発行されたパンフレットの冒頭がそれである。

たたかひは創造の父、文化の母である。試練の個人に於ける、競争の国家に於ける、斉しく夫々の生命の生成発展、文化創造の動機であり刺戟である。

これはどうみてもヘラクレイトスの断片をもじって冒頭文を記し、ついで、それと国家の発展を進化論的に仕立て直したものに違いない。「陸パン」の執筆者は、所謂「統制派」のイデオローグの一人池田純久（一八九四～一九六八年、陸士二八期、陸大三六期）陸軍歩兵少佐を中心にした数名だと言われているが、池田が言うように「統制派が従来研究したエキス」がその内容とされ、刊行後、様々に物議を醸し出した代物である。ここではそうした問題はさておき、冒頭文のもつ意味を改めて考えてみたい。

この文言の作者は不明だが、シュミットの発言の翌年に日本でやや姿を変えて登場している事実は、戦い＝創造の親なる戦争観が世界的な傾向になりつつあったことを示すものではないのか、といった見方に傾きたくなる誘惑に駆られよう。さらに、この文言は、思想的にも甚だ貧しいとされていた陸軍にしては、戦いの価値をはじめて「美文」によって積極的かつ哲学的に開示した点でも無視できない重みをもつのである。半分冗談で言えば、陸軍の新たな戦争観は、ハイデガーが愛してやまなかった、ソクラテス以前のギリシャにあったかもしれないのである。

さて「陸パン」の後段には、教育についても提言もされている。曰く、

民族特有の文化を顕揚し、泰西文物の無批判的吸収を防止すること

と。ここには、大正期に盛り上がった西洋的価値観としてのデモクラシーさらに個人主義への反発なのか、「泰西文物の無批判的吸収」の「防止」とあるように、西洋文明崇拝への批判と共に、「民族特有の文化」に基づく教育の推進が謳われている。この時期、岡田啓介内閣は、国民教育を上記のラインで推進し、大津雄一氏によれば、多くの国文学者が賛同して、『平家物語』は「国民道徳・国民精神・日本精神を研究する「資料」として評価されるようになった」という（『平家物語』の再誕　創られた国民叙事詩』、ＮＨＫブックス、二〇一三年）。こうした流れと「陸パン」が連動していることは間違いない。しかし、冒頭文がヘラクレイトスという泰西文物の根源とも

言うべき古代ギリシャの哲人の言葉で始まっているとすれば、ここで強調される「民族特有の文化」なるものも色褪せてしまうのではないか。『平家物語』には、たたかひ＝創造の父、文化の母という認識はないから、やむを得ずヘラクレイトスにしがみついた可能性はあるものの、ここでは、ドイツと日本の共通性を云々する以上に、「民族特有の文化」なるものが既に西洋的になっている事実に目を向けるべきであろう。大津氏も指摘するように、『平家物語』を『ローランの歌』に比すべき叙事詩だ、と捉える認識も同様に西洋的な古典認識なのである。

「陸パン」が公表された二年後の一九三六（昭和十一）年七月、保田は「戴冠詩人の御一人者」という日本武尊論を発表した。一年前の「セント・ヘレナ」において、弱い敵にあっけなく敗れていく「英雄の運命」を高らかに論じた保田であったが、同年、「日本浪曼派」の立ち上げも絡みながら、英雄論を日本古典の場に移してはじめて論じたものが「戴冠詩人の御一人者」であったと言ってよい。即ち、戦争・英雄・詩人・古典という、戦前期の保田與重郎をめぐる本質的問題がここから始まるのである。

それは、言及するまでもなく、「陸パン」の戦争観とはおよそ位相を異にしたものである。だからなおのこと、これから保田にとって日本武尊とは何だったかを考えていきたい。

戴冠詩人と近代批判

「戴冠詩人」という言葉は、保田が本文中で触れているように、森鷗外（一八六二～一九二二年）

のエッセイ「戴冠詩人」（一九一四年）に倣ったものである。戴冠詩人とは、簡単に言えば、帝王詩人のことだが、鷗外にとって、先帝陛下（明治天皇）こそが戴冠詩人であった。他にはルーマニアの妃「Carmen Syliva」だけだと言っている。だが、この短い文章で綴られるのは、保田も指摘しているように、もっぱら、明治天皇（一八五二～一九一二年）に殉じた、「乃木ぬし」と記される乃木希典（一八四九～一九一二年）の回想である。乃木が生前、ルーマニアに往って妃に見え、その後、妃が乃木に詩を送ったことがあり、訳詩がいいかどうかの判断を乃木は鷗外に依頼した。このような連関で、戴冠詩人としての明治天皇とルーマニア妃、そして、両者と自分に関係する乃木が呼び出されるという、なかなか凝った結構をもつ。鷗外は、直接的な言及を避けながらも、乃木こそ皇族・王族ではないものの、戴冠詩人にふさわしいと考えていたのではないか。でないと、このような題を付して乃木を偲ぶ文章をものする理由が分からない。

そこから、保田はおそらく鷗外の狙いを察知して、乃木の役回りに日本武尊を当てたものと思われる。鷗外を引いた後に、

日本武尊を戴冠の詩人と云ふはあるひは不当かもしれない。

と言っているのも、それを意識していたのではないか。日本武尊は皇子であり、仲哀天皇の父ではあるが、本人は天皇ではないからである。

だが、ここを敢えて拡大解釈し、戴冠詩人として、しかも、「御一人者といふのは比較の後のやうに恐惶を感ぜられる」と遠慮がちながらも、最大級に評価するのは、「この薄命の貴人の生涯の美しさにむしろ感傷に似た憬れを感じてきた少年の日を思つたからである」あるいは「回想の中では僕の少年の日と共に日本の少年の日が思はれる」といった保田自身が創作した故郷伝説の類によるものではなく、ヘルダーリン、シュレーゲル、グンドルフ、ハイネ、ナポレオンを経て、固まりつつあった「英雄と詩人」論の日本における典型を日本武尊に見出したからに他ならない。

このことは、上記に続いてから保田本人があっさりと明かしている。

日本武尊は、日本の最も上代の一人の武人であったから、又日本の詩人の典型であらせられた。詩人であったから意味がある、といふだけでなく、武人であつたから同時に思つて意義がある。

つまり、武人と詩人の典型こそが日本武尊だと言っているのである。武人は、後段で「詩人と英雄としての日本武尊」と言い換えられているから、むろん、英雄と同義である。

だが、こんなことなら、この時期、保田を読み続けていた読者なら、簡単に連想されてしまうだろう。なんだ、日本武尊とはナポレオンの日本版に過ぎないかと、発想の底意まで見抜かれてしまう。そこで、保田がとったのは、「この壮大な二つの調和は、おそらく僕らの環境と教育の中で与えられなかつた」とあるように、近代における武人＝詩人という構図の欠落を指弾することであった。まず、

僕らは日本の歴史のほのかに鮮かならんとする日に発見された、悲劇の英雄について、未だかつて、語られなかつた。

と歎いて見せた後に、

僕は日本の子供らのために、僕らの弟妹らのために、日本武尊と日本武尊的なものを与へることを苦労するであらう。西洋の童話の模倣をして、彼らに人間についての美しさ、人間の本性の姿を知らせるまへに、西洋人が世界文学の可能性のために苦しんだ人間性を古典期にさぐるあの精神の方法を、日本の上代にさぐるのである。

と述べていく。ここでの日本武尊とは、西洋人が普遍的な人間性を古典期に探ったように、日本の上代にも探りうる、武人＝詩人としての悲劇の英雄なのである。

とすれば、日本武尊も、普遍的人間性をもった一人に過ぎないことにならないか。どうして今

論じる必要があろうか。こうした古典期・上代という普遍的な時代を扱いながら、保田は、幾分、唐突ながら、「明治の精神」を持ってくる。

日露戦争を前後する時代、僕が以前からかりに「明治の精神」と呼んだ時代はまたゝくの間にその詩星たちの詩とともになくなつた。「明治の精神」には安住がない。それらの優秀な精神は世界と国粋の両者を切々と知つたから安住がなかつた。

保田は、また、「明治の精神の俊敏な数個は、世界文学と東洋文学の関係を完全に知つてゐた。外国の体系の組織を知つてゐたのである」とも言っているが、保田に拠れば、「世界と国粋の両者」、「世界文学と東洋文学の関係」を「切々と」「完全に」知っていたが故に、偉大な明治の精神は安住することがなく、「なくなつた」というのである。言ってみれば、インターナショナリズムあってのナショナリズムあるいは東洋なるものの両立は落ち着かず、近代を達成した日露戦争後は雲散霧消したというのであろう。つまり、何もなくなったということである。

こうした明治の精神の勃興と終焉の間も、

僕らしかしながら依然として、武人として、悲劇人として、詩人と英雄としての日本武尊を知らなかつた。

と保田は嘆息するのである。だが、そこから、保田の狙いが自ずと浮上してくるだろう。当時におけるポストモダンであるポスト「明治の精神」の時代において、我々が見出しうる安住として、理想としての悲劇の英雄こそが日本武尊であるというのである。

言霊と偉大な敗北

第一章でも触れたが、保田は、渡辺和靖氏の指摘にあるように、旧制高校時代に土田杏村に出会い、尋深ならざる影響を受けていた。土田を通して、富士谷御杖（一七六八～一八二三年）を知り、桶谷秀昭氏がイロニーの再解釈で注目した「倒語」・「言霊」説に深い感動を示した。今度は御杖が日本武尊論で導入されるのである。保田はヘルダーリンといい、一旦入手した知や考えをその後新たな文脈で用いるのが得意である。パッチワーク的、あるいは、保田が愛した芭蕉に絡めて言えば、俳諧的な連想知の運用能力に長けている。ここでも、御杖の言霊説を導入することによって、難解ながらも、これまでにない日本武尊像が現出させるのだ。

「言霊」とは、御杖によれば、「倒語する時は、神あり、これ言霊なり」（『古事記灯大旨　上』「言霊弁」、『富士谷御杖全集』一巻、国民精神文化研究所、一九三六年、『新編富士谷御杖全集』として、思文閣出版、一九七九～九三年再版）とある。そして、「倒語」には「諷」と「歌」があるが、意味としては、「いふといいはざるとの間のものにて、所思をいへるかとみれば思はぬ事をいへり、その事のうへかと見ればさにあらざる」とあるように、陳述（＝決定）不能の言説であるようだ。強いて言えば、龍樹が用いたレンマの言説（(a=b)＝(a≠b)）といった言説、典型的なものが煩悩即菩提）に近いか（山内得立『ロゴスとレンマ』、岩波書店、一九七四年参照）。御杖は、同書「上巻非史弁」で、神典は倒語・言霊であり、史実を記した歴史書ではないと何度も強調する。御杖に言わせれば、倒語・言霊故に神典は貴いのである。たしかに、御杖の言説は、本居宣長批判でもあるから、国学的神秘主義の一形態を示すものだろうが、保田は、言霊によって「日本武尊を文化の精神の歴史、本来の形の上」で描こうとしたのである。

こうなると、もはや近代的実証主義・歴史主義などは関係なくなる。他方、神典の言説は倒語・言霊であるから、敢えて言えば、どのように論じようが自由となる。しかし、そうすると、悲劇の英雄像が消えてしまいかねない。そこで、グンドルフの英雄論からヒントを得たのだろう、保田は、日本における言霊の時代、即ち「神典時代」が喪失する時代に、日本武尊を置いたのである。

日本武尊の悲劇の根本にあるものは、武人の悲劇である。神との同居を失ひ、神を畏れんとした日の悲劇である。言あげと言霊の関係をつくる、神を失つてゆく一時期の悲劇として、この説話は古事記中でも重大な意味を言霊したのである。

（傍点原著）

保田は、御杖の定義を超えて言霊を予兆・暗示のようにも捉えているが、「神を失つてゆく一時期」とは「神典時代の喪失の時期」であり、その直後、神と人間が引き裂かれていく「古典の時代」へ入っていくという。その際、不可避的に生まれる「顚落」を象徴する悲劇の英雄を日本武尊としたのである。

人間が発見した偉大な敗北の第一歩の場所をわが父祖の古典はかき誌してゐる。その敗北は同時に人間の勝利のイロニーであつた。

神々の死と人間の勝利、両者に跨がる武人＝詩人である日本武尊は、言ってみれば、日本の悲劇、日本のイロニー、偉大な敗北の起源であったのである。

保田與重郎と言えば、「偉大な敗北」という言葉を想起する向きが多かろうが、この言葉は、「セント・ヘレナ」に続いて「戴冠詩人の御一人者」でも用いられている。起源としての偉大な敗北であり、それは神々との「同殿共床」が喪失した人間の宿命であり、それを日本武尊はキリストよろしく負っていたというわけだ。

「偉大な敗北」と「やぽん・まるち」

東京裁判で死刑になった陸軍大将土肥原賢二（一八八三〜一九四八年）を祖父に持つ歌人佐伯裕子氏（一九四七年〜）は、保田與重郎のデビュー作でもある「やぽん・まるち」について以下のように述べている。

幕臣は、フランス人から教えられた西欧のマーチの明るさとは、ついに和解することができずに終わるのである。敗北の山に鳴りひびいた鼓のマーチは、保田の全作品の主調音でもあったろう。それは、西欧文化に対する日本文化の純潔性を暗示しているようでもあった。「日本」でありつづけたまま、幕臣が新時代に向かって美しく狂ってゆくさまは、私には人ごとのようには思えなかった。

（『影たちの棲む国』、北冬舎、一九九六年）

「やぽん・まるち」については、私も第一章でやや詳しく論じているが、佐伯氏の指摘は保田を考える際、決定的な重みをもつ。というのも、保田の「主調音」を的確に押さえているからだ。西欧と「和解することができずに」「敗北」するという、「「日本」でありつづけたまま」「新時代に向かって美しく狂ってゆく」という幕臣の態度やありよう、これこそが保田を生涯貫く「主調音」であり、さらに踏み込んで断言すれば、「偉大な敗北」の原像と言えるものだからだ。

保田が「やぽん・まるち」を発表したのは『コギト』創刊号（一九三二年七月）だが、末尾に記された執筆日時は三一年十二月一日であるから、まだ数え年二十二歳の大学一年生である。その早熟さに驚くよりも、保田の不変性の原点を確認するために、佐伯氏も魅了された小説の末尾を再び引用したい。

しかし彼は夢中でなほも「やぽん・まるち」の曲を陰々と惻々と、街も山内も、すべてを覆ふ人馬の響や、鉄砲の音よりも強い音階で奏しつゞけてゐた――彼にとつて、それは薩摩側の勝ち矜つた鬨の声よりも高くたうたうと上野の山を流れてゆく様に思はれてゐた。

戦に勝った薩摩側の「鬨の声よりも高くたうたうと上野の山を流れてゆく」というのは、説明するまでもなく、幕臣の幻聴である。実際は、ほとんどの人間が聞いてもいないような、狂人が奏でる暗い演奏だったのだろう。だが、ここで強調しておきたいのは、保田における「日本のイロニー」または「イロニーとしての日本」のみならず、「主調音」たる「偉大な敗北」とは、幕臣の幻聴以外ではなかったということだ。つまり、そこには勝利といった確たる事実や勝利によってもたらされる栄光や歓喜は、最初から一切想定されていないのである。保田は、批評家・文人として発った時から既に幻聴にむせびつつ陶酔する、永遠の敗北者だったというわけである。こうした原像がさまざまな要素を組み入れては、反復しながら作り出していくものの一つに日本武尊がおり、日本の古典があるのである。改めて確認しておきたい。

「同殿共床」あるいは「自然」ということ

保田には独自の歴史区分観があった。「戴冠詩人の御一人者」で何度も言及される神典の時代と古典時代もその一つだが、もう一つが日本の上代と中世の境界をめぐる議論である。中世のはじまりは、保田においては、当時にあってもなかば常識化していた鎌倉幕府の成立でもなければ、最近擡頭してきた院政の開始でもなく、延暦四（七八五）年である。それはこの年の十一月に昊天の祭事が挙行されたからである。

昊天とは、唐土において天壇などで催される皇帝が天を祈る行為を指し、皇帝にとっては一等重要な祭祀であった。なぜなら、皇帝とは、天によって天下の支配を委任された存在であり、場合によっては、天の意志によって易姓革命が勃発し、皇位はおろか王朝までも廃絶されかねない、ある意味で憐れな存在だからである。こうした天―皇帝を基本軸とする世界観は中国皇帝にのみ当て嵌まるものであり、日本の天皇には当て嵌まらない。何と言っても、日本は、律令国家以降、唐の冊封体制に入っておらず、中華帝国的世界からは自立した国・国柄であったからである。「日本」国号・「天皇」号、さらに、『日本書紀』・『古事記』・『風土記』の編纂は、その証と自己の正統性の確認である。

それにもかかわらず、昊天を桓武天皇は実行したのである。保田が言うように、それは「日本思想史上重大な一事件」であることは動くまい。しかし、桓武朝以降、嵯峨・仁明朝にかけては、天皇のみならず日本までもが唐風化した時代であった（大津透『古代の天皇制』、岩波書店、一九九九年）。以前、前代にやっとのことで作り上げた『日本書紀』に叙述される確固たる神話イデオロギーにもう綻びが出て来た、と論じたことがある（「三国観」、拙著『古典論考――日本という視座』、新典社、二〇一四年所収）が、『日本書紀』の描く神に起源をもつ天皇像ではもう支えきれなくなったので、桓武天皇は我身を中国皇帝に準えて昊天祭祀を行ったに違いない。平安遷都を決行した桓武天皇には保守すべき日本などはさほどなかったのではないか。彼なりのリアル・ポリティックスを日々実践していただけだろう。

とはいえ、昊天という祭祀は、保田をして時代区分の指標たらしめるに十分だったのである。それは「上代の神人観の高天原を中心とする人と神との血統意識は、これら支那思想の天の中にはあり得ない」からに他ならない。この時、実際にあったかなかったか（おそらくない）は置いておいて、純粋な日本は終わったくらいの衝撃を保田に与えたと推察される。

だが、ここで怯まないのも保田である。すぐさまに、中世という「堕落の時代」に至って、「復古思想のあらはれ」を示した、斎部広成撰『古語拾遺』というテクストを見出して、「上代」の原理を新たに発見していく。『古語拾遺』は、現在、『先代旧事本紀』同様に、偽書扱いされている、九世紀に編纂された「神話」テクストである。だが、そんなことは、当時、こうした事実が知られていようがいまいが、保田にはまったく関係がない。保田にとって、『古語拾遺』でも、宣長でも、富士谷御杖でも、自分が描かんとする「上代」に都合がよいものは、どんなものでも皆価値あるものとなるだけである。

しかも、大久保典夫氏（一九二八年～）が「保田の場合、古代をいうことはそのまま痛烈な現代批判を意味したのであり」（『小説集　夭折』解説、現代思潮社、一九七四年）と指摘しているように、そのまま当時席巻した弁証法等の近代的論理批判へと連続していくのである。その時、保田がやろうとしているのは、弱い、悲劇に溢れた上代日本から悲劇も知らずに「文明開化の論理」にいかれた現代日本を裁くことにある。

とはいえ、そこに行く前に、保田が『古語拾遺』の中から発見した上代の「自然」を見ておこう。それは、

当㆓此之時㆒、帝之与㆑神、其際、未㆑遠。同㆑殿、共㆑床。以㆑此為㆑常。（岩波文庫）

という一節である。「人皇の初めころ」（神武から数代だろう）においては、帝と神との際（きわ）（違い・境め）は遠くなく、住まいを同じくし、共に寝ていた。これが帝と神の通常のありようだった、という内容である。保田は「同殿共床の思想」と「血統の純粋性」を上代の「自然」と発見したのである。それを、

しかしわが上代「自然」の日、すめらみことは神と共通してゐたゆゑに、神を祈る要なく神を祭り神に即（の）つたのである。

と表現している。天皇と神は一体だから、神を祭ることは神と「即（の）」（＝一体とな）ることであった。この「自然」こそ、宣長の「直毘霊」、御杖の「言霊」に匹敵する保田の発見した上代の原

理であった。
それでは、「自然」は何によって発動するのか。「順序」である。
さういふ「自然」の中に見出されたものが、神の血統の自然としての順序であり、人為の政治的秩序ではない。

一読、何を言っているのか、分からない文章である。だが、「秩序」ではなく「順序」という文言は、それ以前にも既に現れていた。

記はその記述の「順序」で、尊の英雄の意味を言霊してゐる。日本の英雄の論理では「秩序」がなく自然な「順序」がさきである。

がそれである。レヴィ＝ストロース（一九〇八〜二〇〇九年）の「自然」と「文化」の二項対立なら聞いたことがあるだろうが、保田は、ここで、「順序」と「秩序」を二項対立させて、「順序」を「同殿共床」である上代の「自然」、あるいは、英雄の論理とし、人為として「秩序」より上に置いた。というよりも、「秩序」で上代を見ることを近代人の賢しらとして批判したのである。
それでも、まだよく分からないというのが大方の感想だろう。そもそも「順序」とは一体何なのか。「順序」が「秩序」の属性たる論理的一貫性や前後の必然関係をもっていない、事の前後間に因果関係がない、単なる数的配列と考えると、「順序」とはそうなることが分かっていないがそうなってしまう宿命に近い意味となるのではなかろうか。

何が言いたいのか。保田は、神典時代と古典時代の境目、即ち、「同殿共床」の神即帝の時代が頽落していく時に現れた日本武尊の悲劇を、上代の自然=順序が作り出す宿命と捉えたくて、上記のように考えたと言いたいのである。

今日、伊吹山の神によってひどく日本武尊が困惑させられ、死の原因となるのは、日本武尊の「あまりにも無礼な行為に神が怒り、倭建命をひどいめに遇わせた」（佐佐木隆『言霊とは何か』、中公新書、二〇一三年）と捉えられている。おそらくそれが一等理に適った解釈であり、佐佐木氏によれば、言葉自体に霊力があるとする御杖らの言霊説も成り立たなくなっているという。だが、保田に拠れば、既に神から分離してしまったことを知らずに、神に「言挙（ことあげ）」したことによって、上記のように「惑（まど）はさえたまへ」てしまった日本武尊の行為からは、「最後の英雄にけふの僕らは人間と詩」さらに「悲劇の最初の場所」が発見されることになるのである。

その時、「順序」の果たす役割は明らかになるだろう。荒ぶる神である日本武尊が神の怒りに触れたというのは、学問的に至当、かつ、「秩序」的解釈だろう。無邪気な英雄が神から分離も知らずに言挙げして「惑さえたま」い、遂に、白鳥と化して「天上にかけあがつた」のは、飽くまで「順序」の論理であり、どうすることもできない「自然」なのだ。故に、それは避けることができない悲劇であり、「英雄の光栄」となるのである。

戦いの意味――無内容ということ

嬢女(をとめ)の、床の辺に、吾置きし、つるぎの大刀、その大刀はや。

日本武尊が能煩野(のぼの)で急病にかかった時に詠んだ歌だが、保田は、

武人の最後に、別れてきた少女を思ひ、少女の枕べに留めてきた大刀を思ひ、その大刀はやと歌ふ。武人なくして可能であつても、詩人でなくては不可能である。日本の自然の人間の心を示した最もすぐれた典型の詩である。

と激賞する。妙な理屈・論理（＝秩序）がないから、少女と太刀が合わせられ、同時に回想される。武人（英雄）＝詩人を日本武尊に見出したのはこの歌を読んだからではないかと思わせる一節であろうが、いい文章である。保田の魔力とも言い換えてもよい。

死に際してあまりにもあっけなかった日本武尊の生涯だが、彼にとって戦いとは何だったのか、最後にこれを検討しておきたい。日本武尊の戦い方がフェアでなかったことはこれまでも何度も

指摘されている。実際に、西征において、女装で近づき殺した熊襲の川上梟帥にしても、詐刀を渡されて抜けずに殺された出雲健にしても、勝利した戦いは騙し討ちばかりである。出雲健を殺した際の勝ちどきの歌（「八雲刺す、出雲健が佩ける剣、黒葛多纏き、真身無しにあはれ」）について、保田はこのように言う。

> 敵将の首級をさかなにすることは、勝利の祭である。真身なしにあはれ、とこの高らかな晴れがましい調べの中では自他は境を撤して祭られてゐる。勝利の悲しみは、客観的に虚しく空ろなところにある。たゞ英雄はそれだけを祭りうる。時に詩人は敗戦を描く。しかるゆゑに完全に共通する。日本武尊もつひにはこゝでも英雄、悲劇人であつた。

「真身無しにあはれ」に「自他は境を撤して祭られて」いるかは微妙だが、非情と思える日本武尊の態度に、「あはれ」と歌う（真身なしの太刀を渡したのは尊である）ことから保田は「勝利の悲しみ」を読み取るのだ。しかし、悲しみと同情は異なる。

> 英雄と詩人とは日常な同情の念を去る。彼の敗れた敵の光栄を熟知する。従つて思ひやりを真に知るゆゑに卑劣な憐憫の情を棄てるのである。

得意とするイロニー溢れる文章だが、こうまで書かれると荒ぶる神日本武尊が詩人と思えてくるのは不思議である。「憐憫」とは卑劣な感情だと言うのである。換言すれば、同情＝憐憫に類する感情は英雄でも詩人でもない俗なる人間のものと言いたいのだろう。これも「順序」の論理のなせる業であるのだろう。

とはいえ、勝利の悲しみを知り、卑劣な手段で勝利した後、自他の境を撤して祭る日本武尊にとって、改めて戦いとは何なのだろうか。

詩人であつた尊は戦を知つてゐた。勝つといふことのほかにその永久な内容をもたない意味を知つてゐたのである。

別のところでは「無内容である」と言っているが、同じことだろう。近代的同情観をもっていない英雄＝詩人である日本武尊は戦いの無意味を知っていた。否、故に戦い死んだのである。

尊はなすべきことをなし、あはれむべきものをあはれみ、かなしむべきものをかなしみ、それでゐて凜質としての美しい徒労にすぎない永久にあこがれ、いつもなし終へないものを見てはそれにせめられてゐた。

ここでも同じことを言っている。英雄であり詩人であることは、戦いの無内容を知る無邪気な存在なのである。

こうして「やぽん・まるち」の狂える幕臣と「うつくしい徒労にすぎな永久」にあこがれた日本武尊は同一人物であることが分かるだろう。保田において空しき「順序」の論理は、この意味で、日本の歴史を貫いていた。古典の意味もそこにあったのではないか。

2 改稿と「日本の橋」

改稿という行為

勤務先に室町時代の歌人である正広（しょうこう）（応永十九〈一四一二〉～明応二〈九三〉年）自筆の「自歌合」がある。歌合とは、通常の場合、歌人が左右に別れ、大概の場合は同一題でそれぞれ歌を詠み、どちらが優れているかを競うゲームである。ところが、「自歌合」とは、自分の歌をあたかも歌合のように左右に並べて、判者に判定してもらう類である。平安末期の西行（一一一八～九〇年）の『御裳濯河歌合』『宮河歌合』によって始められたが、いささか独り相撲的趣もある。

西行の影響で新古今時代には流行したものの、鎌倉末期に京極派の代表歌人でもあった永福門院（一二七一～一三四二年）のものがあるが、その後は、ぱったりとなくなる。そして、古典が復興した応仁の乱以降に再び復活する。『正広自歌合』もその一つである。

保田與重郎とは無関係な話題から始めているが、正広を枕に置いたのは、彼が改稿の人だったからである。現在、『正広自歌合』は管見の及ぶところ十五の伝本を数える。そのうち、奥書をもつ六本を見ておくと、文明三（一四七一）年から延徳二（一四九〇）年までの幅があるが、三百六十番（計七二〇首）のうち、二割くらいの歌が何度も改稿されているのである。面白いのは、同じ「文明八年七月日」という奥書の日付と自筆署名・花押をもつ、明星大学本と宮内庁書陵部本の間でも、本文の異同が見られることだ。ほぼ同時期に本人によって書写されているのに、写している過程で気に入らなくなったのだろう、その度に書き換えているのである。

正広は巻末に

あふげども清き巌の松が本
　はかなやつゐにふる葉をぞかく

という歌を載せている。「清き巌」が師正徹（しょうてつ）（永徳元〈一三八一〉～長禄三〈一四五九〉年）を指し、「松が本」が自分を意味する（正広の家集は『松下集』という）。先生である正徹に対して、「つゐに」「ふる葉」（自分の古い歌）ばかりをかき集めてしまった、無念である、というような内容だが、実は、「ふる葉」を何度も改稿していたのだ。むろん、完成度の高い作品を捧げたいという師への深い思いがあることは言うまでもないが、どっこいなかなか食えない男だったのではないか。

保田與重郎を一躍文芸批評家として著名にしたのは、一九三六年十一月に相次いで刊行された『日本の橋』と『英雄と詩人』である。翌三七年二月に、前年度に創設された「池谷信三郎賞」を「日本の橋その他」の作品で受賞しているから、「日本の橋」は保田にとってその後の運命を切り開いた批評文と言ってよい。

だが、既に全集解題の谷崎昭男氏や渡辺和靖氏が精査しているように、「日本の橋」も改稿され続けたテクストである。以下、列挙してみたい。

1、「裁断橋擬宝珠銘のこと」(『炫火』三号、一九三〇年四月)
2、「橋」(『四季』、一九三五年十二月)
3、「日本の橋」(『文学界』、一九三六年十月)
↓『日本の橋』所収「日本の橋」(同年、十一月)
4、『改版日本の橋』所収「日本の橋」(東京堂、一九三九年九月)

このうち、大きな変化は、2と3であるが、問題となるのは、3と4の異同だろう。基本的な主旨は変わらないものの、4は全集のページ数(以下も同じ)で十三頁も多い。字数にして約一万字強である。原型となった1が一〇〇〇字強の短文であり、2も四頁程度の短いエッセイであるから、3の二十六頁で大幅に増補改訂された後、4ではさらに上積みがされたという恰好である。

二つの『日本の橋』本のうち、「日本の橋」と同様に納めた「誰ケ袖屏風」も改訂版の方が二頁加筆改稿されているが、差異の程度では、「日本の橋」には遠く及ばない。その分、保田の思いも強かったとは言いうるだろう。

渡辺氏は、「「日本の橋」の増殖過程」（前掲書所収）という論文名からも想像されるように、改訂をやや批判的に検討している。一度書いたものを何度も書き直す、あるいは、一度手に入れたネタは何度も繰り返して使うといったところに功利性や安直さ、さらには物書きとしての非倫理性を見ることも可能だろうとは思われるけれども、それ以上に、保田が正広同様に改稿し続ける人だと捉えてはどうだろうか。改訂によって理解を深め、作品の完成度を高めていこうということだ。保田とは第一章でも記したように、「成長する文人」だったのである。

全集四巻「解題」で、谷崎氏もこのように述べている。

「日本の橋」の改稿の経過を綿密に検することは、むろん読者の関心に委ねられることがらである。あるいはそこに興味深い事実の発見がなされるかも知れない。それがわれわれに裨益するところ少なくないはずであるが、しかし著者はそういう類を以て文学研究とはしなかったということも、併せてまた銘記されなければならない。そうして、たとえば二編の「日本の橋」を比べて改作の是非を論じるようなことより、初稿というべき「橋」をふくめたそれら三編に、この作品に対する著者の並々ならぬ愛着、執心といったものを語る方が、ずっと意味があるだらう（ママ）。

その通りであろう。だが、「並々ならぬ愛着、執心」がどうして「日本の橋」に向けられたのかは、まだまだ追究されねばならないし、やはり「解題」の別の箇所において、「著者は校正刷でさらに朱を加えるのをつねとしていた」と谷崎氏が記されているように、保田が改稿癖というか、改稿が習慣化していたことも確かなことであったと思われる。

裁断橋擬宝珠銘と「浪曼的反抗」

1から4の文章に共通するのは、「裁断橋擬宝珠銘」が引かれていることである。感動の質は次第に変わっているものの、いずれも保田の深い思いが横溢している。そこで、この銘文を引き、保田の思いのありかと変容過程を探っておきたい。

てんしやう（天正）十八ねん二月十八日に、をたはら（小田原）への御ぢん（陣）ほりを（堀尾）きん（金）助と申、十八になりたる子をたゝせてより、又ふためともみ（見）ざるかなしさのあまりに、いまこのはし（橋）をかける成、はゝの身にはらくるい（落涙）ともなり、そくしんじやうぶつ（即身成仏）し給へ、いつがんせいしゆん（逸岩世俊）と、後のよ（世）の又のちまで、此のかきつけを見る人は、念仏申給へや、卅三年のくやう（供養）也

（漢字ルビは前田が加えた）

銘文の内容は、一五九〇（天正十八）年二月十八日に豊臣秀吉の小田原攻めに出陣させた、当時十八歳の我が子堀尾金助が討死（戦病死という説もある）したため、母は悲しみに余りに、我が子が即身成仏せんことを祈り、ついては、三十三回忌の供養のためにこの橋を建立し、渡る人々に供養してくれと頼んだというものである。北条氏は、七月に降伏しているので、金助の死はそれ以前のことだろう。

保田は、この文章を濱田青陵（耕作、一八八一〜一九三八年）の『橋と塔』によって知ったと1で明かしてくれている。『橋と塔』は、一九二六（大正十五）年八月に岩波書店から刊行されているが、濱田は、専門の考古学のみならず、美術史他博覧強記の人であり、『橋と塔』は件の「熱田の裁断橋」以外にも随所で保田によって「日本の橋」の中に取り込まれている。同書がなければ、2から3に改稿・展開できなかったのではないか。

さて、濱田はこの銘文について以下のような感想を記していた。

我が国の古金石の銘文は固より、数多い古文書の中にも、斯くも短くして、斯くも直截に人の肺腑を突く至情の文は、他に其の例が多くあらうか。綿々として絶つことの出来ない親子哀慕の情は、深くこの青銅の上に彫られて、四百年後の今日なほ此の銘文を読むものをして一掬の涙を濺がしめ、仮令異教の徒と雖も、衷心念仏を唱へずには措かしめないではないか。

これが銘文の読後感としては最大公約数と言ってよいものだろう。保田も、この文章を受けてだろう、1で思いを述べているが、やや趣きを異にする。

私はこの母にわたしらの紅血の通ふまことなる人間、正しい母を見出し得たことはこの上ない喜びであつた。茲に私らは母性の強さを見る。封建的桎梏に弱々しい母性により人間の純粋なる魂を通じて叫ばれた反抗を見る。封建といふ制度悪へ対する綿々たる呪がこのかそやかな一女性の魂の至高の形を通じて、生々たる匂と、けだかい真なる激牲で私の心をうつのである。権力に対する浪曼的反抗は、この直截純情の文に一層の美しさと繊さを加へるのではなからうか。(傍点原著)

最初の二行半、とりわけ「正しい母」・「母性の強さ」は、言ってみれば、ご挨拶といったものだろう。保田が一等言いたいことは「浪曼的反抗」に他ならない。その前提になっているのが「封建的桎梏」・「封建という制度悪」である。つまり、封建社会の構造=制度悪によって、弱々しい母性しかもてない母は、純粋な魂をもって、社会への呪いを発したことが「浪曼的反抗」であり、この文章だと言うのである。当時、保田は、マルクス主義にやや傾いた時期でもあったから、制度悪に対する個人の反抗といった図式が呈示されたのかと思うが、さすがに「浪曼的」を冠していることは、情緒面、即ち、濱田同様に感動してしまった保田の内心——母の思いと行動を通して表明したがっているものの――を排除できなかったからだろう。

とはいえ、上記の文章はあまりに図式的であり、善と悪を峻別しなくてはおかない若さの暴走と軽く済ませたい文章ではある。しかし、問題なのは、銘文同様、「浪曼的反抗」なる言説もその後の改訂でも生き延びていくことである。

まず、2では、

戦国封建の世といへば、落涙せずして子を殺し、顔色をかへずに夫を送るを誇りとした、武士の妻によつて悲しい色に彩られてゐるが、僕はさういふ中ゆゑ、この一つの銘文にうたれる。それは抗議でも反逆でも又個性解放の叫びの萌しでもない、至情をそのままに表情した人間の美しさの凝固にすぎない。むかし僕は浪曼的反抗といふことばを愛した。稚な心にものあはれ、とうたつたそれだけのもの、神の天賦の人間権にすぎない。


ここでは、「抗議でも反逆でも」「個性解放の叫びの萌しでもない」とされ、1の解釈が変更され、濱田のキーワードであった「至情」が復活して、それが「人間の美しさの凝固」だと言っている。その後、「むかし僕は浪曼的反抗といふことばを愛した」と続けるのだ。「むかし」であるから、今は異なるということだろう。

だが、続く「稚な心にものあはれ」以下がよく分からないのである。おそらく『猿蓑』巻四、服部嵐雪（一六五四〜一七〇七年）の「出替や幼ごゝろに物あはれ」を引用しているのだろう。この句の解釈には二通りあり、奉公人が出代りの日に次々と去っていくのを見るのは、幼心にもさびしかった（岩波新大系『芭蕉七部集』、白石悌三・上野洋三校注、一九九〇年）というのと、各務支考（一六六五〜一七三一年）のように、年少の奉公人の心境と捉えるものとである。保田の場合は微妙だが、前者でよいと思われる。おそらく幼いながらも哀れを感じたからであり、また、それも神の天賦が与えた青春期特有の思いだとでも言いたいのだろう。青春期は青春期として相対化したいのか、はたまた過去を誤魔化したいのか、判断がつかない文章ではある。

そして、上記の文章は、完成版と言いうる『改版日本の橋』でも幾程かの文飾を加えて生き残ったのだ（傍線部は初版『日本の橋』にはない、もしくは異なった表現）。

淡いゆきずりの人々に呼びかけた自然の叡智は、生きてゐる過去を知り、現象の卒気ない示し方のもつ力強さを知り、そして反映の歴史を知つてゐた。自虐し搾作し拒絶して、つひにかすかな現象の淡さだけを示し自己を殺して自然にまで深めんとした日本文芸の見事さは、かゝる戦国の世の一人の名もない女性の中にさへ生きてゐた。それは客観的に云へば、一切の他力の命令に超越して、文芸の機能を自然に信じた心情、まことに心情の呼び名に價するものゝ表情と声である。そして至情をあくまでつゝましく描いた人間の表情の美しさの凝固にすぎない。むかし僕らは浪曼的反抗といふことばを愛した。稚な心にものあはれ、と詩人のうたつたそれだけのもの、神の天賦の選ばれた人間のもつ表情である。

改訂版はこの前にもかなり長い男女論が展開するが、この段階に至って、母親の記した銘文の意味合いと保田が諒解する日本文芸とが融合していることが重要だろう。ここでは、至情ではなく、心情である。その心情は、キーワードである「自然」と一体化している。母の思いと行為は、そのまま、「自己を殺して自然にまで深めんとした日本文芸の見事さ」の表現となっているのである。それでも、「浪曼的反抗」は消えていない。

文末を保田はこのように締めた。

歳月が過ぎて三（四）百年を数へようと、たゞその永劫に美しい感傷、一切人文精神の地盤たる如きかゝる感傷にふれるとき、今宵も僕は理知を極度にまで利用してみつゝ、なほつひに敗れて愚かな感動の涙にさへぬれ、この一時の瞬間をむしろ尊んでは、かゝ（か）る今宵の有難さと、むかし蕪村が稀有の機縁を嘆じて歌つた詩にかりて思つてみる。それこそ最後の理知と安んじたい我（僕）らのなさけない表情であらうか。　（（　）内は改訂版による改稿）

ここで「むかし蕪村」（残念ながら蕪村のどの句なのかまだ発見できていない）云々とあるのは見逃せない。むろん、「むかし浪曼的反抗」＋嵐雪の句と呼応するからである。内容自体は、理知が感傷に敗北したということだ。それを、「一時の瞬間をむしろ尊んでは、かゝる今宵の有難さ」と「むかし蕪村」の「詩をかりて」、それでよいと捉えている。

とすれば、「浪曼的反抗」の「反抗」とは理知のこととなるだろう。だが、「物あはれ」(嵐雪)と「有難さ」(蕪村)を連動して考えてみれば、「なさけない表情」であろうとも、保田にとっては、「むかし」も今も感傷に敗北するのである。否、一気に跳躍して「むかし」＝「今」であり、古典＝現代となるのである。だから、「浪曼的反抗」は消したくも消せないのだ。保田はここにきて時空を超えた普遍的な思い(感傷)と近代(理知)嫌悪をさりげなく示したのではなかったか。

「哀つぽ」さの卓越性

「日本の橋」は、東海道田子浦にある「小さな石の橋」の描写から始まる(以下、引用文は、原則として改版を用いる。それはここに保田の最終的意志が現れていると考えられるからである)。

東海道の田子浦の近くを汽車が通るとき、私は車窓から一つの小さい石の橋を見たことがある。橋柱には小さなアーチがいくつかあつた。勿論古いものである筈もなく、或ひは混凝土造りのやうにも思はれた。海岸に近く、狭い平地の中にあつて、その橋が小さいだけにはつきりと蕪れた周囲に位置を占めてゐるさまが、眺めてゐて無性になつかしく思はれた。

この橋は、一八八六（明治十九）年竣工し、一九六五年、田子の浦港建設のために取り壊された、石水門と呼ばれていた施設である。現在は石碑が残っている。静岡県で最も早くセメントが使われたというから、竣工当時は「文明開化」の成果の一つであったに違いない。但し、残っている写真や古絵葉書からは寂しい印象を受けることは否めない。

それは、保田にとっても同様であった。「この数年の間、年毎に少なくとも数回はここを往復して関西にゆき東京にきた。その度に思ひ出してゐつゝ、いつも見落とすことの方が多い。めつたに人も通つてゐない。そのあたりの道さへ人の歩いてゐることなどつひに一度も見たことがない」と続けるのだから、簡単に言えば、さして記憶にも残らない、どうでもいい橋の一つと言ってよいものだろう。その後、出てくる言葉が、

> それはまことに日本のどこにもある哀つぽい橋であつた

である。

ここで、注記しておくと、この話は、後述される日本によく見られる木の橋ではなく、「小さな石の橋」（実際は約四〇メートル、幅と高さが六メートルあまりの橋だから、それほど小さくもない）であり、「或ひは混凝土造りのやうにも思はれた」と正しく推定するように、実際に混凝土（コンクリート）で作られていたのであるから、それはまさしく文明開化の象徴的建造物であった。しかし、この橋を「日

本のどこにもある哀つぽい橋」と見る保田の狙いは冒頭の一節からはっきりしている。日本の橋とは、それが仮令近代に作られていたとしても、なべて「哀つぽい」のだという定義を断言的に下すためであったろう。

このような日本の橋に対して、「橋梁建築の天才であつた」羅馬人が作った橋は、まったく「哀つぽ」くないのである。それどころか、「仏蘭西のポン・ド・ガール」や「ササン朝のシヤパル一世の時、羅馬の工人を招いて造らせたといふプルイカイザー橋」らは「壮麗」な建築物であった。

そこから、極めて分かりやすい日欧比較の構図が見えてくるだろう。［剛・壮麗の羅馬］に対する［柔・貧弱の日本］といった聊か既視感のあるありきたりの構図である。

そこへ、保田は、日本の橋の概念を確定するために橋と密接な関係にある「道」を新たに導入してくる。つまり、橋というものを橋以外ながら橋と切り離せない道を加えて再度捉え返すということだ。すると、日本の橋は「道の延長」であるのに対して、羅馬の橋は「まことに殿堂を平面化した建築の延長であつた」とする、これまた分かりやすく、現代では陳腐な部類に属するものの、［日本＝自然］対［羅馬＝人工］という二項対立の構図が新たに呈示されることになる。

だが、このような二項対立の図式の呈示、ないしは、どちらかをもってよしとする結論などで満足するほど保田は単純ではない。おそらく、上記の構図には、［羅馬＝近代］対［前日本＝〈非〉近代］といった時代区分を絡めた構図（むろん、この場合の日本は「あるべき日本」もしくは「イロニーとしての日本」となるのだろうが）も思考の範囲内には含み込まれ、用意されているようなのだが、それはともかく、二項対立の構図は保田によって以下のようにいじくられていく。

日本の橋の自然と人工との関係を思ふとき、人工さへもほのかにし、努めて自然の相たらしめようとした、そのへだてにあつた果無い反省と徒労な自虐の淡いゆきずりの代りに、羅馬人の橋は遙かに雄大な人工のみに成立する精神である。だが、一切の自然のもつ矛盾を人間によつて圧殺することに、その人工の勝利ののちの微な負目の心をつゆ思はず、専ら冒険心の誇りを感じつゝ、それを行為した羅馬人の人文的制覇心はおろそかに思つてはならぬ。その羅馬の長い血統的な誇りは、悲しくも我強し、と歌はれた。どんな自覚の悲哀も、どんなめそ〳〵と湿つたものもこゝにはない。勝利のうらで敵に向つて考へることは、征服であり、軽蔑であつた。

その前に、「殊に貧弱な日本の橋も、たゞそれがわれらの道の延長であるといふ抽象的な意味でだけ深奥に救はれてゐる」という意味深の文言があるが、これが上記に至ると、「橋＝道の延長＝人工の自然化」という捉えかたに置き換えられる。この場合、道とは自然と同義語である。だが、この徹底した貧弱さという自然の徹底化によって「そのへだてにあつた果無い反省と徒労な自虐の淡いゆきずり」がもたらされるというのである。なにやら無理なことをしているといった内容である。とはいえ、これが「救はれてゐる」の内実なのだろうが、「反省」に「果無ない」、「自虐」に「徒労」が冠せられているこの文言の意味をとることは頗る難解である。

敢えて解釈してみると、このようなことではないのか。人工の自然化という無理な行為の不可能性から生じる、何の意味もない反省と自虐が橋や道を連想させる「ゆきずり」の状態を生む、つまり、両者が出会う。その時の「淡い」感情の揺らぎのようなものが、保田に拠れば、「救はれてゐる」と言っていることの内実だろう。これでどうして「救はれてゐる」かと思う向きが大半だろうが、保田にあっては、断固として「救はれてゐる」のだ。

それは、羅馬人の橋に典型的な「雄大な人工のみに成立する精神」と対比的に見れば、おのずと諒解される。羅馬の「人工」とは、「勝利ののちの微な負目の心もつゆ思は」ない。言い換えれば、一切の「反省」や「自虐」も、「どんな自覚の悲哀も」ない世界である。そこから出てくるのは、「征服」であり、敗北者に対する「軽蔑」である。「軽快な歴史観」と後段で言っており、それに「ある時の私に悲しまれた」とも記されているが、それでは、どうしてかかる人工の精神は救われないのか。

簡単に言えば、「負目」もない上滑りで浅薄な勝利に過ぎないからだろうが、それだけではあるまい。日本とローマの橋の概念をめぐる道と建築の差異は、このような比喩的言説によってある意味で普遍化される。

アジアの道は往復の国際道であつたが、西欧は一方の道であつた。（中略）自ら自然な道はつねにゆきかへりのためにあつた。なほ遠ざかりゆく者のための道を思ひ得ぬことは、まことに時代と民族の不幸である。

ここから、一方方向だけの西欧と「ゆきかへり（＝ゆきずり）」のアジアの対比が浮上してくるだろう。橋＝建造物という捉えかたも排他的かつ独善的な上記の道観念に深く関わっていたはずである。改めて贅言するまでもなく、保田にとって、勝利・軽蔑とは決してプラスの評価ではなかった。しかも、その勝利・軽蔑に保田が愛おしむ「負目」もないのである（「負目」は後段で、「王者無敵とは権威の絶対専制の声ではなく、むしろその宣言がたゞ王の負目を作るものに過ぎなかつたことは、代々の歴史が明らかに示したことである」と記されている）。負目のない一方方向の世界には、他者との出会いやゆきずりが一切欠落していくことは分かりやすい道理である。故に簡単に敗者を軽蔑できるのである。

これに対して、貧弱そのものの日本の橋は、

日本の旅人は山野の道を歩いた。道を自然の中のものとした。そして道の終りに橋を作つた。はしは道の終りでもあつた。しかし（その終りははるかな彼方へつながる意味であつた）。

というものである。(　)内は改版の時に書き加えられているが、道の終わりに橋があり、橋は道の終わりでもあるという始点かつ終点という橋の両義性から、さらに、「はるかな彼方へつながる」のが橋なのである。この増補改稿を得て、保田の考えはより固まったと思われる。日本の橋は、たしかに貧弱そのものなのだが、その一方で、起点かつ終点であり、時間・空間を越えて彼方と自在に繋がる存在でもあるのだと、保田は言う。その時、日本の橋は羅馬の橋に対して圧倒的に優位に立っていることに気がつかされるだろう。

となれば、「果無い反省と徒労な自虐の淡いゆきずり」とは、出会いやゆきかへり、彼方への繋がりの代償以外の何物でもないことが諒解されよう。つまり、心と心を繋ぎ、かつ、切っていく。マルクス風に言えば、日本の橋には、勝利や軽蔑はないけれども、自在な「交通」があるということである。

加えて、言っておきたいのは、保田に拠れば、日本の橋は単なるもの(=固体)ではなかった。固体を超えて容易に他のものと結びつく、言ってみれば液体あるいは有機体である。これが「自然」の内実である。だからこそ、橋=自然は、人と自然、人と人を繋いでいくのである。こうなってくると、既に人工と自然の二項対立もなくなっているし、自然の人工に対する勝利でもなく、人工も自然の中に包み込まれている。これをある種の自然一元論の確立だと言うことも可能だろう。

その時、「哀っぽい」という日本の橋の形態的な貧弱さは逆に絶対的な長所もしくは美点となってくるだろう。保田は、わざわざ文意が取りにくい連想とメタファー溢れる難解な文体を駆使するという（おそらくそこにも二元論を超克したい熱望があったと思われるが）観念的操作によって、西欧の二元論、そして、近代を覆う物質主義や征服主義を超克し、貧弱ながらも自然と一体化し、あらゆるものと繋がっていく自在そのものの日本の橋を賞揚していくのである。これもまた「偉大な敗北」の証の一つであるに違いない。

橋と相聞、そして日本

「はし」という日本語は、漢字で表せば、保田も指摘するように、「橋」・「端」・「箸」・「梯」などといった多義的な意味をもつ。保田は、「端末を意味するか中（仲）介としての専ら舟を意味するか」といった国語学的な論争を踏まえつつ、上記の考えをやや言葉を変えて、

> 二つのものを結びつけるはしを平面の上のゆききとし又同時に上下のゆききとすることはさして妥協の説ではない。しかもゆききの手段となれば、それらを抽象してものの終末にはしのてだてを考へることも何もいぢけた中間説ではない。（傍点原著）

として、「ゆきき」に拘り、そこから、一気に、

さらにいへば古典は過去のものでなく、たゞ現代のもの、我々のもの、そしてつひには未来への決意のためのものである。

と古典の現代性否超時代性へと論を進める。これももとはと言えば、「はし」の変幻自在の「ゆきき」から連想されたものである。保田の文章は、大旨、直観→連想＋反復＋言い換えで成り立っているが、その方向が『日本の橋』ではとりわけ際立っている。「はし」の「ゆきき」＝交通的性格から一気に古典の超時代性で飛躍するからである。だが、そこから、今度は、「はし」と相聞が結びつけられていくのである。男と女が出会い、行き来するのも、「はし」と同じ現象と考えられるからに他ならない。このあたりから、「哀つぽい」と捉えられた日本の橋の深い内的な意味が明かされてくる。

日本の橋は材料を以て築かれたものでなく、組み立てられたものであつた。原始の岩橋の歌さへ、きのふまでこゝをとび越えていつた美しい若い女の思ひ出のために、文字の上に残されたのである。その石には玉藻もつかう、その玉藻は枯れ絶えても又芽をふくものだのに、と歌はれた。日本の文化は回想の心理のもの淡い思ひ出の陰影の中に、その無限のひろがりの中にひろがりを積み重ねて作られた。内容や意味を無くすることは、雲雨の情を語るための歌文の世界の道である。日本の橋は概して名もなく、その上悲しく哀つぽいと僕はやはり云はねばならぬ。

ここでも、橋が「組み立てられる」ことと、文化が「淡い思ひ出の陰影の中」で「ひろがりを積み重ねて作られた」ことが連想によっていとも簡単に連結されてしまっている。そして、橋が「悲しく哀つぽい」のも、橋が相聞・恋と意味的に同じだからだと知らされる。となると、その後、改版で大幅に増補された、まさに「橋尽くし」と言ってもよい、橋をめぐって次々に展開される、きらびやかと言っても過言でない古典引用の嵐において、「上野佐野の船橋取り放し親は離くれど我は離るがへ」（『万葉集』東歌三四二〇番、岩波新体系）といった、禁じられた恋への決意を橋と絡めて述べる歌や「長柄橋」のように「古の俤を今に止めるものは何一つない」橋が現れては消えていくのも、保田にしてみれば、単に自己の橋への思いに材料を足すだけのことである。むろん、時には連想が勝って前後の文脈がぐちゃぐちゃになることもあるけれども、一貫している態度は、「哀つぽい」日本の橋が、「思ひ出の中で磨かれて」、哀れなもしくは非在の外見とは裏腹の豊穣そのものの世界を内側から無限に紡ぎ出しているという事実の強調だろう。

そして、保田は、上記の仕掛けを司る根源的な観念を「古典の神話時代に於ては、一つの現象はつねに象徴である位に文学的であつた」とする、現象＝象徴という構図に求めた。この構図の形成には、モーリッツ・ガイガー『現象学的芸術論』（神谷書店、一九二九年）の影響が大きいとする指摘もあるけれども、保田にしてみれば、現象＝象徴構図も、古典・橋と同様に、時代を超えていくのである。それは、言い換えれば、日本に他ならない。

保田にとっては、「哀つぽ」さと無限自在の「ゆきき」が一体化して、過去から未来までをか細く貫く非在の日本こそが日本であったのだ。

3　木曾冠者と大衆

梶原正昭の「木曾最期」講義

四十年も昔となった大学生時代、雨の日は授業を休むといったふまじめ学生だった私が、唯一、最前列で聴講したのが故梶原正昭先生の『平家物語』講義であった。爾来、先生を超える講義や講演を聞いていない。

中でも「木曾最期」は圧巻だった。どうして義仲（久寿元〈一一五四〉～寿永三〈八四〉年）は北陸道ではなく、その先に敵が待つ粟田口へ向かったのかといった最初の山場における兼平に対する義仲の心情を語る件、そして、大津での兼平との運命的再会で盛り上がるものの、共に死ぬことができず、結局、兼平で説得されて一人で最期を迎えねばならなくなった義仲の悲劇を語る件など、感動のあまり落涙する女子学生が続出したものであった。

私を含めて学生の多くは、先生の語りに酔いしれ、いつしか物語および主人公と我が身を一体化していたのだろう。それが一部において忘我的涙に結実したのだろうが、聴衆を麻痺させるのは、魅力的な語りとそれを実現しうる物語の力なのだ。逆に言えば、人は時に酔いたい物語を待っているのである。「木曾最期」もそのような力を内在的にもっている物語の一つであった。

先生は、講義の際に、前もって参考文献を示すのを常とされた。「木曾最期」では、まず保田の「木曾冠者」を上げられた。「やすだよじゅうろう」、名前はどこかで、三島由紀夫がらみだったか、檀一雄がらみだったかで聞いたことがあるが、まだ読んだことがない人物だ、というのが、私と保田との最初の出会いとなった。しばらくして、古本屋で見つけた角川選書版の『日本の橋』を購入し、読み始めたが、何が言いたいのか、さっぱり分からず、早々に放り出してしまった。保田の語りの力を受け入れるにはまだまだ未熟だったということであろうか。

民衆・大衆・古典

「木曾冠者」は、当初、『コギト』六五号（一九三七年十月号）に「木曾冠者　「平家物語論」一」として発表され、『改版　日本の橋』（一九三九年九月）に「河原操子」と共に収められた（改版では、「方法と決意」「芸術としての戦争――信頼と感謝」「現代と萩原朔太郎」「童女征欧の賦」が削除されている）。

もともとは、全集解題の谷口昭男氏のコメントにもあるように、初出では、「第一部―「木曾冠者」」、「第二部―南都滅亡」」、「第三部―「建礼門院」」という三部構成で、「平家物語論」になる構想が示され、三年後に刊行された「古典の現代的意義」（『古典研究』、一九四〇年五月号、『民族的優越感』、道統社、一九四一年六月に収録）においても、「一篇の構成の美事さをもっと具体的に、今日の我らの社会と人生の問題の聯関の下でこの古典の生命を云ふためには、なほあと二部の必要を思つてゐるのである」と記されているのだから、この時期に至っても続篇は書かれる予定であったことが分かる。とはいえ、結局、書かれずに終わった。

しかし、それ以上に問題なのは、既述の「木曾冠者」を「平家物語論」という副題を外して、そう言った前年の『改版　日本の橋』に収めるといったちぐはぐな対応をしていることだ。書きたい希望はあるけれども、書けない可能性も大かといった、どっちつかずの宙ぶらりん感覚に本人が囚われていたのだろうか。

とまれ、どうして続篇が書かれなかったのは、保田自身が何も語っていないので、畢竟、分からないと言うしかない。敢えてその理由を推測すると、「木曾冠者」が決して木曾義仲論だけで収束していない、つまり、初出にある副題の通り、『平家物語』論になっているのみならず、その後の保田の古典観＝日本文芸観を規定してくる後鳥羽院論にまで射程が届いている事実があげられよう。つまり、この作品だけでそれなりに論が完結しているということである。よって、「南都滅亡」で平重衡、さらに建礼門院を論じたところで、「古典の生命を云ふ」こと、言い換えれば、「木曾冠者」のほどの内容を示す自信がもてなかったからではないか。

前節で既述したように、保田は、改稿を好み、書かれる内容にも重複が多いタイプだといえ、それでも無類の書き魔である（繰り返しになるが、全集四十＋別巻五のうち、敗戦時＝三十六歳までで二十四巻を数える）。その意味で、「平家物語論」の中断は、保田という物書きのありようを考える意味では、興味深い問題を提起することになるはずだが、ここではこれ以上踏み込まず、「木曾冠者」の通奏低音ともなっている、古典と大衆・民衆の問題を考えていきたい。これは保田の古典論の核心と言ってよい問題である。また、そこから自ずと断筆の糸口もつかめるかもしれない。

「木曾冠者」の一ヶ月後、『日本読書新聞』十一月十五日号に、保田は「太平記」という短い文章を載せている（全集四巻再収）。『平家物語』と並ぶ軍記作品であり、戦前の教育現場では圧倒的な数量で教科書に採用された『太平記』について、保田は、冒頭近くでこう述べている。

我国の軍記書中の第一級の作品であるが、この書があつたがゆゑに日本の民衆は、感情的に南北朝の正閏を疑はないのである。詩の力は偉大である。我らが母国の南山を臨むとき、軍書に悲しと歌はれた吉野を眺むとき、我らは太平記の詩を考へるのである。太平記はつひに勝つたのである。

典型的な南朝正統説に立つ言説である、というレッテル貼りで片付けられそうだが、ここで、保田が『太平記』のおかげで、「日本の民衆」は南朝正統説を疑わないと主張していることは無視できまい。なぜなら、その後に現れ、吉野を眺める「我ら」とは、保田を含んだ「日本の民衆」のことだろうからである。保田は、自らを「民衆」の中に入れ、なおかつ、『太平記』を民衆が読む文学と捉えているのだ。その理由はこれまたいつものように何も記されていないが、保田の古典論において、民衆、そして、これから登場する大衆のもつ意味合いは、決定的に重い、これだけをまずは確認しておきたい。

「木曾冠者」で「大衆」が現れるのは、富士川で平家軍が「水鳥の音に驚き遁走した」ことを記した直後である。

この潰走を描写して「平家物語」は活動写真より巧みに表現してゐるのである。しかしこの遁走の描写よりも、西海に落ちていく平家の逃亡を記述した、逃走記の構成ははるかにすぐれたものであらう。恐らく世界文学の中にあつても最高に美しい出来栄えの不安の文学、一つの終末意識とその中に於ける大衆と人間の悲喜と勇壮の種々相を描いた文学であらう。

『平家物語』を「世界文学の中にあつても最高に美しい出来栄えの不安の文学」とする捉え方には、やや近代的かといった疑義もあるだろうが、賛同を寄せる向きの方が多いだろう。だが、それに続く「不安の文学」とイコール関係にある「一つの終末意識とその中に於ける大衆と人間の悲喜と勇壮の種々相を描いた文学」という言説になると、すんなりと納得する向きはほとんどいないはずである。意味不明、とたじろぎ、読解を中断する方がどう見ても多数派となるに違いない。

というのも、まずもって「その中に於ける大衆と人間」が何を言いたいのか、分からないからである。おそらく『平家物語』に登場する「大衆と人間」なのだろうが、重箱の隅をつつくような物言いで恐縮するが、『平家物語』には、僧兵を意味する寺院の「大衆（だいしゅ）」はまま登場するけれども、今で言う「大衆」は存在しない。さらに、「大衆」と「と」で結ばれる「人間」も何を指すかが不明のままである。

古典文学の常識が少しでもある人間なら、ここで断念するだろう。それでは、なぜ保田はこのようなことを書いたのだろうか。それを考えるために、『平家物語』を総括しながら、次のようにも述べている件を引いておく。

「平家物語」が描いたものは、我らが時代の修身教程で学ぶ如き、経国の方針に即しての盛衰観ではない。広大無辺のかりに仏陀と呼ぶ如き宇宙の眼より見た人間大衆の哀史である。それは一つの変革時代の大衆によつて、大衆の抽象としての不安を描いてゐる。描いて文章の行間に、気味わるい余韻にまでひゞかせてゐるのである。

冒頭で批判されるのは、通常、「盛者必衰」と言われる『平家物語』のテーマ論である。わざわざ「修身教程」や「経国の方針に則しての」と注記されていることから、ここでは、このテーマは国家が国民に教え込む公的な意味合いのものとされているようだ。それに対して、保田が用意するのは、国家を遙かに越える「仏陀と呼ぶ如き宇宙の眼」から見た「人間大衆の哀史」という把握である。ここで、「人間大衆」とされているから、どうやら「大衆」＝「人間」と捉えてよさそうであるが、それはともかく、「変革時代の大衆に」よる「大衆の抽象としての不安」を描いたのが『平家物語』だ、というのである。

だが、これはどこかで聞いたことがあるような捉えかたではないか。「哀史」や「宇宙」という言葉で装飾されているけれども、ここにあるのは、紛う方なきマルクス主義的な把握である。「大衆」を「人民」に、「宇宙」を「歴史の発展法則」に変換すれば、より分かりやすくなるだろう。保田は、『平家物語』から、古典と現代の壁を乗り越えるべくマルクス主義的な普遍的な「抽象」を抽出しているのである。「気味のわるい余韻」が我々現代人に分かるのは、そこには「抽象」という普遍性が背後に張りついているからに違いない。

それでは、ここで保田は、高校時代に少しかぶれたマルクス主義に回帰したのか。むろん、そうではない。『太平記』によって「民衆」が吉野を偲ぶように、保田の「大衆」は革命の主体たるプロレタリアートではないからだ。一章の末尾で保田はこう断じていた。

「平家物語」は、伝統の評価がさうであつた如く、いつの時代に於ても、異る角度に於て、我々の誇るべき民族の傑作である。我々の死殁した民族の大衆の認定したものはつねに正しく、その大衆は死滅したけれど、彼らが己らの精神の場所を決定しておいた古典に、死滅した肉身の彼らは生きてゐるのである。これは大衆を信じるものにとつて、将来を慮るときの当然の根拠である。

ここから、「伝統」と「民族」が関連づけられ、その後、「死殁した民族の大衆」となって、「民族」と「大衆」が同一化され、ついにはそれらと「古典」を保田が連結していることに気づいただろうか。

『平家物語』が「民族の傑作である」という評価は別段新しくもない。すでに明治末期においては『平家物語』は「国民叙事詩」となっていたから（大津雄一前掲書）、その言い換えぐらいと考えれば済む。だが、それに続く、「殁した民族の大衆の認定したものはつねに正しく」とくる言説は単純な民衆史観とは次元を異にするだろう。というのも、そこには、死者となった大衆の認定が「伝統」となっており——故に「正し」いのだが——、大衆の精神の場所を決定した「古典」の中に、「死殁した大衆」が「生きてゐる」とまで解釈されるからである。だからこそ、「大衆を信じるもの」という言葉が生きてくるのだ。

以上をまとめてみると、こういうことになるだろう。「平家物語」とは、大衆の精神が今も生きていて伝統となった古典である、と。これは、ヨーロッパにあって、日本にはない「叙事詩」を求めて『平家物語』に当て嵌めていった生田長江（一八八二〜一九三六年）他とは異なる視覚である。と同時に、保田の捉えかたは、一見、マルクス主義的な民衆史観と近似しながらも、こちらとも次元を異にする。なぜなら、大衆の精神がそのまま民族の精神ともなるまではよいだろうが、民衆史観やファシズムといった全体主義に纏わりつき目標となる「勝利」には決して導かれない、不安の「哀史」という絶対不動の精神史的態度がここには存在するからである。保田は最後の最後で悲しみを共有するものとして大衆＝民族＝伝統＝古典を信じたのだ。

大衆としての英雄

保田與重郎は、晩年の暮らしぶりからよく貴族的と誤解されるけれども、ここまで大衆・民衆と古典を結びつけた批評家はいなかった。とはいえ、ここで素朴な疑問も生まれる。それは、『英雄と詩人』、『戴冠詩人の御一人者』他で論じられる「英雄」はどこにいったのかという疑問である。

「木曾冠者」では、基本的な人間的構図として、頼朝対義仲・義経（平治元〈一一五九〉～文治五〈八九〉年）が配されているが、三人と『平家物語』について、保田は、以下のように定位していた。

木曾と九郎の没落には相共に必然性があるのである。それは平家物語の作者の示した通りである。二つの歴史型として同時に人物型であつたものの橋となつたこの二人の人物は、共に頼朝の前に滅されねばならない。即ち平家物語は英雄を主人公として、英雄を描いたのみではない。こゝには価値の一切の無常迅速が描かれてゐるのである。一つの大衆の宿命が、制度の運命が、永久のくりかへしが、一巻の哀史として描かれてゐるのである。

「平家物語は英雄を主人公として、英雄を描いたのみではない」の理由が、「木曾と九郎の没落」の「必然性」なのだろうが、ここで、「価値の一切の無常迅速が描かれてゐる」そして「一つの大衆の宿命が、制度の運命が、永久のくりかへしが、一巻の哀史」とあるのは決定的である。「無常迅速」と「大衆の宿命」・「制度の運命」・「永久のくりかへし」が同義とされ、「一巻の哀史」となるのであるから、英雄は「大衆の宿命」の中に包含される。即ち、英雄の「偉大な敗北」とは、「大衆の宿命」と同一化され、そこで、はじめて哀史となるという結構になっているのである。

我々は「木曾最期」に泣く。それは、義仲の没落の中に英雄と大衆の宿命から、無常迅速を感じて、自己と英雄、そして、大衆を悲しむということなのである。つまり、大衆・英雄が「永久にくりかへ」す、悲しみ共同体の日本を泣くのである。

天造物としての頼朝

「木曾冠者」は全集版で六二頁、単独の評論としては比較的長い部類に属する。しかも、そこで議論されるのは、前述したように、木曾義仲だけではない。義仲（保田は「木曾」と表記するが）は、論の後半以降、なんとか主役の位置を得るけれども、前半においては、それほど登場せず、脇役に回っている。「木曾冠者」前半の主役は、何と言っても、『平家物語』ではさして多く描かれることがなかった源頼朝（久安三〈一一四七〉～建久十〈九九〉年）である（なお、保田の『平家物語』

理解は、『源平盛衰記』と『平家物語』とが綯い交ぜになっている。おそらく、これが当時の一般的享受のありようかと判断されるが、ともかく、『平家物語』と言っても、それは語り本系『平家物語』だけを指すわけではないことを予め述べておきたい）。

それでは、なぜ頼朝なのか。それを考えるために、以下、保田の頼朝賞讃記事、四箇所を登場箇所順に列挙する。

頼朝は自然にその事情を身につけた人のやうに、反対に自然のまゝに行為した。頼朝は自身に権力を集め、英雄を形成し、時代の歴史の意志を形相した。それは院政にも清盛にも不可能だつた。（中略）頼朝は主であり「原始」であつた。その主は平家の「主」に反対しその「終末」にも反対する。

義経殺戮にはなほ後世も肯じうべき理由があつた。凡そ理由なくして何かの人間外の意志、制度の意志に殺されたやうなのが範頼のうけた怖ろしい殺戮である。色々の場合の頼朝の肉身殺戮を見れば、もう頼朝が単純に猜疑の人であつたからでなどとはいへないのである。頼朝は天の意志を肉体化したやうな変革者であつた。頼朝の眼には家族と家臣と敵の区別もなかつたであらうとさへ思へるのである。

この人（頼朝）こそ大人物の自らな相では重盛は言ふに及ばず、清盛と比してさへ、何倍か大きい人物である。一代の信頼を集め、王法仏法まさに滅びんとするといふ意識だけの時代を、新しい形に整へる、その頼朝の新しい変形物の原型を平家物語によつて知る者は、平家物語の作者が如何に頼もしく頼朝を描ひたか、或ひはそのかき方のたのもしさも共に理解できるであらう。

しかし偉大な頼朝は直接的な人生の手本とならない存在である。凡そ頼朝は天造物ともいふべき人物であつた。我々の詩人の歌が、その詩といふものの同じ天造の性質によつて、頼朝といふ天造物の、共通した心性に近づくのみである。

戦前において、頼朝をもっとも高く評価したのは山路愛山『源頼朝』（一九〇九年）であったろう。そこには、「頼朝は残忍の人に非ず」の章立てもある。おそらく保田は本書を読んでいたとおぼされるものの、昭和十年代に、これほどまでに頼朝を賞讃した批評家は保田以外いなかったのではないか（頼朝を話題にする人もいなかったが）。だが、保田は、通常、頼朝に関して言われる冷徹無比な政治家としての評価などは一切しない。そうではなく、ここで絶賛されるのは神話的＝始原的存在としての頼朝である。即ち、「主であり「原始」」かつ「天の意志を肉体化したやうな変革者」にして、「王法仏法まさに滅びんとするといふ意識だけの時代を、新しい形に整へ」る

「天造物ともいふべき人物」としてである。

頼朝に対する我々の微かな期待を裏切り、頼朝は「天の意志」の体現者であり、「天造物」とされるわけである。言ってみれば、頼朝は、中華帝国における絶対者「天」、西欧のおける同じく「神」と言い換えられる存在であるから、通常の世態人情を超越した存在ということになるだろう（このあたり、保田はたぶんに頼朝をキリスト教＝一神教的に捉え過ぎてはいないかとも危惧されるが）。とまれ、義経殺戮の件もこのように捉えると、「猜疑の人」ではないことになるだろう。頼朝を突き動かしているのは時代を変革する意志と言うか、天命もしくは使命以外はないからである。

面白いのは、武家政権ができることは必然的である、と保田が考えていたことだ。保田は体制べったりの飼い慣らされた天皇主義者では断じてなかった（他方、蓑田胸喜〈一八九四〜一九四六年〉のごとき暴力的過激さも有していなかったが）。保田に言わせれば、武家政権とは、天の意志を体現する頼朝がいたことで実現された権力＝制度である。こうなると、頼朝とは、アリストテレス風に言えば、世界を動かす「不動の一者」のように見えてくる。

しかし、保田が頼朝をここまで讃嘆したのにはわけがある。それは、天造物頼朝を天命によって定められた制度的存在、あるいは、規範的存在と置いて、ここに登場する他の人達と対比させ、『平家物語』を越えた時代そのものの精神を描き出したいからに違いない。逆に言えば、頼朝が天造物であればあるほど、そうはなれない義経、義仲、そして、後鳥羽院が際立ってくるという構図である。

そこで、まずは、後鳥羽院を見なくてはならない。後鳥羽院こそが、保田日本文学史の核にある人物となるからである。その萌芽と見通しは「木曾冠者」で最初に明らかにされたのだ。

後鳥羽院＝古典時代の精神

保田は、章を移しては同じ内容を反復・増幅しつつ記す傾向のある物書きである。有り体に言えば、最初にざっと話題を振りまいておいて、その後で、それぞれをもう一度改めて詳細に論じていくという手法である。これが保田にとって一等合った書き方だったようである。その意味で、最初に蒔かれた話題によって、扱われる問題群が予め提示され、今度はそれぞれの個別に連想を効かせて、重複構わず論述するというスタイルこそ保田の基本的ありようであり、ために、連想の作用によって余談も平気で入ってくるし、全体としてバランスも悪くなり、叙述量も増えがちになるが、どうやら保田はそれを全く気にしていない。まさに書きながら行きつ戻りつ考えていたのだろう。その後の改稿が多いのも頷ける。

後鳥羽院（治承四〈一一八〇〉～延応元〈一二三九〉年）が最初に登場するのは、頼朝を論じた直後である。

頼朝が自然に意識せずに知つたもの、清盛が知らずして逆つたもの、それを意識的に知つた人は定家の弟子なる頼朝の子実朝である。従つて実朝には後鳥羽院を中心にした俊成西行の三尊形式に対するある気質的、気運的、自然的な親近があつた。

引用箇所は、前引した「頼朝は主であり「原始」であつた。その主は平家の「主」に反対しその「終末」にも反対する」に続く件だが、頼朝の子実朝が、「意識せずに知った」頼朝、「知らずして逆らつた」清盛に対して、「意識的に知った」人物として形象されている点に注意して欲しい。その直後に、後鳥羽院・俊成・西行の三尊形式に「親近」があると論じられていることから、後鳥羽院も実朝同様に「意識的に知つた」人物だと位置付けられていることが諒解される。

ここには、保田における政治と文化の二元論と言ってもよい認識が鮮明に現れている。つまり、時代変革をなす者は天造物でよいけれども、文化の基調を作り出す人間は「意識的に知」る人間でないと駄目だという認識である。文化は意識的作為の産物なのである。そして、

日本の古典時代の精神と発想とその系譜を解明する最も重要な鍵は後鳥羽院である。そこに日本の文芸の過去の意志はすべて集り、それより以後に発する流れの源のすべてを蔵するのである。芭蕉が近古と近世の橋であるなら、院は近古と中世との橋である。我が伝統の文芸が、それを不運の院によつて象徴したことは我々末世の民にとつても畏れ多い事実であつた。後鳥羽院のいました故に、永い武家と戦乱の時代にも、院の直接に指導された国ぶりの文芸のみちが、隠遁と彷浪によつて末世のヒユマニズムを生きた知識人の手で反つて日本の

寒村にまで普及し、それはさらに彼らの口承の家族意識を、都に、一つの民族意識としての「日本」に結びつけたのである。

という文言が現れる。なんと、後鳥羽院に「日本の文芸の過去の意志はすべて集り、それより以後に発する流れの源のすべてを蔵する」というのである。ここではやや受動的に記されているが、「院の直接に指導された国ぶりの文芸のみち」と後述されていることから、すべては後鳥羽院が「意識的に知」って行ったのだと保田は考えるのである。さらに、後鳥羽院の志を継ぐ「隠遁と彷浪」に終始した「知識人」の手によって「文芸のみち」は、頼朝が創始した武家時代においても、「日本の寒村」にまで普及し、ついに、「口承の家族意識を、都に、一つの民族意識としての「日本」に結びつけた」と主張するに至るのである。

ここで、前述した「大衆」を想起してみたい。『平家物語』には「大衆の宿命」「制度の運命」が、「一巻の哀史」として描かれているという。こうした哀史のありようと、後鳥羽院の行動とはどのように切り結ばれるのであろうか。

一読、哀史と後鳥羽院の壮挙と悲劇とは別個の次元に置かれているように見える。だが、保田は、強引に後鳥羽院と『平家物語』を関連づけていくのだ。

しかも文芸史的には平家物語は私にとって「後鳥羽院」論中のものである。

平家物語を語るものは、極めて漠然とした名称を用ふれば、和泉式部、紫式部、赤染衛門、清少納言を包蔵する時代としての「一条院の御代」の女性文化、及び式子内親王から建礼門院右京大夫、阿仏尼（かりに、うたゝねの記、いざよひの日記の二つの作者）をもつ「後鳥羽院の時代」の女性文化の比較から考へねばならない。のみならずそれらを指導した当時の男性の文化の特長にふれねばならないのである。しかし平家物語が凡そ「うたゝねの記」の如き心理文学を作つた世界と人間と生活を、その描いた物語の中に何一つ記録してゐないことは、おそらく後世の物語作者の手柄である。

上記の言説は、大仰な物言いのわりには、阿仏尼の『うたたね』と『平家物語』の無関係性を言っているに過ぎず、何も語っていないに等しいが、それでもなにやら関係ありげに語るのは、『平家物語』と後鳥羽院の同時性が気になって仕方がないが結びつけ方が本人も見つからないためだろう。その結果、無理な連想が進みすぎて勇み足となってしまっている。まして、その後に現れる、

さらに平家物語を語るものは、後鳥羽院からとびにとんで近世分岐をなす芭蕉にまでゆかねばならぬといふこともすでにかいてきた。院ののちに始る俳諧こそ、日本の散文文芸を導くのである。

という言明も空回りしているだけである（この点については第五章で詳しく検討する）。このあたり、保田自身も頭の中が整理されていないようだが、それでも保田は進む。後段で頼朝がらみで再度後鳥羽院を登場否反復させるのだ。

だがこの頼朝に具現された人道の希望を、同じく人道への態度から決然と反対されたのがのちの後鳥羽院の芸能二面に表現された精神である。

おく山のおどろの下をふみわけて
　道ある世ぞと人にしらせむ

この院の御製から、近古近世へかけての日本の隠者の文芸は始るのである。文学と芸能を日本に伝播したのは、院に淵源をもつ隠者であつた。先蹤の祖師は西行である。

ここまで読んできて、どうやら保田の構図や狙いが諒解できた、否、保田自身も諒解してきたようである。天造物の政治家頼朝と「文芸のみち」の創始者後鳥羽院の対比とは一体何なのだろうか。政治的な敗北者である後鳥羽院によって、日本の正統的な「隠者の文芸」が創始されることに着眼すれば、大衆によって支えられた『平家物語』は、後鳥羽院と無関係にするわけにはいかないのである。両者は一見無関係に雁行しながらも、第五章でも論述するが、いつ頃かは確定できないが、保田は、後鳥羽院なるものを発見していた。そして、天造物の政治的改革者であり

勝利者である頼朝との対立軸をつくり、偉大な敗北の起源として後鳥羽院を造形していったのである。さらに、

その院の教へた意志の道は近世の芭蕉にまで貫通し、院の御製かずしらず人の口にある中で、わけて「おどろの下」が流布してゐるのも、たゞ増鏡の悲痛の名文のゆゑのみでなく、やはり専ら近古文芸の意志の道の大宗を形づくられたゆゑである。されば頼朝に人道の希望を描いた者と共に、頼朝の樹立した制度に沿はない精神が、即ち隠者のヒユマニズムの形で後鳥羽院の以後に、武家のおどろの下を、下ゆくやうに深く「たえてたえゆく山川の水」の形で西行から芭蕉の近世へ乾あがることなく流れ続いたのである。

ここも基本的には反復的な文章だが、後鳥羽院の果たした役割がよりよく分かるだろう。後鳥羽院↓西行↓芭蕉と繋がる文芸の流れは、頼朝的な政治世界とは重ならず、真向に対立しているけれども、しっかりと日本の伝統＝正統となっていたというのである。

そうこうしているうちに、保田は再び大衆と出会うことになった。

民間に伝承されてつひに滅びなかつた口碑物語には、我々が代々の血で洗つてきたやうな真実と希望が、全然の嘘の中にさへ生きてゐるのである。史伝と文芸はさういふ民衆の自己表

現に半分を負はねばならぬであらう。私はさういふ民衆の叡智を信じる、大衆の本能を驚歎する、我々が欧米諸国製のパンフレットから綜合分析したお手盛りの理論より、民衆本能は真実を語りついだのである。

後鳥羽院の蒔いた種が、中世の隠者によって、「日本」に結びつけられ、寒村にまで「文芸のみち」が伝えられていく過程で、多くの口碑物語が作られる。そこに、保田は「民衆の叡智を信じ」、「大衆の本能を驚歎する」のだ。

してみると、ここで『平家物語』はめぐりめぐって、「民衆の叡智」「大衆の本能」と重なってくることになり、その根元には後鳥羽院が置かれることになるのだろう。

なんともまあ、牽強付会も甚だしい議論の展開ではある。うねうねと蛇行しながら、気がつけば、後鳥羽院を起源とする「文芸のみち」が『平家物語』を含み込む「日本」となっていくことを言い切っているのであるから。『平家物語』中断の真因は後鳥羽院かと思いたくなるが、後鳥羽院はそれ自体が保田の重要なテーマとなっていく（第五章参照）。

偽画化となつかしさ

「時代の歴史の意志を形相」する天造物・頼朝と日本における文芸の中興の祖として高らかに持ち上げられる後鳥羽院、この二人が保田の描く日本中世を作った人物である。それは、相容れない政治と文化の二項併存状況と言い換えてもよいだろう。そして、相容れないが故に、文化はそれ自体として自立し、後鳥羽院は隠岐島で寂しく果てたものの、その志を継ぐ西行を嚆矢とする隠遁詩人たちによって日本文芸の正統が後代にまで伝えられたとされるのである。

それと並行して、『平家物語』の登場人物論として、保田は新たな二項対立を設定している。

たゞこれらの登場人物中に於て、鎌倉殿と平家の公達の二つの型が截然と竝んでゐるのである。平家の重盛が、清盛の首が梟される夢を見つゝ、自ら好んで死んでゆくのも、たくみな狂言の類であらう、物語作者の描いた巧みの狂言綺語である。重盛は早逝した。物語の中の名君高倉天皇の御行蹟は、やはり恐らく頽敗して了つたモラルの保守維持の形である。この帝は早く崩御遊ばされた。後白河院の物語は、政治家としての頂点に達しながら衰頽した院政形態のあらはの具現である。だから問題は二つである。この二つをつなぐ歴史的タイプとして、木曾冠者と九郎判官は描かれてゐるのであるからます〳〵平家物語の作者の憎々しげな明察が躍動する。

このなかで、高倉天皇（応保元〈一一六一〉〜治承五〈八一〉年）・後白河院（大治二〈一一二七〉〜建久三〈九二〉年）が二つの型のどちらに入るのか、筆が滑ったのか、やや敍述に混乱があるとしか思われないものの、勝利者頼朝と、陸続と倒れていき「南無阿弥陀仏のリズム」・「無常迅速の響」を具現化していく平家の公達たちとは、実に分かりやすい対立構図ではある。

　こうした対立群が織り成す人物模様の中で、注目すべきは、保田が義仲（木曾冠者）・義経（九郎判官）を「この二つをつなぐ歴史的タイプ」と位置付けていることだろう。つまり、義仲・義経とは、勝利する者でも滅んでいく者でもなく、二つのタイプを繋ぐジョイント的役割を果たす存在なのだ。言ってみれば、関係を作り出す者ではあるけれども、結局のところ、埒外のはみ出し者、例外者ということだ。しかし、はみ出し者であるからこそ、歴史を単なる勝者対敗者という対立構図の抗争史に終わらせず、両者を繋いで豊かな物語を紡いでいくことが可能となるのである。そのあたりを保田は、「平家物語の作者の憎々しげな明察が躍動する」とあるように、イロニーをたっぷり、そして幾分のユーモアを籠めた悪文で綴っている。

　とはいえ、だからといって、この二人が圏外者故に無事安穏で終わるわけで決してない。事実は正反対である。前にも引用したように、「木曾と九郎の没落には相共に必然性があ」り、「共に頼朝の前に滅されねばならない」存在と想定されていて、実際にそうなったからに他ならない。ジョイント役は始末される運命にあると言うことだろうか。しかし、それでも、まだ疑問が消えない。平家の公達がある意味で鮮やかに示していく「無常迅速」の滅びと義仲・義経の「没落」とは一体どこが異なるのか、という疑問である。


　平家物語の中では、木曾は偽画化された筆頭である。だがかういふ偽画化は、なつかしいあり方で、いつまでも現代人にせまってくる。

保田は、これ以降、何度となく、義仲を「偽画化」と「なつかしさ」という表現で捉えていく。上記の少し後にも、このような変奏された表現が登場する。

こゝに偽画化されたと書いた木曾冠者にしても、いはゞ時代が偽画化したのである。平家物語の作者の手を通して写されるとき、その主人公木曾はむしろなつかしく、極めてかなしい相姿で我々の眼に再現するのである。

さらに、「後世の判官贔屓の感傷化に対し、冠者は偽画化として現されたのである」として、義仲＝偽画化、義経＝感傷化として両者の差異にも言及している。この構図も色々な形で繰り返されるが、ここでは、義仲に焦点を絞り、「偽画化」と一体化している「なつかしさ」から、上記の疑問を考えていきたい。

まず、平家の公達と義仲は、「勝敗の主は、その裁可は、永久な自然の眼から、超越され、無視され、両者は等しい悲哀と自虐の中に描かれた」とあるように、事実において両者間には基本的に差異はない。共に敗れ去り滅ぼされた者どもである。保田風に言えば、「悲哀と自虐」の存在である。だが、義仲にあって、平家の公達にないのが、「偽画化」と「なつかしさ」であり、それらを通した上での「かなしい相姿」なのである。とりわけ、「偽画化」とそれを「なつかしい」と捉える視点は平家の公達にはまったく見られないのである。

逃亡の美化を描いた平家物語の作者は必然の没落に対してどんな感激も比較計量も描かなかつた。一切を自然化し美化したのである。能登守の最後にしてもさうである。敦盛討死にしても、無気味なまでふらふらとした歩調で敦盛は渚にひきかへしてくる。そして名乗りさへあげない、そこには勝者のやりきれない負目があざやかに描き出されてゐる。勝者の熊谷直実の方が怖ろしい無常観の如き恐怖にうちまかされるのである。それは美化として没落を描いた、則ちもののあはれである。

「逃亡の美化」には、感激も比較もない、自然である。それが美化というものであり、だから、没落もまた美化なのであった。そこから立ち現れる感情が「無常観」の大和言葉とも言うべき「もののあはれ」となる。その後に、「我らのもののあはれはやりきれない熊谷を作ることである」と言い換えられることも同様である。勝利者・熊谷が「やりきれな」くなるほどの敗者の自然化＝美化された滅亡の状況、これを保田は「もののあはれ」と捉えたのだ。だが、そんな時、義仲は、勝者・敗者とは別の位置に場所を占め、偽画化されていく。それは一体どういうことであり、どのような意味合いを持ってくるのだろうか。

保田は、(『平家物語』の)「作者は一つの家を手づるにして、一つの世界の最後までを描かうとしたのである」と言いながら、他方で、「義経が世界をもたなかつた如く木曾にも亦世界はなかつた」とも述べ、ために「懐しく偽画化された原因」だろうと読む。さらに、その少し前では、「九郎判官と木曾冠者は、平家没落と鎌倉殿の建設を完成するために必然な橋であつた」とも指摘して、はみ出し者であり、かつ、ジョイント的存在を改めて強調かつ反復していく。

このように見てくると、義仲とは、なつかしく偽画化されることによって、平家滅亡から生成され周囲を覆い尽くす圧倒的な「もののあはれ」と一体化している天造者・頼朝による容赦ない歴史変革という、自然というよりはあまりに苛酷な現実・状況を和らげ、読むものを一瞬であれ、安堵させる役割を与えられていることが次第に明らかになってくるだろう。しかも、義仲は歴史をつなぐ橋の役割をしているのだ。ここに「日本の橋」の新たな展開が見えるようである。

さて、保田は、むろん何も記してはいないけれども、ここから西欧とは異なる日本独自の「弁証法」を見ていたのではあるまいか。それはこういうことである。義仲(義経も)は、平家の公達と同様に滅びる運命にある。だが、『平家物語』の主題とも言える「一つの世界」はもっていない。自由である。そして、「平家没落と鎌倉殿(頼朝)の建設」を繋ぎ、『平家物語』を十全に完成させるのだ。これだけだったら、冷たいジョイントだが、義仲の場合、その姿は偽画化され、なつかしさで想起されるのである。つまり、保田は歴史の苛酷な弁証法を偽画化となつかしさでやさしく包み込んだのであった。

璞(あらたま)と美しさ＝悲しさ

ここまでなんとか進んでくると、残された課題は、義仲の悲劇性と英雄性のありかに絞られてきたようだ。これを論じることで「木曾冠者」論の締めとしたい。

保田は、「璞」あるいは「璞石」・「純璞」・「璞玉」という言葉を用いて、繰り返し義仲の性格を形容し称讃している。

それは偽画化されつゝも、一等なつかしい璞石の如き武人として、この哀史の中で一つの悲哀の主人公を演じてゐることでも知られる。

木曾のなほ磨かれてゐない璞石のやうな性格の美しさは、しかし、日本の代々の少年は知つてゐたであらう。

義仲はいつの戦争に於てもつねに寡を以て数倍の大敵にうちかつてゐる。精悍無比な大将軍であるが、一面純璞の如き性格をもつてゐたのである。

義仲もやはり日本の民族の性格としては、素戔嗚尊の系統である。これは優秀な璞玉(あらたま)の一つである。同時代の義経よりずつと荒い璞玉である。

璞は、森鷗外の『雁』に用いられ、「掘り出したままでまだ磨きをかけていない玉」（『日本国語大辞典』）を原義とするが、用例はさして多くなく、少なくとも一般性ないしは通用性がある言葉ではない。だが、保田の表現を借りると、「野卑蛮骨と排斥された」義仲を純粋・素樸といった、ロマン主義的な意味合いにおけるプラスの価値に転換する魔法の言葉が「璞」であったと思われる。その時、「璞」は「偽画化」と以下のように連結されるのだ。

だから木曾の第一歩はこの終末意識の中で、何か新しい未知として、それは一つの乱暴として偽画化されねばならぬのである。古い方からも犠牲である、新しい方からも犠牲にされる。完全に思慮のないたゞ乱暴なものとされ、無知として描き出されねばならない。この新しい力の健康さとして現れたものは頽敗を知らない璞である。

この前に、これまた反復的表現ながら「平家物語を一貫するリズムとモラルは、王法と仏法の終末意識からくる一つの無常感であるが、具体的には、古い家の頽敗であり、新しい家が起ることを敍述して、古い家のいたましく怖ろしい逃走と滅亡の状を示し、新しい家の恐怖と無常を写してゐる」と記されていることにも注意を向けて、上記の文章を読むと、義仲が乱暴・無知として偽画化されながらも、それ故に「頽敗を知らない璞」としての「新しい力の健康さ」に溢れた存在であることが明らかになるだろう。

とは言うものの、この乱暴・無知＝瑛という構図自体は、「高貴な野蛮人」とも言われる、非文明化社会に対する優位性（上から目線）を担保した上で、即ち、蔑視と表裏一体の称讃であり、今日では単なるオリエンタリズムの一種だとして批判されるのが落ちとしてとりあえずは避けておきたい言説と映る。

しかし、保田においては、瑛であるからこそ、義仲は偽画化されるという視点を有することで上記の構図から解放されているのだ。ここにおける「偽画化」とはまずは蔑視の対象ではない。否、それどころか、偽画化されるが故に、義仲は『平家物語』の無常の軛から逃れられ「同情され救はれる」対象と化すのである。だから、この同情も蔑視の言い換えではありえない。そして、こうした感情こそがおそらく「なつかしさ」の主因なのであり、その結果、義仲は「なつかしい祖先の一人として恥しからぬ人物」となっていくのである。一見詐術に見えるかもしれないが、これまたある種の日本的弁証法なのであろうか、見事な反転の構図である。

なお、「木曾冠者」発表の翌年である一九三八（昭和十三）年、岩波茂雄の年始の挨拶は「戦地の「同胞」に対して「その高貴素朴なる姿を遙かに想望し私は深き感謝感激に打たれます」」（中島岳志『岩波茂雄』、岩波書店、二〇一三年）というものであった。同書によれば、岩波の本意は別のところにあったようだが、こうしてみると、義仲と日本軍将兵が絶対的な肯定感をもって重なってくるように見えるのは独り私だけではないだろう。

だから、義仲が都と貴族の作法を知らない田舎者だとして、徹頭徹尾馬鹿にされる猫間殿饗応での振舞いを、保田は「私は涙の出るほど木曾といふ人がうれしくなる。近代人なら多かれ少なかれ複雑になつてゐるから、かういう人の純璞の歌心のあらはれを、乃木大将を嬉ぶやうに又別の形で敬愛する筈である」と絶讃してやまないのである。さらに、日本の少年少女の義仲好きをもってきて、そのありようを絶対化していく。

木曾を日本の少年少女の好きな人物とするために、その事実を偽画化しておいたのである。日本の少年は平家物語をよんで木曾を決して悪人とは思はない、少年にして木曾の英雄譚を知つたものは、やがて平家物語の木曾に、長じて美しい人間と激しい歴史を発見し、一つの過渡期の犠牲を見出す。

ここでも「偽画化」が繰り返されているが、少年少女は木曾が好きになり、長じて木曾という「美しい人間」の悲劇＝犠牲を見出すと述べている。これもまた見事な解釈であるが、ポイントとなるのは、美しい人間の条件が璞であるということだ。

そうして、事実上最後の場面を見ていくと、保田の語る意図が見えてくるのである。

木曾は今井をかへりみて「日来(ひごろ)は何とも思はぬ薄金(うすがね)が、などやらん重く覚る也」（源平盛衰記）と嘆いた。これ程美しい丈夫の歌の一句を敍した戦陣の将軍は他にあつただらうか。実に美しい、限りなく悲しい歌の一きれである。

通常の『平家物語』解釈では、これは義仲の弱音であり、今井に対する駄駄である（ここから主役は今井に変わる）。しかし、保田は、この駄駄を「美しい丈夫の歌の一句」と捉え、満腔の思いを込めて絶対的に肯定する。なぜか。正直に疲れたと言っている義仲に璞を見るからだろう。その前の六条の女房の家を訪れて、郎等二人が相次いで割腹して督促するまで、出てこなかったのも同じ態度に違いない。その時は女房との別れを惜しんでいたのだ。ために二人が死んだのに、である。

自分のいる状況の把握など一切考えていないのが義仲という蛮民なのである。かかる人物が無邪気に滅ぼされる。これは美しい＝悲しいのではないか、これこそ「偉大な敗北」にふさわしい英雄ではないか、と保田はイロニーを越えた心境で訴えるのである。

第四章　ゲーテ・近代・古典

1　保田のゲーテと亀井勝一郎のゲーテ

保田與重郎は、これまでドイツ文学と言えば、ヘルダーリン、シュレーゲルといったロマン主義の詩人・作家を論じてきた。『コギト』三〇号（一九三四年十一月号）から三三号（一九三五年二月号）まで掲載された保田執筆になる「日本浪曼派広告」を載せ、前掲『コギト』三〇号に「ルツィンデの反抗と僕のなかの群衆」を記していることからも分かるように、日本浪曼派を提唱しかつ自認する保田にとって、ロマン主義受容が至極当然のものであったからだ。「ルツィンデ」論など、第三章でも触れたように、ドイツ語が得意ではなかった保田は、大阪高校の同級生であった同人薄井敏夫に依頼して『コギト』紙上に計六回翻訳させてから執筆しているほどである。その心意気は生半可ではない。

だが、『日本浪曼派』が二九号で廃刊（二七号・一月、二八号・三月、二九号・八月刊行）になる一九三八年の三月・四月に続けてゲーテの「ヱルテル」論を発表した（「ヱルテル論断片」、『コギト』七〇号・三月、「ヱルテルは何故死んだか」、『文学界』三月号、「ロツテの弁明」、『コギト』七一号・四月。但し、「ヱルテル論断片」は〈「ヱルテルは何故死んだか」の一部原稿。本文から逸したのでこゝへのせる。本文は『文学界』三月号に出づ〉と注記され、その後、一九三九年十月に刊行の『ヱルテルは何故死んだか』〈ぐろりあ・そさえて〉に「ロツテの弁明」と共に収められた）。

ゲーテに対する拘りは、これで終わらず、戦後、全集編集者である谷崎昭男氏の考証に拠れば、一九四八（昭和二十三）年の二月以降から夏頃までに記されたとおぼされる「ヱルテルの死以後」が保田の死後発見され、全集に収められた他、一九五一（昭和二十六）年二月に酣燈社から再版された『ヱルテルは何故死んだか』に「ヱルテルは何故死んだか解題」という文章をわざわざ記している。実に、初出から十三年の長きに亙って、保田は「ヱルテル」に拘り続けたのである。これはどうしてなのだろうか。

軸をロマン主義からロマン主義批判をした古典主義者ゲーテへの転換させた、というような俗耳に入りやすい理解も成り立つだろうけれども、ことはそう単純にはいかないようである。まず、ゲーテ論が亀井勝一郎（一九〇七〜六六年）らと始めた『日本浪曼派』のほぼ終焉の時期に当たっていることは、おそらく偶然ではないだろう。なぜなら、亀井は、一九三七年に『人間教育ゲェテへの一つの試み』（野田書房）を刊行し、第四回池谷信三郎賞（ちなみに、第一回が前年前期の保田『日本の橋』であった）を受賞しているが、『人間教育』の主要部分はゲーテ論であり、その多くは『日本浪曼派』に連載されていたという事実があるからである。

転向左翼である亀井は『人間教育』の冒頭近くで人生を以下のように捉えている。

どのような不幸、どのような危機に遭遇しようとも、自然のように人間のいのちは絶えず和解を求め高きをめざして成長してゆく。時代の不安が、時にわれわれを意気阻喪せしめ、極度の反省が陰鬱な気分を与えることもあるが、すべてはやがて再生に向かって躍動するだろう。

（角川文庫本による）

「人生論」（なお、これは現代日本においても文化人がまま行き着く最終到達点でもある。故木田元〈一九二八～二〇一四年〉など）の人である亀井は、ここからも未来に対して極めて肯定的な考えを持っていることが分かる。とりわけ「和解を求め高きをめざして成長してゆく」という件は、後段の「再生」と絡めて読むと、亀井がかつて慣れしたんでいた弁証法を彷彿させはしないか。「和解」も「再生」も正反合の「合」の言い換えではないか。だが、このようなある意味でオプティミズムとも言いうる人生観は、保田とは相容れない類であったと思われる。菅原潤氏は日本浪曼派の中心は保田ではなく、亀井だっただろうと捉えているが（『弁証法とイロニー　戦前の日本哲学』、講談社メチエ、二〇一三年）、ロマン主義からイロニーを奪ってみると、外れていない。

こうした人生観は、『ヱルテル(ウェルテル)』論にもそのまま反映している。

環境への苛烈な復讐、一切の慣習の拒絶に傷つきながら、ウェルテルは自己の恋愛を完成した。恋愛においてもまことと名づくべきものは死ぬ。おそらく真実は身を滅ぼすがゆえに真実であるのかもしれぬ。恋愛の完成は結婚であるという世の常識に対するかくも辛辣な抗議があるだろうか。ゲェテの全生涯をとおして、美しき瞬間とはつねに死の瞬間にほかならなかった。ひとり彼のみではない。私が冒頭に引用した北村透谷もまた同じ心を歌っている。

(傍点原著。同上)

ここで引かれる北村透谷の文章とは、「厭世詩家と女性」(初出『女学雑誌』、一八九二年二月、なお引用本文は、岩波文庫『北村透谷選集』、一九七〇年に拠る)にある「恋愛は人世の秘鑰なり、恋愛ありて後人世あり、恋愛を抽き去りたらむには人生何の色味かあらむ」(なおその前に、グンドルフ『若きゲーテ』、一九一六年、「ヴェルター(ウェルテル)」に引かれた二行の詩「すべての若者はかく愛することを欲し/すべての乙女らはかく愛されることを望めり」が当時未翻訳故か、亀井の文語訳で載せてある)であり、「透谷のいうところはほとんどウェルテルの核心にふれている」とも述べているように、亀井は、ウェルテル=透谷という構図でウェルテルを捉えているようだ。というよりも、「美しき瞬間」という言葉はグンドルフの語彙であり、それに透谷の構図を加えてウェルテルを読んでいると言った方が正確だろう。だから、上記の捉え方も、この前に引かれる「恋愛豈単純なる思慕ならんや。想世界と実世界との戦争より想世界の敗将をして立てこもらしむる牙城となるは即ち恋愛なり」という透谷の言説を現代語訳にしたようなものとなっているのである。つまり、恋愛において身を滅ぼすことが真実である。死という敗北こそ恋愛の成就なのであるということだ。一見、保田の「偉大な敗北」に似ていないわけではないけれども、ここでは、恋愛対結婚という二項対立が持ち込まれた結果、「世の常識に対するかくも辛辣な抗議」という陳腐な図式になってしまっていることに加えて、「美しき瞬間とはつねに死の瞬間にほかならなかった」とは「再生」のことではないのだろうか。

蛇足ながら記しておくと、初期の頃の保田の剽窃的行為と亀井のそれとは差異があるのだろうか。私には、保田よりもほぼ四歳年長の亀井の方がより問題かなとは思うが、この当時、これ程度の行為は他でもごく普通に行われていたのだろう。だから、この問題はこれ以上追及しない。

戦後の改版（一九五一年――奇しくも保田『ヱルテルは何故死んだか』の再版と同年である）のあとがきで亀井は、こう述べている。

ゲェテによって古典美に誘われつつ、ここに己を救わんと念じた。だから厳密にいえばゲェテ研究書ではない。彼の作品を通して青春を確認し、再生の夢を語り、転身の苦衷を告げようとした一種の自伝といっていいだろう。

これは亀井の実感に違いない。『人間教育』は彼の青春の記録でもあるのだが、やはり、ここでも「再生」と「転身」が強調されていることは、言うまでもなく、左翼からの転向者という亀井の否定できない重い過去があったからだろう。ということは、ゲーテ＝グンドルフ＝透谷を踏まえつつ、自らの転向の苦悩と再生への期待を恋愛に託して亀井が熱く記したものが『人間教育』という書物の実体ということになるだろうか。どこかに甘えと見える隙あるいは楽観が目立つのもそれ故である。

ちなみに、亀井は、『コギト』に三度投稿している。二六号（一九三四年七月）・三〇号・四二号（一九三五年十一月）である。だが、いずれも『日本浪曼派』の創刊前か廃刊前の時期に相当する。要するに、日本浪曼派を代表する存在でもあった亀井は保田とは『日本浪曼派』の刊行を通じて合わない関係になったということだろう。それを典型的に示すのが両人のヱルテル論の絶望的懸隔なのである。

と同時に、戦後、二度に亙ってヱルテルの補論（「ヱルテルの死以後」は全集版で一〇四頁に至る大部なものだが）を著した保田の思いは、亀井との差異だけでは説明しきれない。上記に引用した亀井のあとがきには、自己救済のために記したことが晩年故かやや余裕を持って叙述されている。他方、亀井改版「あとがき」と同年に保田が記した酣燈社版「解題」では、

さてこれを執筆した当時の私は、近代批判から始つて、ゲエテがヱルテルを殺したこと

に、同情したのである。それは換言すれば、何故ゲエテにヱルテルを殺す権利があるかとい
ふことである。しかしゲエテは直観でヱルテルを殺したのである。しかもその経過の敍述か
ら、ゲエテは、近代の価値を拒否し拒絶してゐる事実を教へた。私はよみとつた。ゲエテは
たゞ直観で殺したのである。それが美しいと判断したのである。

とあるように、保田の個人的事情は一切勘案されていない。最初からゲーテを近代批判者とし
て読み、その理由として、「ゲエテがヱルテルを殺したこと」、そして、「それが美しいと判断し
た」ことを上げている。それに加えて、保田は初出と同様に、ゲーテ晩年の『デイヴァン（西東
詩集）』（一八一九年）を持ち上げて、このように言う。

私はこの数年間の隠遁時代にも、ヱルテルとデイヴァン（西東詩集）を、改めてていねい
によみかへし、この文章を執筆した当時に考へた以上に、彼が「近代」の宿命を暗示し、こ
れに代る原理を「東洋」に求めた事実を知つて、故人に対する尊敬をさらに深くした。

今さら言うまでもないけれども、ゲーテが近代を否定したとか、近代に代わる原理を「東洋」
としたという解釈が妥当かどうかはこの際どうでもよい。亀井同様、保田は保田で、亀井とは異
なる自分をゲーテにかこつけて語っているにすぎないのだから。これは文芸批評なるものが立ち

上がってからの宿命であり、それをとやかく言っても仕方がない。だが、ここでは、ロマン主義から距離を置きつつ、古典へと向かおうとしていた時の保田が、おそらく亀井の文業に刺激されて、ゲーテの「ヱルテル」（一七七四年）「デイヴァン」を起点と置けばよいと気づいたこと、なおかつ、その意識は戦時を挟んで戦後にまで及んでいることから、事実上、保田の基本的立ち位置になっていったことをここでは一等重視しておきたい。

簡単に言えば、保田はここで正しく「転身」したのである。これまでロマン主義や社会主義あるいは「大衆」に対する思いはそれなりに強く、思考や捉えた方においてもそれ相応に引きずられてもいたが、これ以降、態度が確定したのではないか。もうぶれないのである。その意味で、ゲーテ・ヱルテル論の後に後鳥羽院論が執筆されるのは、何の不思議もないのである。必然的展開なのだ。

貴船明神の託宣歌をめぐって

「ヱルテルは何故死んだか」の冒頭には、本文とさして関係があるように思われない歌が掲げられている。

奥山にたぎりて落つる滝つ瀬の玉ちるばかりものな思ひそ

貴船明神神託歌

この歌について、保田は、後段で、「これは（と云ふやうな思ひ上つた説明づけも人は許されよ）すでに私の子供じみた忠実さの種明かしの一つである。かういふ掛け合の口調を付け加へて、初めて私は安心の感を得た」などと読者を煙に巻くようなことを書いているが、どうして「安心の感」を得たかは記していない。歌意についても同様だが、まずはこの歌の出所から見ておくと、『後拾遺集』雑六神祇を典型例として『古本説話集』『俊頼髄脳』など種々の書物に伝わる著名な和歌説話である。ここでは、『後拾遺集』から引いておこう。

男に忘られて侍ける頃、貴船にまゐりて、御手洗川（みたらし）に蛍の飛び侍けるを見てよめる

和泉式部

もの思へば沢の蛍もわが身よりあくがれ出るたまかとぞ見る

御返し

奥山にたぎりておつる滝つ瀬のたまちる許（ばかり）ものな思ひそ

この歌は貴船の明神の御返しなり、男の声にて和泉式部が耳に聞えけるとなんいひ伝へたる

（新日本古典文学大系による）

全体の文意は、男に忘れられて、恋の神である貴船に祈願していると、御手洗川に蛍が飛んでいるのを見て、「恋に思い悩んでいると、沢の蛍も我が身からさまよい出た魂かと思われる」と

和泉式部が詠んだのに対して、「奥山に激しい勢いで落ちる滝つ瀬の水玉のように、魂が散るほど思い悩みなさるな」と貴船明神が答えたが、その声は男の声として和泉式部には聞こえた、というものである。保田は、その後の引用で和泉式部の歌を「ものを思へば」（おそらく記憶で書いたからだろう）としているが、この問答を踏まえて、和泉式部ではなく貴船明神の歌を冒頭に掲げたのである。この問答では、貴船明神は男に捨てられた和泉式部を男になり代わって慰める役回りである。だから、これは神を称える歌徳説話である。

だが、保田は「この明神の声が男の声に聞こえたといふことは、ゲエテに直接関係あるか否か知らなくても考えておきたい」と奇妙に聞こえる問いを発し、再びゲーテに戻って、「私はゲエテの知恵の輪をとかうとしてゐる、十分に考へて、一切直接間接の区別など軽率にしてはならない」と断言する。さて、保田は何が言いたいのだろうか。

思うに、神がいた時代と神がいなくなった近代の対比を示したいのだろう。ならば「法律が人間社会を支配した」である「「ヱルテル」成立の時代」において、どうして神を出す必要があるのか。それについて保田は、

> アルベルトをうらづけてゐたものには神がなく、たゞ制度があつた。しかしヱルテルの心のうらづけにはつひに神があらはれたのである。

と捉えている。つまり、ヱルテルの悲劇とは、単なる失恋という事態だけにあるのではなく、神なき制度が支配する近代に神が現れてしまった人間のそれだということである。そこが、貴船明神が現れた和泉式部と自殺するヱルテルの違いであり、近代という悲劇の根元である。

2　文芸批評と客観世界

『ヱルテルは何故死んだか』について、とりわけ深い理解をしている批評家に山城むつみ氏（一九六〇年〜）がいる。氏は以下のように論を締め括った。

保田は、文藝評論では困難なことを文藝評論の枠でやろうとしていたのである。失敗に終わったとしても、この試みから眼を離すべきではない。作家ゲーテの側に廻り損ねるその都度、文章の向こう側から図らずも保田與重郎本人の天下スジが破れ出てくるからである。それを読み取ろうとすること、そこに本書を読む窮極の難しさがある。

（新学社版『保田與重郎文庫5　ヱルテルは何故死んだか』解説、二〇〇一年、『私の保田與重郎』再収）

「文藝評論では困難なこと」というのは、氏によれば、「保田はゲーテが十八世紀後期に『ウェルテル』を書いたその「発想」の場所、つまり小説を書く立場に廻り込んでこの作品を読もうとしている」という保田の執筆態度・方法を指している。これは、「廻り損ねる」とあるように失敗したようだが、逆に「廻り損ねるその都度」に「保田與重郎の天下スジが破れ出ている」ことに注目している。だが、「天下スジ」を読み取ることに「窮極の難しさ」があると締められているように、保田の天下スジはなかなか正体を現さない。

他方、保田がゲーテの側に「廻り込ん」だのは、むろん、狙いがあったからである。「ヱルテルは何故死んだか」の翌月にこれへの反省も込めて発表された「ロツテの弁明」の中で保田は文芸批評の意義をこのように述べた。

文芸批評は、小説家の創造を語るものでなく、小説の客観世界を、少し進んでは小説のよみ方をのべるものである。そのことによつて作者の思想や理論でなく、発想から開かれた客観世界を語ることとなる。

この前に、「私は一つの作品「ヱルテル」を通じて、「ヱルテル」を語る顔をしつゝ、一般文芸評論を具体的に試みたことを読者は注意して欲しい」とも要請しているが、保田がゲーテの側に廻り込んだ意図は、一般文芸評論への試みであったのだ。一般文芸評論が「作者の思想や理論ではなく」、「小説の客観世界」、即ち「発想から開かれた客観世界」を語る謂であったことがここから判明する。

してみると、保田がゲーテにまさに憑依して一体化しようとしたのは、ゲーテの「発想」を通して、ゲーテの思想や理論ではなく、厳然たる「客観世界」を捉えるためであったということになる。通常の批評、あるいは、研究であるならば、ゲーテのテクストを可能な限り「客観的」に分析して、ゲーテの思想や理論を時代のコンテクストの中で明らかにしていこうとするのに（こうした読解を可能な限り自己救済として用いた人物が亀井ということになるだろう）、保田の方法はこの逆を遂行しているのである。主観からというよりもゲーテの主観になりきって、そこから客観世界を描こうというのである。「廻り損ねる」のは当然の結果と言うべきだろう。

しかし、どうしてここまで「客観世界」に拘るのだろうか。すぐに想起されるのは、文芸批評の自立あるいは確立などといった、使い古され過ぎの謳い文句だろうが、この可能性が皆無だとは言わないけれども、そんな程度で充足するほど保田は甘くない。また、それならば、こんな手の込んだ方法をとる必要もない。彼の野望はおそらく別のところにある。「ウェルテルは何故死んだか」の中にある以下の記述はその意味で無視できない重みがあるだろう。

ゲエテは偶発の主観的なものを、妥当する客観的意味あるものとして了つた。しかもかういふ事実の結果を与へつゝ、小説家はその結果の生活的倫理的影響については、何の解答も裁断もまして自衛の原理も与へなかつたのである。学者はかういふ創造を絶対に行はない。現にロツテは何故さう云つたかいふことについても、何の説明も書かれてゐない。これも実にたあいない少女の軽口の一つである。しかし現実ではそれは一つの重大な条件とされた。さうして近代の文章は条件の追跡と累積となつた。近代とは因果律が観念内を蹂躙した意味である。そのさまは中世の迷信以上であつた。そのすべてが厳密の因果律を荷つてゐるわけではない。つひに我々は古い迷信を嗤へないこととなるだらう。

ここで、保田は「ゲエテは偶発の主観的なものを、妥当する客観的意味あるものとして了つた」と記している。それは、前段の「客観世界」と絡めて見た時、どのような意味になるのだろうか。後続する文章とも関連づけて、この箇所を読み解いていくと、おぼろげながら近代批判が主眼にあることが了解されてくる。

ロッテが「何故さう云つたか」についても、ゲーテには「何の説明も書かれてゐない」という。そのことから後段で糾弾気味に記されている「因果律が観念内を蹂躙した」近代とゲーテの「近代」とは正反対の位置に置かれていることが分かるだろう。つまり、ゲーテとは、因果を書かない、説明しない反=非「近代」的な作家だということである。そのゲーテが「偶発の主観的なもの」を「妥当する客観的意味あるもの」としてしまうというのはどういうことなのだろうか。魔術師ではあるまいとすれば、特別の存在、言い換えれば、ア・プリオリに客観的存在、あるいは、主観=客観となる絶対的存在ということになるだろう。客観世界を統べる存在としてのゲーテ、このようにゲーテを位置づけようとするために、保田は手の込んだ手法を用いたに違いない。おそらくそこには、「廻り損ねる」過程で保田＝ゲーテなる尊大なイメージもどこかに投影させていたはずである。

それでは、ゲーテはなぜ客観世界でなければならないのか。それこそ近代批判の正統性をゲーテに求めたからに他あるまい。近代の中にいて近代を批判するとは、通常自己否定になるか、「昔はよかった」型のノスタルジーに嵌まるかが落ちである。そうでなければ、保田の得意とする、イロニーで判断保留のまま論点をずらして中空に放置するしかない。だが、これでは、客観的に近代を批判できない。そこで、近代批判の公準装置としてゲーテが導入され、なおかつ、あたかも己がゲーテのごとく、近代を否定していくという振る舞い、これが保田をしてここまでゲーテを引っ張り出させた原因だったのではあるまいか。

こうしてみると、冒頭の宣言的言説はよりよく理解できるだろう。

> すべてゲエテについて語られてゐたことを云ふまへに、彼が「ヱルテル」といふ作品によつて作りあげた「近代」を考へ、ヨーロツパの近代文学の読み方を検討したいのである。

保田にとって、「十九世紀とヨーロッパの開始者」たるゲーテの「ウェルテル」こそ近代なのであった。だが、同時に、「この小説（「ウェルテル」）は、近代の開始の日に於てその（第二の）楽園喪失の由緒書」でもあったのである。開始即喪失という構図（これ自体実に保田好みのそれではあるが）、これほどの根源的な近代批判は他に見出しがたいだろう。本書でもこれまで何度となく論じてきたように、近代批判のあり方を構築するためにややもすれば右往左往を繰り返していた保田にとって、ゲーテと「ウェルテル」が自己の立ち位置を定めるためにどれほど尋深の意味をもっていたか、想像するに難くない。故に、戦後に至るまで、保田はゲーテを書き続けることになったのである。

近代―ヨーロツパの二人の父は、結局自己自身であつた近代を否定し、エピゴーネンを封鎖し、その否定によつて、真実を生ませようとした。しかしこのイロニーを、その後の近代文明の享受者は、殆ど理解してゐない。さうしてさういふ偉大なギリシヤ的人間の近代に於ける運命が、「セント・ヘレナ」だつたことを、理解する人は少ない。ヨーロツパには却つて少数あつたが、日本に少いのは、何といふ残念なことだらう。

（「ヱルテルは何故死んだか　解題」、一九五一年、全集三巻に再収）

ここで言われる「二人の父」とは、ゲーテとナポレオンを指す。彼らは近代を作り、同時に否定して、偉大な敗北者となったのだ。こうした近代の宿命を理解しない（おそらく亀井もその一人）ことに保田は戦後になっても苛立ちを隠せなかった。言い換えれば、保田の立ち位置は戦前戦後を通じて微動だにしなかったのである。

とはいえ、保田の古典重視の姿勢がゲーテの近代批判・近代への絶望と軌を一にし、それによっていよいよ決定的になっていったことは間違いない。おそらく山城氏の読みとは異にするだろうが、私としては、ゲーテの近代批判を通した上での古典回帰、これを保田與重郎の「天下スジ」だと考えたい。その直後、保田は後鳥羽院なる古典のキーパースンを打ち立てて、日本の文学史・文化史の基調まで書き換えていこうとするのは、その意味で、必然的だったのである。

第一章で、保田のことを細川幽斎同様に「成長する文人」と命名したが、ここでも、ゲーテのテクストを無手勝流に読み抜いて己がものにしていく態度を見ていると、保田にはまだまだ成長の余地あるいは伸びしろがあったようである。改めて思うことは、つい亀井と比較してしまうのだが、ここまで自己を意識しながら、自己を突き放す、あるいは、自己が表に出てこないように仕組んでいく批評家は稀有であったということである。保田にしてみれば、対象とするテクストを自己のものに書き換えた時点で自意識と同義の私なるものはきれいに昇華されて見えなくなっていたのだろう。だが、これは、実のところ、自己が世界を覆い尽くしたことに他ならないのではないか。そして、これこそが「客観世界」の実相だったのではないだろうか。

ウェルテルを殺したゲーテ

自己の内から生産する天才を！　その幻想を！　そして、おのれのために世界を築こうとす

るこの熱情は人間の限界に挑戦することも敢えてし、そのためには盲目的な自己破壊に奔る
ことも怖れない……。

戦後、保守思想家の中でそれ相当の地位を占めた竹山道雄（一九〇三〜八四年）は、自ら訳した岩波文庫『若きウェルテルの悩み』の解説（なんと、これも何かの暗合か、一九五一年である）で、ウェルテルの精神を、若き日の初読の思いが一気にこみ上げてきたかのような、ふだん冷静な竹山にしては頗る高ぶった文体で書き記している。本書は、これまで一等多く読まれた「ウェルテル」本の一冊かとおぼされるが、竹山の解説もウェルテルの行動に対する見方の最大公約数を示していると言ってもよいだろう。

他方、保田ときては、上記の読み取り方も知っていただろうが、ウェルテル中心の読み方を最初から放棄していたのである。

ゲエテが即ち若いゲエテが一つの試煉として読者に与へたものは、「ヱルテル」の中でヱルテルは死んだが、類似の経験をもつたゲエテは死ななかつたといふ絶対的な事実である。

通常、ウェルテルはゲーテの分身と捉えられている。読者もそのように読み、竹山が整理してくれている作品の成立・素材研究もそのように告げている。しかし、「類似の体験」とあるよう

に、竹山的な読み方も分かっているのに、保田は敢えて別の読み方を提唱したのだ。ウェルテルが死に、ゲーテが死ななかったこと、これはあまりに端的な、場合によってはどうでもいい言わずもがなの事実に属する。小説の主人公としてのウェルテルは死んだものの、それを描いた作者ゲーテは死なない。この関係を覆すことなどできはしないのだから。しかし、保田は、この誰も考えようともしないあからさまな「絶対的な事実」から、この小説を読み換えていくのである。何のために？　言うまでもなく、近代批判のためにである。だから、上記の後に、こうも保田は繰り返している。

偉大なゲエテは天賦の暗示によつて、ヱルテルを殺すやうに作品をくみ立てたのである。ゲエテはヱルテルではなかつたのである。彼はヱルテルのやうに新ヨーロツパの諸価値に熱狂しなかつた。だからその矛盾にも無関心であり得たのだ。

ここでのポイントは後段だろう。ゲーテとウェルテルが対蹠的な位置にあることを説いている。ウェルテルが「新ヨーロツパの諸価値」、即ち、近代的な諸価値に熱狂したのに、ゲーテは諸価値の矛盾にも無関心だったというのである。ということは、ゲーテは、まるっきりの他者としてウェルテルを描き、容赦なく彼を殺したということになるだろう。それでは、なぜ殺さないといけないのか。その前に、再度保田の方法を確認しておきたい。

私はこの「ヱルテル」論に於て、かなり大胆な文芸評論の方法を採り、ゲエテの描かなかつた空間を、文芸と歴史のことばでうめ、「愛情の問題」の構造を明らめたいと思つた。しかしそれはゲエテの残した空白に、ゲエテの経験した実話を織り込むあの一般の方法ではない。私はゲエテの発想を、十八世紀末十九世紀初頭の、疾風怒濤と形容された革命時代の空気の中に解放しようと試みるのである。

ここからも分かるように、保田は、ゲーテの「経験した実話」＝「一般の方法」などに一切拠っていないし、関心もない。彼にあるのは、かの「客観世界」よろしく、ゲーテの発想を「革命時代の空気の中に」解放することだった。そこから見えてくるのは、純愛の証でも、若者の夢と絶望でもなく、ゲーテの思想的構えとウェルテルが生きた疾風怒濤＝革命時代との架橋しようもない裂け目となるはずである。円環的思考を繰り返しながら、小さな裂け目を見つけ、そこに手を突っ込んで、思考を深め、これまでの見方を反転させていくハイデガーとは似て非なるものながら、保田も、ゲーテの中に深刻な裂け目を見出していく。むろん、裂け目も作り、裂け目の向こう側で苦しむウェルテルをあっけなく始末したのもゲーテだと見ていくのである。かかる捉え方は、ゲーテ研究などでは歯牙にも懸けられなかっただろうが、そんなことは保田の知ったことではない。保田はこう読み、自らをゲーテと一体化し、近代を抹殺せんとするのである。

3　カントの近代を超える

曰く付きの一九五一年に発表された「ヱルテルは何故死んだか解題」において、保田は、近代の進歩観念についてカントを絡めて、このように述べている。

近代史にとつて最も主要な観念は「進歩」であつた。「人間」を発見したといふ命目の下に、世界観としての「観念論」が生れた。この観念論は、ゲエテが皮肉に批評したやうに、賢い神を追放するか、それと妥協するか、といふ思案の間を堂々と真面目に往復してゐた。さうして当時のヨーロツパの青年らは、予めカントの結論を予想し、その第三批判が出ると、これこそ神を否定した革命説と決めて了つた。カントが妥協してゐることを、認めなかつたのだ。かういふ風景はどこにもある。さうしてかういふ状態を近代は「進歩」と云うてゐる。阿呆なことであると思ふ。ものの考へが「政治的」になつて、読書力が減退して了つたのは、昨今の状態だけではない。

最後のところで、今どきの「政治的」な若者も「昨今の状態だけではない」と捉えるのは、保田の近代批判と直結するだろう。というのも、保田が「第三批判」（『判断力批判』、一七九〇年）なる「観念論」をヨーロッパにおいて青年等が、「カントが妥協してゐることを認め」ず、「革命説」として享受していたことを殊の外強調しているからである。あの頃から今日までも若者はさして変わっていないということだろう。このようなカントの享受を保田はどこから知り得たのかは今日では分からないし、また『判断力批判』を「革命説」として捉えている解釈も管見の限りでは見当たらない（但し、「趣味の愉悦のみが、利害関心ぬきの自由な愉悦である」といった文言から、自由が強調もされるが、通常の解釈〈坂部恵『カント』、講談社、一九七九年〉では、自然概念〈悟性〉と自由概念〈理性〉の連結を媒介するものである）。とは言っても、保田がこうした捉え方を自己流解釈だけで叙述したとも考えにくいので、このような把握もこの時期にはあったのだとここでは考えておきたい。

一方、現実のゲーテは、カントをどう評価していたのか。既に一九二七年に翻訳が刊行されていたエッカーマン『ゲーテとの対話』（亀尾英四郎訳、春陽堂）には、ゲーテがエッカーマンに『判断力批判』を勧める著名な件があるが、その直後の語りはそれなりに重みがある。これを保田が読んでいたかは分かっていない。

カントは全く私に注意を向けようとはしなかったよ。私は自分の本性から、彼と似たような道をたどるにはたどったのだが。私が『植物の変態』を書いたのは、カントのものを知る以前のことだったが、それにもかかわらず、これが全く彼の学説の精神で書いているのだな。主観と客観の区別、さらには、すべての被造物は、それ自身のために存在し、たとえば、コルクの木は、我々の壜の栓に使うために生えているのではないという見方、これはカントと私の共通のものだったし、この点で彼と一致したのは嬉しかった。

（一八二七年、岩波文庫版（上））

ゲーテのカント解釈は、カントに比して実に分かりやすい。ここでは、主観客観の区別、すべての被造物は自身のために存在しているというカントの主張を引いて、世界認識の根本においてカントとゲーテが一致していたことが記されている。ここから了解されることは、あっさりと言ってしまえば、両人とも理性的な思考をする近代人だったということだろう。別のところでは、

カントは、今さらいうまでもなく、いちばんわれわれにとって有益だね。つまり彼は人間の精神がどこまで到達できるかを見定めて、解決できない問題には手をつけなかったからさ。

（一八二九年、同（中））

とあるが、これも、不可知な問題（神や霊魂など）には手を付けないということでやはりカントとゲーテに共通する近代的思考を物語っているだろう。時代的にはゲーテはカントの四半世紀後に生まれているので、影響を受ける側にあるが、同時代人でもあった。そして、共に自然に対して深い関心があり、これが両人を認識レベルにおいて一層結び付けたのではないかと想像される。

ところが、髙橋義人氏（「ゲーテとカント――根本現象について」、『芸文研究』、一九七一年）によれば、

カントの『判断力批判』に示された、「自然目的を直観する悟性、経験（感性）に依存しない直観、総合的普遍から特殊へと至る悟性」である「直観的悟性」にゲーテは大きな影響を受けたようだ。だが、その後、ゲーテは、カントとは正反対の立場である「直観即思惟、思惟即直観」、「つまるところ直観（Anshauen）こそがゲーテの方法の根幹」となっていき、遂にニュートンの自然科学に対する闘争となってしまったとのことである。ゲーテはカントの批判はしていないけれども、最後は正反対の立場に立っていたということだ。

ここで、保田に戻ると、保田はおそらくゲートとカントの比較研究を深めていたわけではなかっただろう。だから、保田の上記の把握の是非をここでは問わずに、これだけを押さえて置けばよいのではないか。即ち、保田は、「近代＝進歩＝「観念論」＝カント対近代批判＝ゲーテ」という構図で近代ヨーロッパの文化状況を捉えていたという事実である。そして、結論だけを見ると、現実のゲーテの思想遍歴（最後には直観、そして、近代批判）と保田の把握（常に直観か）は存外似ていたのである。

もっとも、カント対ゲーテの構図は、『ヱルテルは何故死んだか』において既に呈示されていた。

ゲエテ自身さへ、まだ若いゲエテは、この作品で実に複雑な智慧の輪をといてゐた――といつても我が日本の技巧派文学風の解釈の類でないことは云ふ迄もない。いはゞ最も壮大な世界史の一齢期を組み立て組みほぐした。それは近所に住んでゐたカントのコペルニクス的転回に劣らない大事業であつた。ゲエテは「ヱルテル」を書いて、カントの作つた近代の考へ方と同じものをあざやかに造型としてこさへあげ、青年ヱルテルを殺すこととアルベルトを明朗に救はなかつたことによつて、カントの思ひつかなかつた、深刻な「近代」の思惟や発想形式のもつてゐる現実の沼を、ありくと示したからである。

ゲーテとカントを対比させることは、保田にとって、当初からの構想であったのだ。その時のゲーテの役回りは、近代に楽観的なカントの「思ひつかなかつた、深刻な「近代」の思惟や発想形式のもつてゐる現実の沼」を示すことであった。つまり、ウェルテルの死と救済されないアルベルトを描いて、カントが構築した理性的近代が必然的に作り出す戦慄すべき局面を描き出すということだ。さらに、

この小説には以上の意味では何一つ語られてゐない。カントによつて形づけられた近代の勝利のテーゼに当るやうな勝利のテーゼは何一つないのである。しかも人間の思惟形式の歴史の上では、この小説が近代を示す最初のもの、最も完全のものであつた。主観の分析を敢行された、そのとき批判の使用も充分であつた、人間性と恋愛についても至高の精密にのべられた、しかしつひに明確に一つの勝利を示す人文のテーゼを小説家は示してゐない。

とも語られる。むろん、哲学の徒ではない保田が語るカントは、カントのことばでもある「コペルニクス的転回」が示すように、「人間は物自体を認識できず、人間の認識が現象を構築する」（永井俊哉『カントの超越論的哲学』、キンドル版、二〇一四年）といった一般的理解を超えていないだろう。言ってみれば、ゲーテの上記の発言とさして変わらない程度の理解である。だが、「近代の勝利のテーゼ」としてカントの哲学を捉えることはあながち外れたものでもない。加えて、『ヱルテル』は、近代小説としてカント的認識を踏まえた主観の分析および人間性と恋愛の精密な叙述を有していたのである。しかし、描かれた世界は輝かしくもなく、人間理性の勝利などではさらになく、暗い「現実の沼」、言い換えれば、近代の敗北だったのだ。保田はこのように読み取ることによって、ゲーテを近代批判の祖としたのである。もっと言ってしまえば、カントはいい出汁にされただけである。

上記の引用の前に保田はこのような宣言を下していた。

> 私は「ヱルテル」によつて、ある恋愛論やヒユマニズムを語るのではない。個人解放の思潮に於ける「ヱルテル」を語ることを、私は文芸評論とせぬのである。これを以て恋愛至上論を語ることも易しいことである。しかしそれは明らかに無意味である。

端から保田は、近代批判として『ヱルテル』を読むことを決めていたのだ。その時、恋愛論・

ヒューマニズムとは違うゲーテ対カントという構図が選ばれたということである。この構図を選び取った時、保田の頭にはいけるという思いが走ったのではあるまいか。

だが、ゲーテ対カントの構図だけでは、やはり近代批判としては弱いと思ったのか、次に繰り出されるのが、ゲーテの『西東詩集』(ディヴァン)である。

ゲーテ＝ハーフィズ、保田＝後鳥羽院

ゲーテは、カント同様に、晩年に代表的な作品を次々にものしている。一八一九年に完成した、十四世紀ペルシャの詩人ハーフィズに感銘して編んだ『西東詩集』(ディヴァン)もその一つである。だが、ここに描かれる東方世界は、「客観的な東方の歴史世界ではなく、自己の想像をはばたかせて人類の理想境を設定することであった」し「今ここによび出される東方の世界は、ハーフィズも含めて、ゲーテの想像裡にある純なる世界なのである」(小栗浩『「西東詩集」研究』、郁文堂、一九七二年)とされるように、最近の言い方をすれば、オリエンタリズムそのものである。とはいえ、「されば　ハーフィスよ　おんみのやさしい歌と／おんみの尊い範例とが／盃のひびきにつれてわれらを／創造主の聖殿にみちびくであろう」(詩人の巻「創り出し　活を入れる」、岩波文庫、一九六二年)などを読めば了解されるように、憧憬と敬愛はあっても、そこにはエキゾチックな視線の中に高貴な野蛮人を見る通常のオリエンタリズムに隠されている蔑視はない。ゲーテの東方・イスラームに対する興味は、一七七二年に、コーランの抜粋を作り、ラテン語訳からの翻

訳まで行っているから、若い時分からかなりあったが、作品に結晶するまで他の作品と同様に時間を要したということだろう。

他方、保田は、「デイヴァン」（『西東詩集』の原題は、West-östlicher Divan）を『ヱルテル』と対関係で捉えていた。保田の『西東詩集』受容は、ほとんど指摘されていないし、どの程度の受容だったかが明確ではないものの、日本においてはかなり初期に属すると思われる。これを対にして語るのもおそらく保田だけだろう。

　この楽天家の厭世思想から、アルベルトとヱルテルの論争が熱心につくりあげられた。そしてヱルテルはアルベルトの一般論による武装に敗退を余儀なくさせられた。しかしアルベルトは決して勝利したのではない。さうしてゲエテは公平な神の恩寵を歌つて了つた。これも偉大な楽天家の厭世観の一つの相である。だから後年「ファウスト」をかきつゝ一方「デイヴァン」に東洋の真精神と魂への憬れと救ひの期待を、描かねばならなかつたゲエテである。それはゲエテ個人の期待に止らず「近代」がおしくるめて救はれねばならぬといふ期待であつた。私はその時のゲエテに、成金心理を知つた成金の宿命と、約束の悲劇とを思ひ描くのである。

保田にあっては、近代批判の書である「ヱルテル」にある厭世観はやはりそのままにしておくわけにはいかなかったようだ。後年、「デイヴァン」を記したのも「東洋の真精神と魂への憬れと救ひの期待」のためだったとされている。近代は救われない。だから、「デイヴァン」で救いの期待を込めたと読んでいるのである。また、このようにも記している。

最後に知識と学問と詩情をもつた、新時代の最も尖鋭なるヱルテルが、告発の対象となることは当然である。何となればヱルテルは罪をもつてゐた。しかもその罪は新ヨーロツパの論理の実行中に、その欠陥の中に身を投じた結果である。それを強ひて語ることは、ゲエテの自己罵倒のみでなく、時代の若者の自己罵倒の代行にすぎない。それは反省ではない。この反省を可能にする思想を、ゲエテが思想として発見したのは、「デイヴアン」の時代に入ってからだ。

ウェルテルはゲーテによって殺されたと捉える保田にとって、ウェルテルは告発の対象である。だが、ウェルテルにあるとされる「罪」にしても、それは忌むべき「新ヨーロッパの論理の実行中に、その欠陥の中に身を投じた結果」であって、ある意味致し方ない事柄だし、それを強いて非難することはゲーテばかりか、その「時代の若者の自己罵倒の代行」になってしまう。こうした二進も三進もいかない現状を「反省」し救うのが「デイヴァン」であると保田は見ていたのである。

だが、「デイヴァン」の具体像となると、何も現れてこないのである。戦後記された「ヱルテルの死以後」において、再び、

> さればデイヴアンを開くがよい。こゝに詩人の深切が、それらのいきさつにわたつて、完全につくされてゐるのである。

とあるように「デイヴァン」の書名のみが引かれ、詩人ゲーテの最高到達点（＝深切＝深い同感と切ない解釈）が示されていると説かれるだけなのである。

とはいえ、以下のことは言ってもよいのではないか。ゲーテの『西東詩集（ディヴァン）』は、東方逃避、ましてや東方趣味ではなく、近代を反省し、救済する詩集であると。そして、その時、ゲーテを用いながら、保田の思考ないしは射程において、東方＝東洋がせり上がってくることが見受けられるだろう。「新ヨーロッパ」の罪を救うものとしての東方、それはゲーテによって実証されているのだ。ならば、今度は保田本人が「文明開化の論理」に侵された日本を救っていかねばならない番だろう。そうしたとき、ゲーテにとってのハーフィズは、保田にとっての後鳥羽院として獲得されることになるのではなかろうか。

第五章　古典論と文学史の確立
――後鳥羽院――

1　後鳥羽院の「発見」

保田は、『後鳥羽院』（一九三九年十月、思潮社）の冒頭を飾る「日本文芸の伝統を愛しむ」（初出『短歌研究』、一九三七年二月）において、「後鳥羽院の意義を芭蕉によつて教へられたのはその二度目のとき（一九三五〈昭和十〉年）であつた」と記している。だが、「昭和十年」の論考では、芭蕉『紫門辞』を「釈阿西行のことばのみ、かり初めいひちらされし、あだなるたはぶれごとも、あはれなる処多し。後鳥羽上皇のかゝせ給ひしものにも、これらの歌に実ありて、しかもかなしびをそふると、の給ひ侍りしとかや」（「芭蕉」、『コギト』、一九三五年十一月）と引用するだけで、既に後述する渡辺氏の指摘もあるように、とてもではないがこれを後鳥羽院の発見とは言いがたい。保田によくある後から振り返って、「芭蕉その人の数々の著作は私の年少の日からの師父のやうな伴侶のやうな愛読書」（一九三七年前掲論考）といった表現に類する確信犯的想像記述であろう。この時も、ご丁寧に一度目を「芭蕉の全著作を一度通読したことは、昭和の五年か六年頃」（同上）と記している。だが、この時に後鳥羽院と芭蕉の関係に気づいていた可能性は完全には捨てきれないけれども、「昭和十年」以前に芭蕉と後鳥羽院がらみの文章は今のところ存在しない。

後鳥羽院と芭蕉の発見の初例は、事実関係において一等抜きん出ている渡辺和靖氏（前掲書）が示すように、「芭蕉」発表の翌三六（昭和十一）年十月『三田文学』に収められ、初版『日本の橋』に一旦は収められながらも、改版では削除された「方法と決意」の以下の文章ということになるだろう。

> 中世の後鳥羽院が新古今集の序文を自ら御撰文なされた精神は、日本の美観を末世の中に防衛する意味であった。そして、我々が中世にこの院を得たことは誇るべきことである。その意味を最も深く知つたのは近世の自然の変革者芭蕉である。我々の芭蕉復帰は、この芭蕉の決意と方法の背後のものにして又基礎なすものにかへることである。院の精神が新古今集序その他にあらはれるとき、王朝末期の芸文上の諸星の中心であつた。それは釈西二家の共同の精神である。

ここには、後鳥羽院・芭蕉の他、「釈西二家」として釈阿・西行も登場しているから、『紫門辞』にヒントを得て、後鳥羽院を発見し、その系譜上に芭蕉を位置づけたのは、この時期であると断言してよかろう。だが、一九三六年段階で、後鳥羽院と芭蕉を連結する回路を保田は「発見」していたにもかかわらず、『後鳥羽院』として刊行されるのは三年後であるから、構想が結実するまでにはそれなりの時間を要した。というのも、翌三七年には、前述「芭蕉」に折口の所説を踏まえて後鳥羽院から系譜を樹立した「日本文芸の伝統を愛しむ」を発表した他、改版『日本の橋』に収録された「木曾冠者」（初出『コギト』、十二月）をものし、そこでも繰り返し後鳥羽院は古典時代の精神として鑽仰されていたのに、まとめるには至らなかったからである。なぜだろうか。

おそらくこういうことではないか。明くる一九三八（昭和十三）年、保田は後鳥羽院論をまとめるのではなく、ゲーテ・ウェルテル論（「ヱルテルは何故死んだか」「ロッテの弁明」）に取りかかった。これは前章にも述べたとおり、ゲーテを経由することによって古典に対する態度を決定するための不可避の作業であった。他方、単著としては、初期保田の主著の一つである『戴冠詩人の御一人者』（東京堂）を九月に上梓しているが、それ以上に見落とせないのが、同年五月一日～六月十二日という一ヶ月以上に及ぶ、佐藤春夫らに同行した朝鮮（保田にとって二度目である朝鮮行である）・満洲・北京（周作人にも会い後で批判している）・蒙疆の紀行文を中核に置いた『蒙疆』を十二月に刊行していることだろう。煎じ詰めれば、この一年は、ゲーテと蒙疆という対象やありようにおいて対極でありながら（存外、ゲーテの東方憧憬で繋がっているとも言える）も、実のところ、保田が現代において日本古典論に向かっていく際の根源的なモティベーションを授けてくれた、海彼の二つの他者を我身に受け入れる年だったと言えるのではないか。その意味で保田は古典主義者であったかもしれないが、いわゆる国文学者ではない。国文学者にとってゲーテも蒙疆も一切不要だからである。

こうしてと言うか、満を持してかと言うか、一九三九年十月、『後鳥羽院』は刊行されることになる。だが、本文が三六五頁（全集版）もあるにも関わらず、本書に収められている後鳥羽院関係の論考は存外少ない。全体十編のうち、前半の三編（「日本文芸の伝統を愛しむ」・「物語と歌」〈事実上の書き下ろし〉・「宮廷の詩心」〈初出『コギト』、一九三九年八月〉）に過ぎないのである。これらの他は、「桃山時代の詩人たち」（初出『俳句研究』、一九三八年十一月）・「後水尾院の御集」（初出『コギト』、一九三九年七月）・「近世の唯美主義」（初出『俳句研究』、一九三七年一月）・「芭蕉の新しい生命」（初出『俳句研究』、一九三七年四月）・「近世の発想について」（初出『俳句研究』、一九三八年四月）・「蕪村の位置」（初出『俳句研究』、一九三七年十月）・「近代文芸の発見」（初出『俳句研究』、一九三九年一月）という後水尾院・芭蕉・蕪村といった近世文芸をめぐる論考群である。むろん、「近世の唯美主義」・「芭蕉の新しい生命」という「日本文芸の伝統を愛しむ」の前後に発表された論考には、後鳥羽院が登場し、その意義が強調され、「芭蕉の新しい生命」など、「この私の文章は云ふ迄もなく、後鳥羽院論の一部をなすものである」とまで述べられながらも、後鳥羽院は主題とは言いかねる。また、初出誌が後水尾院論を除いて、いずれも『俳句研究』であり、刊行年月が一九三七年一月

〜三九年一月に限定される事実からも容易に推量されるように、後鳥羽院↓芭蕉のラインを「発見」してから、保田は、実のところ、後鳥羽院という中心よりも、そこから流出された終点にあたる芭蕉の時代の方に関心が向かっていたようなのであった。だから、言ってみれば、『後鳥羽院』とは、「後鳥羽院以後の隠遁詩人の系譜」の始原と終点の両者を、これまでに各方面（旧制大阪高校の一年先輩であった野田又夫など、「承久の大義を大義と芭蕉がみとめたというのはどうだろうか、と私には思われた。この辺から保田の論に興味を失った」と冷淡に回想している。『全集』八巻月報、『私の保田與重郎』再収）から批判されてきたけれども、強引に連結してしまった保田のオリジナルな日本文学史なのである。

抽象としての後鳥羽院

ここで、保田がくり返し鑽仰してやまない後鳥羽院とは一体どのような存在であるのかを「日本文芸の伝統を愛しむ」から見ておきたい。

最初に、この論考のタイトルが孕む異様性から始めたい。「日本文芸の伝統を愛しむ」の趣旨は、明治以降の国文学者が構想する「文学史」（たとえば、芳賀八一『国文学史十講』、冨山房、一八九九年、藤岡作太郎『国文学史講話』、東京開成館、一九〇八年など）とは完璧なまでに無縁な代物であり、また、『万葉集』・『古今集』から滔々と流れる和歌の歴史を踏まえて和歌を詠む、即ち、和歌によって始原と現在を繋ごうとした藤原俊成（一一一四〜一二〇四年）や定家（一一六二〜一二四一年）

の和歌観・伝統観とも何ら交叉しない、保田が独自に描く「日本文芸の伝統」である。それはざっくりと言ってしまえば、「日本武尊→家持→後鳥羽院→芭蕉」というラインこそが「日本文芸の伝統」だというのである。荒唐無稽な妄説であるとして、野田又夫のように「興味を失」う向きも多かろうが、日本武尊（『戴冠詩人の御一人者』）と後鳥羽院が繋がれているのは、安直に見えるかもしれないが、保田にとっては、当然すぎる流れということになるだろう。つまり、これまで保田が扱ってきた対象がほぼもれなく収まり、ここに来て見事に秩序化あるいは体系化されているのだ。これに気づいたとき、保田は小躍りして喜んだに違いない。なにしろ近代を批判するにたる拠るべき「日本文芸の伝統」を漸く我が物としたからである。

そうは言うものの、さすがに無理筋であることは本人も半ば気づいていた。これを端的に示す言説が以下に示すものである。

しかし水無瀬の御歌がその院（前田注、後鳥羽院）の精神史の具体の意味を教へたのではなく、増鏡の作者が教へたのでもない、近世の芭蕉が彼の大事業を詠嘆することばのあひまに、吐息のやうに暗示したことは、考へると一つに誇るべき過去の民族文化の濃度と緻密性を示すものである。しかしけふの私は、それらの光栄の状態を失つた一人として、伝統の正風を表情する代りに、そこより抽象したものを露骨に語らねばならないのである。

「伝統の正風を表情する」という保田語と言ってもよい個性的な表現以上に、注目すべきは、「そこより抽象したものを露骨に語らねばならない」という件だろう。これは、これから述べることは、実証的に明らかなものでも、学問的手続きを経たものではなく、すべて自分の直観・観念であるという宣言に他ならない。よって、以後の言説は、そういうものとして理解しないと、野田のようにうち捨てておしまいとなる。

次に、保田が捉える後鳥羽院の役割とは何なのか。保田は実に分かりやすく、かつ、おおざっぱに断言している。

後鳥羽院の意義は、古い上代から流れてきて主潮として万葉集の中へとけ込んだ歌と、万葉の末路の家持のサロンを中心に発生し、彼の周囲に集つた十数人の奈良朝の美女によつて育まれた相聞歌の調べが、どんな形で堂上に入り、一方地下の方へのびていつたかを考へるとき、さらにそれが王朝となつてどんな変化をしつゝ、数百年を流れたかを思ふとき、その末期の劃期者して又綜合者としての意味もわかる筈である。

ここには、渡辺氏が指摘する折口信夫「新古今集及び隠岐本の文学史的価値――文壇意識と、文学意識とを中心にして」（『隠岐本新古今和歌集』、一九二七年、なお、この論文は、「女房文学から隠者文学へ　後期王朝文学史」と題が改められて、全集一巻に再収された）の影響が顕著だが、保田によれば、万葉集にとけ込んだ歌（日本武尊以来至尊の丈夫ぶりと大津皇子の鬱結ぶり）と家持サロンから発生した相聞歌という二つの流れが後鳥羽院によって劃期され、かつ、綜合されたのというのである。これは誰も証明できない。しかし、保田はこのように捉えるのだ。そうであるならば、芭蕉との関係はどうなのか。

このみちや（前田注、「この道や行く人なしに秋の暮」）の嘆きは芭蕉に於ても雄大な回顧を象徴した。たれが歩いてゆくか、古から歩いた人の俤をたどつて、俳諧茶道の先人を過（よぎ）つて、西行にゆき釈阿にたどり、つひに後鳥羽院につきあたつた。すべて家持のサロンの流れである。それを思へば寛平の御時の后宮の歌合せの意義も明瞭となる。人麻呂を思ひ憶良を考へたなら、天平の人家持のサロンへゆくみちもわかるのである。

今度は芭蕉から遡り、俳諧茶道の先人→西行→釈阿（俊成）を経て、後鳥羽院に行きつくという。だが、芭蕉のテクストからの通常の理解では、一等憧れた存在が西行であり、続いて宗祇となる（金田房子「芭蕉に影響した先行文芸」、佐藤勝明編『松尾芭蕉』、ひつじ書房、二〇一一年所収）。芭蕉の『奥の細道』は、俗に言う紀行文ではなく、西行が歩き詠じた陸奥を俳諧的に再現したものであろう。芭蕉の後鳥羽院についての言及は、上記の引用程度しかない。『後鳥羽院御口伝』は芭蕉没後に刊行されているが、当時、よく知られていた歌論書であり、芭蕉がとりわけ注目したものでもない。となると、これまた保田の観念的所産としか言いようがない。だが、保田は、家持のサロンの流れが後鳥羽院に至りつき、それから芭蕉に至ると主張するのである。こうすれば、保田日本文学史の劃期者かつ綜合者ないしは上代と近世の架橋者として後鳥羽院が位置づけられるわけだが、いつものように、具体的叙述は乏しく、宣言的文章の反復とくり返し、言い換えれば、「抽象したものを露骨に語」っているだけである。

それでは、どうして後鳥羽院なのか。以下の文章にほぼその答えがあると思われる。

後鳥羽院に於て前代までの聯想の形式は統一され組織されたのである。それが院の英資の上に用意された遠島の到来を思はせた。文芸上の院を持つものは、セントヘレナ風の孤島であつた。院は文芸的死と復活をくりかへすさきに、一朝にして遠島に御幸された。院は多くの人々をひきつれてゆくといふ絶大な自信を最も悪い時代に負はれたのである。院の挫折のあとから西行の徒は一人の道を歩いた。「おどろの下」の道は、西行が一人で歩かうとした道であつた。院は雑多の人々の首として、道のおどろを拓かうとせねばならなかつた。多くの声を院はきいただらう。院はその中で自分の声の融けいり伝つてゆくあとに驚かれたであらう。永遠の信念の発露が失敗の因であつた。厳粛な信念に対する決意は、既定の失敗の見透しの上に立つてさへなさねばならなかつた。

ここでは、後鳥羽院と西行（一一一八〜九〇年）が対比され、共に遠島に配流された後鳥羽院とナポレオンが同定化されているかに見えるが、後鳥羽院が文学史の核に置かれる最大の理由、それは敗北者だからに他ならない。文芸の王が「偉大な敗北」者にならざるを得ないということ、つまり、文学的抽象としての後鳥羽院こそが保田にとって必要不可欠な存在なのであった。

それでもやはりこれだけは問わねばならない。なぜ「偉大な敗北」者でなければならないのか。日本武尊と同様に英雄だからか。いや、それればかりではないだろう。保田が現に生きている呪わしい近代を批判し、かつ、無化するためには、我々日本を過去から今まで通貫するのは「偉大な敗北」者が作り上げた壮大かつ悲しく寂しい偉大な伝統なのだと主張するためではなかったか。

2　「物語と歌」の執筆過程と意図

「物語と歌」は、全集版で六十四頁にもなる『後鳥羽院』中最長の評論である。初出は、『コギト』八八号（一九三九年十月）の「英雄と詩人の運命」であるが、谷崎昭男氏が全集の解題で指摘するように、末尾に「附記」として「本篇は近刊拙著『後鳥羽院』の一章である。尚「英雄と詩人の運命」といふのは仮題である」とあり、同月に『後鳥羽院』は刊行されていることからして、「物語と歌」は事実上の書き下ろしということになるだろう。ここでは、なぜ書き下ろしを必要としたのかという疑問から問題を手繰り寄せてみたい。

前節でも触れたように、『後鳥羽院』と称しつつも、肝腎の後鳥羽院について、中心となるべき論が欠落していること、これが「物語と歌」が執筆された、最も分かりやすい理由だろう。後鳥羽院を論じたいのに、その本論がない、これは誰しも奇妙なことと思うに違いない。保田自身も同様だったと思われる。だが、「附記」にもあるように、『後鳥羽院』を出すことは既に決まっていたのだ。保田はどちらかと言わなくても意識先行型の思い込み人間である。ならば、出版に間に合うように書くまでだ、と慌てて用意したのが「物語と歌」ではなかったか。

そうは言っても、気になることがある。初出と単行本においてタイトルが「(仮題)英雄と詩人の運命」から「物語と歌」に変わっていることである。その理由についても保田は何も語っていないけれども、『コギト』に掲載したのは、「物語と歌」の第一章と第二章の前半三分の一くらい(両章とも句読点・語句の異同・付加が随所にある)までであり、第一章には「物語と歌は我国の文芸の歴史で重大な抽象だつた」(『コギト』版)とあるように、「物語と歌」ということばに対する保田の思い入れも窺える。とはいえ、『コギト』版では、「英雄と詩人の運命」という一九三六年に刊行した『英雄と詩人』を引き継ぐかのような仮題になっている事実は無視できまい。保田は、たしかに、後鳥羽院をナポレオン、日本武尊といった自身の定義に基づく「英雄」と見なしていたことは間違いないし、ナポレオンのセントヘレナと並んで、隠岐に流された後鳥羽院はますます以て「英雄」たるにふさわしい。しかし、『後鳥羽院』に掲載するために記された第二章後半〜第四章の脱稿後、「物語と歌」という一見人畜無害的かつ包括的なタイトルに変えてしまった。

この理由については後述するが、ここでは大まかな見通しだけつけておくと、後鳥羽院の位置づけに英雄を超えるものを見出したこと、これがタイトルを「物語と歌」に変更した最大の理由だろうと思われる。

承久の乱論批判と「詩心」

さて、「物語と歌」で最初に議論されるのは、後鳥羽院論では絶対に避けて通れない承久の乱である。論に入る前に予め時系列で承久の乱の経緯をまとめておきたい。

一二二一（承久三）年五月十四日、後鳥羽院は、兵を集め、西園寺公経父子を幽閉、翌日、京都守護伊賀光季を討ち、北条義時追討の宣旨を出した、これが承久の乱の始まりである。五月二十二日、幕府は、十九日の北条政子の激励を受けて、泰時らを将として東海・東山・北陸の三軍（十九万といわれた）を京上させた。六月十五日、後鳥羽院は、上洛した幕府軍に義時追討宣旨撤回を示し、翌日、時房・泰時は六波羅に入る。ここで院の敗北が確定する。七月一日、乱首謀の公卿らを断罪にする宣旨を出され、二日には、後藤基清ら院西面の武士四人が梟首され、十二日には、駿河国で葉室光親が梟首された。翌十三日、後鳥羽院（八日に出家）を隠岐に流し、二十一日、順徳院を佐渡に流した。閏十月十日、土御門院を土佐に流した。

北条義時追討宣旨から敗北まで約一ヶ月である。京―鎌倉の距離を考えても、幕府の水際だった対応が際立っているが、戦後処理も実に迅速であり、やはり一ヶ月以内に、後鳥羽院・順徳院の配流、首謀の公卿や従った武士らの梟首を終えている（土御門院はもともと乱には参画しておらず、自身の意志で土佐に行ったので、この時期となったのだろう）。肝腎の皇位・皇統は、後鳥羽院の同母兄である守貞親王が天皇にならず一足飛びに後高倉院という院となり、その子が後堀河天皇として即位して決着した。これは、上横手雅敬氏（『日本中世政治史研究』、塙書房、一九七〇年）の指摘どおり、院政を含めて「公」秩序（院・天皇―公家・武家・寺家）を幕府が温存あるいは守護したことを意味している（幕府に朝廷を滅亡させる気も力も端からなかった）。となると、悪王たる後鳥羽・順徳およびその従者たちを「公」秩序から排除したことが幕府＝「公」秩序側から見たこの乱の意義となるだろう。以後、幕府の力は以前に較べて強大になっていくが、後醍醐天皇が倒幕活動を開始するまでは一応公武協調体制が維持され、幕府は朝廷のもめ事（持明院統・大覚寺統の対立など）の調停者でもあり、相互依存の関係にあったと言ってよい。

そうした中で、後鳥羽院の幕府追討の目的については、学界では多様な見解があり未だ定説をみていない。だが、それまで幕府と協調関係を構築してきた後鳥羽院がかかる決断をした背景には、河内祥輔氏（『日本中世の朝廷・幕府体制』、吉川弘文館、二〇〇七年）が重視する、次の将軍を院の皇子とするという鎌倉将軍源実朝との密約が承久元年一月の実朝暗殺によって反古にされた事実もボディーブローのように効いていたかもしれないが、やはり、保田は絶対に認めないだろうけれども、幕府軍の軽視と院方武士団（北面・西面・西国）の過大評価といった深刻な擦れに気がつかない後鳥羽院の甘さ、もっと言えば、政治に対する後鳥羽院のリアルな視線の喪失あるいは慢心がかかる悲惨な結末をもたらしたと思われる。院の脳裏もしくは目算では、幕府軍は黙って平伏するか、戦ってもそれほどの勢力でないから容易に勝てるとなっていたのではないか。

とすれば、承久の乱の一連の顚末は後鳥羽院の大失政となる。その後、後高倉院皇統が後堀河天皇―四条天皇で絶えて、土御門院の皇子が後嵯峨院（後鳥羽院の孫）となって即位し（仁治三〈一二四二〉年）、後鳥羽院皇統が復活することを知らないままに、院は延応元（一二三九）年に世を去る。在島十九年、『隠岐本新古今集』『遠島歌合』『後鳥羽院御口伝』など、保田も高く評価するように、文化活動ではそれなりに充実があったとはいえ、辛く切ない長い日々であったことは想像するまでもないだろう。

こうした冷たいないしは冷静な見方に対して、保田は、言うまでもなく、承久の乱および後鳥羽院を徹頭徹尾肯定する。しかし、それ以上に、自分の肯定観念がいかに浮いているかを示したいかのように、保田は過去から彼の同時代までも、一貫して承久の乱が正当に評価されていなかった事実をややくどいくらいまでにくり返し論述していくのである。論の冒頭で、保田は「承久の乱については、今日の我々ではその真相をきはめることが大さう困難である」と不可知論を呈示する。その原因として、「北条氏によっても恐らく多くの証蹟が、意識的にも無意識的にも湮滅せられたと信じられるから」だし、とりわけ「泰時への院宣下賜、武士院参停止、六卿のひき渡し、この終末の三つの事件の経過が、記録を通じて明らめる方法がない」と主張する。つまり、実証史学が重んずる史実からは何ら分からないのが承久の乱というものだと言うのである。

そして、返す刀で後代の承久の乱評価について今度は理論面から批判を加えていく。

その上今日までの史家が、主に武家派の儒学的史観に立つて、この院の壮挙を正しく解し得なかつたことも真相闡明の困難を起すことの一因であらう。その長い晦冥の末に、現代の開国文化の歴史学に於てさへ、なほ院の真の変革の決意と将来の源流となつた大精神は、世の光りとならなかつた。

ここで、「武家派の儒学的史観」というのは、江戸期（実は後で批判される南朝のイデオローグ北畠親房の『神皇正統記』もここに入る）の歴史観であろう。たとえば、著者名も引かれ、「この時に当り、鎌倉の権勢日に盛なり。後鳥羽上皇居常憤憤（きょじょう）として、源氏を滅さんことを謀る」（岩波文庫、一九七七年）と記す頼山陽の『日本外史』（一八三六〜三八年刊行）などは適例となろうか。さらに、「現代の開国文化の歴史学」においても、「世の光りとならかつた」（この表現には「開国文化」＝文明開化への皮肉が籠められていよう）と近代史学の承久の乱評価に対しても極めて冷淡である。ましてや上記の承久の乱経緯など、保田は一切認めないはずである。

保田にしてみると、実証レベル・理論レベルにおいて、承久の乱は何も解明されていないということになるのである。それならば、私保田が「院の真の変革の決意と将来の源流となった大精神」を明かしてみせようということとなるのは当然の流れだろう。それが「物語の歌」の主題となったまでのことである。
しかし、その後、承久の乱評価に対する批判や不満が何度となく繰り返されるものの、後鳥羽院の「決意」と「大精神」はなかなか明かされない。そうした中で『平家物語』に言及した箇所は、一方ならず注視に値する。

承久の乱の軍書としてのこるものゝ文芸史書としての迫力のなさは、あまりにそれらが、承久記や吾妻鏡などの実録史書風のものに、合理的根拠をおいたからであらう。平家物語などが、記録の真実としてよりも真なる歴史と人間の姿をつたへる書として、若干の日記類のかき得なかつた真実を誌してゐるのは、つまらぬ合理的安心を詩心によつて超越したからである。

ここで議論されるのは、合理的根拠に基づいた歴史叙述に対する批判と、合理主義に対置された、「合理的安心を詩心によつて超越し」「真実を誌し」た『平家物語』という文芸史書の価値である。「合理」を「超越」するものが「詩心」であり、それが「真実を誌」しているのだ、とする保田の捉え方は、現代的常識で言えば、神秘主義あるいは荒唐無稽に類する言説として見向きもされないだろう。いわば、「トンデモ」本の類である。しかし、保田の認識では、実証・理論という近代を支え維持する方法・論理で解明できないものは、おそらく非合理的かつ非近代的な「詩心」によってしか「超越」できない対象なのである。これを妄言、批評未満、呪言などと言って嗤うのは自由だが、たとえば、小林秀雄の批評を見るまでもなく、最上の批評は、合理的、科学的、分析的、技術的批評ではなく、印象批評であったように、方法・論理云々よりも、畢竟、保田がどのように承久の乱・後鳥羽院を論じているかを見ていくことで判断を下すしかなかろうと思われる。

承久の乱の意義

保田は、承久の乱を幕府政治の転覆を企図するなどのような政治と見ていなかった。やや長いが、引いておきたい。

承久の乱の決意は、日本の国と民との理念の自信にみちた自覚的発動であつた。さうして事は失敗に終つたけれど、その敗北は、人類が理想の名に於て光栄とすべき最も偉大な敗北の一つであつた。日本の文芸と芸能は、これを契機として、一つの絶大な信念、美と祈りの実体表現にまで知つたのである。院ののちの宮廷の詩心の顕現の仕方を、すぎた王朝の日の仕方と比較するだけでもそれは充分に理解されよう。詩人は又後鳥羽院が万乗の尊身を以て描かれた、あの燦爛とした都の日と、孤島に所謂遠島御歌合を催されてゐた日を合せ考へ、最大の規模の詩を味はつたのである。しかもそのいぶせき伏屋の日に、なほわれこそは新島もりよと歌はれた、鬱勃とした雄大な帝王の至尊調を廃して、詩人と英雄の、必然の深刻な運命を、限りなく味はつただらうと思はれる。

文頭からして意表を衝かれる。なにしろ「承久の乱の決意」が主語であり、述語を構成するのは「日本の国と民との理念の自信にみちた自覚的発動」なのであるから。ここでは故意に後鳥羽院という個人名は隠され、「決意」という一般・抽象名詞化され、それが国と民との理念に基づく自覚的発動と同義化されている。要するに、後鳥羽院の決意とは国と民の自覚的発動であり、この時点で後鳥羽院と国・民とは一体化しているのだ。ここから排除されているのは、北条氏であり、院政派といった現実的政治勢力、さらに、儒家的・開化的歴史叙述などになるだろう。となれば、院の決意による承久の乱は、後鳥羽院という一悪王の暴挙ではなく、日本の国と民との自覚的発動に基づく行為だったということになる。保田はさらにヒートアップしてその敗北を「人類が理想の名に於て光栄とすべき最も偉大な敗北の一つであつた」とまで言い切っている。この時点で、「決意」・「発動」・「敗北」は普遍的理想へと昇華しているのである。

それでは、なぜそうなのか。それは、「日本の文芸と芸能」が「一つの絶大な信念、美と祈りの実体表現にまで知つた」からなのである。ということは、後鳥羽院の決意および行為とは、政治的なものでは全くなく、日本の文芸・芸能に信念と実体表現を与えるためのものであったということになるだろう。その根拠は院の後に続く詩人が院の「あの燦爛とした都の日と、孤島に所謂遠島御歌合を催されてゐた日を合せ考へ、最大の規模の詩を味はつた」ことにある。つまり、院の栄華と悲惨、保田風に言えば「詩人と英雄の、必然の深刻な運命」を院に続く詩人が「限りなく味は」うことで、日本の文芸と芸能は大劃期を迎え、あるべき日本が立ち現れとするのである。これが保田日本文学史における本流「後鳥羽院以降の隠遁詩人の系譜」でもあるが、改めて振り返ってみると、こうした成果を生み出すためには院の敗北は最初から決まっていなければならないはずである。

敗北するために立ち上がる後鳥羽院なるあまりにアイロニカルな存在をめぐって、さらなる追究を続けたい。

3　後鳥羽院と大衆

文もよくした浮世絵師速水春暁斎（一七六七～一八二三年）がものした『諸国年中行事大成』（一八〇六年）、二月二十二日条には、「賀茂松下家に於て後鳥羽院御忌」とあり、割注で「御宸影幷御宸翰を拝せしむ」とある。賀茂松下家とは、上賀茂社の社司を構成した五家の一つだが、八十五年前の享保六（一七二一）年には、社司と氏人の間で勃発した「五家騒動」において、一時期行方不明とされた松下家伝来の後鳥羽院の「御宸影幷御宸翰」は厳しく捜索され、結局、幕府に没収されるという事態を招いたこともあった（梅辻諄翻刻『日次　従四位下　賀茂県主氏凭』〈凭久日記〉、賀茂県主同族会ホームページ所収　二〇一四年）。おそらく騒動が終息してから、改めて松下家に返却されたのであろうが、後鳥羽院が遠島隠岐で崩御したのは延応元（一二三九）年二月二十二日であるから、後鳥羽院の命日（御忌）は細々ながらも年中行事として十九世紀まで続いていたのである。後鳥羽院の存在は、民間社会においては、忘れ去られたわけではなく、その肖像画や書も利益を生む信仰の対象として認識されていた。そのようなお宝でないと、幕府は没収したりはしないだろう。

加えて、その前に、後鳥羽院を重視したもう一人の人物がいた。保田も高く評価する後水尾院（一五九六～一六八〇年）である（但し、保田は後水尾院の後鳥羽院に対する意識は知らなかったと思われる）。後水尾院は『後鳥羽院四百年忌御会和歌』（寛永十六〈一六三九〉年、翻刻は岩波新日本古典文学大系『近世歌文集上』、一九九六年）を関白近衛信尋・神祇伯白河三位雅陳王・青蓮院門跡尊純他多数の廷臣らと主催するなど、後鳥羽院顕彰に対してとりわけ熱心であった。むろん、後鳥羽院が『新古今集』で和歌を大成したように、その祖先にあたる自身がやはり和歌の再興を一途に願っていたからである（鈴木健一『近世堂上歌壇の研究』汲古書院、一九九六年、増訂版二〇〇九年、上野洋三『元禄和歌史の基礎構築』、岩波書店、二〇〇三年、鈴木「後水尾院と林羅山——江戸詩歌史の始発」、『国語と国文学』二〇一二年九月など参照）。自己の企ての正統性を支えてくれるのが後鳥羽院であると後水尾院が確実に考えていたことは間違いない。

このよう年中行事や顕彰があったとはいえ、近世における後鳥羽院像は、これまでもその一端に触れておいたように、幕末の志士たちにとって日本史の教科書であった頼山陽『日本外史』

においても決してていいものではなかったが、近世社会が漸く固まってきた寛文十（一六七〇）年に、林鵞峰（及び二人の子息と弟子連）が編纂した、幕府の正史『本朝通鑑』でも同様であった（但し、本書は将軍に献呈されたものであり、林家と将軍家以外はほとんど眼に触れることはなかった）。なお、政治権力は安定してくると、なんであれ、修史作業をやる傾向があるようである。むろん、おのが権力の正統性主張の根拠にするために他ならない。

巻九十、順徳天皇五（九条廃帝附）、承久三年条は、主として承久の乱を叙述している。『本朝通鑑』は、これに大いに刺戟されて編纂が開始された紀伝体の『大日本史』と異なり、時系列の編年体なので記事の重複は少ない。この巻に承久の乱に関する情報はほぼ集約的に記述されている。夏四月の記事には、

　上皇東征をせんと欲す。時に三浦篤義京に在り。上皇竊に能登守藤秀康を遣はして義時を討つことを議す。（原漢文、以下も同じ）

とある。これによれば、後鳥羽院は当初から幕府の最高権力者である執権義時を討つつもりであり、そのために「常に義時を怨」んでいる御家人三浦篤義を籠絡しようとしていた、とする。そうした動機が生まれた背景には、西面の武士に抜擢した仁科盛遠の所領を義時が没収したこと、舞妓亀菊に与えた所領で地頭が亀菊を軽侮したので、地頭罷免を義時に要求したところ拒否され

たことという自己の面目が潰されるという二つの事態があり、ために、院は激怒して、「朕豈に東夷の民の為に屈せらるべけんや。東征の事、此に決す」こととなったと記す。ここには関東の武士に対する後鳥羽院の蔑視が露骨である。その後、近臣である藤原公継らの諫言も斥け、敗北必至の戦いになだれ込んでいくと叙述していく。ここから見ても分かるように、幕府の正史では、後鳥羽院の企ては、私怨に基づく暴挙だと認定されていた。

石井進が指摘していたように、天皇から貴族、貴族から武士へと日本の歴史は流れてきたと捉える近代人の常識的な歴史観を規定したのは、新井白石『読史余論』（一七一二年）である。本書は、『本朝通鑑』の影響下にあるともされるが（おそらく白石は『本朝通鑑』は見ていないだろう、白石が見たのは林鵞峰が編纂した『日本王代一覧』〈寛文三（一六六三）年刊行〉であろう）、白石は、盛遠・亀菊を原因とする『日本王代一覧』（「濃国ノ士。仁科盛遠ト云モノ院ノ西面ニ召サレケレバ。義時其領地ヲ没収ス、上皇摂州倉橋ノ庄ヲ白拍子亀菊ニ賜フ。其地頭亀菊ヲアナドル。義時ニ仰セテ。其地頭ヲ改易セシム。義時従ヒ奉ラス。上皇弥逆鱗アリテ」と記す。寛文三年版本に拠る）＝『本朝通鑑』説を否定して、

頼朝薨ぜし後より関東を滅されむとは、年比御心のうちに思召よられしとみえたり。さればみづから武事を習ひ給ひ、西面の侍等を召加へられ、実朝の代に至りて関東御呪詛の事ども多かり。

（岩波思想大系『新井白石』に拠る。以下も同じ）

と幕府討伐は後鳥羽院の長年の願望とした。だからか、院の企てに対する評価は至って厳しい。

東より西より其徳（前田注、頼朝の徳）を服せしかば、実朝なくなりても叛く者ありとは聞えず。これにまさるほどの徳政なくして、いかでたやすく覆るべき。たとひ又うしなはれぬべくとも、民安からば、上天よもくみし給はじ。

幕府は善政を敷いている。民も安堵している。そのような時に、幕府を倒すことなどできるわけがなく、儒者白石にとっては、院・天皇よりも上位にある「上天」も許さないと宋学的論理まで持ち出して、後鳥羽院の企てを全否定する。むろん、徳川幕府の正統性を主張するために記された歴史書であるから、後鳥羽院は負けるべくして負け、遠島に配流された時代錯誤者という位置づけになるだろう。加えて、見落とせないのは、この主張の大部分が、実のところ、やはり宋学の影響下にあった北畠親房『神皇正統記』とほぼ一致していたという事実である。

してみると、『日本王代一覧』・『本朝通鑑』の方が後鳥羽院の怒り（大人げないとは言え）を一本気に描いており、まだましかとさえ思われる。歌人としての高い評価（配流直後の『新勅撰集』では入集しなかったものの、それ以後の勅撰集にはいずれも入集している）とは裏腹に、鎌倉期以降の歴史叙述という物語の中では、後鳥羽院は、保田がくどくどと不満を述べたように、人物もその企ても、低い評価しか与えられていなかったのである。

言うまでもないが、保田は、明治以降の天皇中心の歴史観に則って、後鳥羽院を評価していない。憲法発布の翌年、一八九〇（明治二十三）年に刊行された『稿本　国史眼』（重野安繹・久米邦武・星野恒合纂、大成館）には、「外臣兵ヲ挙テ闕ヲ犯シ。天子ヲ放流スルハ。振古以来未曾有ノ大変タリ。是ヨリ皇威陵夷シ幕府継統ノ大議ニ預リ。天下ノ政権尽ク武人ノ手ニ帰シタリ」（傍点原著）とあるように、承久の乱以降の皇威の低下と幕府の権力掌握が語られ、後鳥羽院の企てについては論評を避けてはいるけれども、臣が天皇を侵犯したのみならず、配流（放流）させた下克上については、この段階で既に、「大変タリ」と明治以降の価値観が明確に押し出されている。幕府はやってはいけないことをやってしまった、という認識である。

こうした前提的認識を受けつつ、かつまた、皇室叙述に関する戦前的制約はあるものの、保田與重郎の描かんとする後鳥羽院は、あの時代にあってはそれこそ未曾有の革新的な像であった。その意味で革命的な試みなのである。

後鳥羽院の決意と大衆

保田はこれまでも何度か「大衆」に言及している。大衆とは、保田にとって、一部純文学作家と異なり、マイナスの意味合いはない。例えば、「木曾冠者」においても、以前評価したように、「大衆の精神が今も生きていて伝統となった古典」（第四章）として『平家物語』を最大限に評価していたのだ。この大衆が後鳥羽院論の中で繰り返し現れるのである。この意味を考えてみたい。

まずは該当箇所を引いておく。

さうしてほゞ五百年間、武家戦国の世の詩人たちは、つねに院を仰いできたのである。承久の決意は、土にすてられた一粒の種子であつた。それを今までの人々のやうに結果より云々することは不都合のことである。それらの人々の知らなかつた結果は、最も醇乎とした詩の世界にとゞめられてゐた。その院の行為の失敗を云へば、院のひきつれてゆかうとされた大衆と院の間にあつた隔てである。さういふ距離は、すでに当時の最高教養であつた新古今文壇の詩人たちとの間にさへあつた距離であつた。院が率ゐてゆかねばならぬ大衆は、院にとつてあまりにも遠い世界にゐたといふことは、新古今文壇を今日から考へ、そのわが史上に稀有な天才たちの一群を見出したときにさへ、なほ考へ合せられることである。このみちやゆく人なしにの詠嘆は、わが近古の五百年の間にあらはれた詩人と英雄たちの嘆きであつた。しかもそれは曠野と化した大衆をある朝発見した偉大な指導者の嘆きであつただらう。

この前に後鳥羽院の企てが偉大な敗北であるとして、以後、「王朝の愛情生活の文芸的テーマだつた歌と物語は、こゝで一変して詩人の歴史と人生観上のテーマとなつた」と意義づける。それは、華麗な宮中から僻遠孤絶の遠島に流されながらも、「なほわれこそは新島もりよ」と歌い続けた後鳥羽院なる特異な存在がもたらしてくれた文学史的意義である。そして、以後、保田文学史のキーセンテンスである「後鳥羽院以来の隠遁詩人の系譜」が前面に押し出されてくることになるのだ。

そこへ、なぜか突拍子もなく、院の企ての失敗の原因として、大衆が「院のひきつれゆかうとされた大衆と院の間にあつた隔て」という文脈で登場してくるのである。はたして現実の後鳥羽院が当時存在しなかった概念たる大衆（さしずめ「民」「百姓」か）を「ひきつれゆかう」としたことはあったのか。断じてなかったと言うしかない。それでも、保田は大衆を問題にするのだ。それのみならず、そこへ院と新古今文壇の詩人たちとの間にも距離があったという問題を挟み込む。とすると、必然的に、院と詩人たちとの間以上に、もっと言えば、絶望的なくらいに院と大衆の間には距離があるということになるだろう。だから、「院にとつてあまりにも遠い世界にゐた」存在として大衆が捉えられることになるのである。だったら、無視すればよいではないかと言えば、そうはならない。上記の「なほ考へ合せられることである」で締められる文章の主語は、直前にある「さへ」の意味合いからも了解されるように、院から遠くにいた、「院が率ゐてゆかねばならぬ」大衆である。

それでは、後鳥羽院や新古今文壇の詩人たちからかけ離れているばかりか、実際にはまったく現れてもこない大衆を保田はなぜかくも注目し、無理矢理にでも院と結びつけたがるのだろうか。答は、「このみちやゆく人なしにの詠嘆」にある。それは、「此道や行人なしに秋の暮」と詠じた芭蕉と後鳥羽院を直接に連結させたいからだろう。保田によれば、この道を誰も行く人がないのに独り行くのが芭蕉であり、「奥山のおどろの下を踏み分けて道ある世ぞと人に知らせん」と誰もいないおどろの下を踏み分けて道ある世を知らせたいのが後鳥羽院であった。両者は誰もいないところで道を人に知らせる存在として共通しているのだ。ここに現れる「人」、これを保田は大衆と捉えているのである。とすれば、「院がひきつれてゆかう」という表現も少しは具体性をもって理解されてくるだろう。しかし、現実には院と大衆との距離は絶望的に遠い。しかし、道を伝えたい、この思いと嘆きが「近古の五百年の間にあらはれた詩人と英雄たちの」それであり、さらに言ってしまえば、「曠野と化した大衆をある朝発見した偉大な指導者の嘆き」なのである。「曠野」とは「おどろの下」であり、「此道や行人なしの」の謂だろうが、それでも、曠野たる大衆を絶望的距離の彼方に発見したこと、これによって、後鳥羽院の嘆きは、彼個人を越えて日本文学の中核的精神となることが可能となったのではあるまいか。

だが、保田は、院の失敗の原因として、院と大衆との距離の隔てを上げている。これは一体何を意味するのか。おそらくいくら大衆に「道」を説いても、それが伝わらないということであろうか。とすれば、院の企てとは、幕府を倒すという政治的なレベルにはなかったということでもあるのか。言い換えれば、それは文化革命といった企てだったのだろうか。それとも、院をして妄想をかき立てることとなったのか。

大衆が再度現れるのは、院の和歌をはじめとする変革を説く件である。

さういふ形で院の変革の決意は、着々と、雄大な規模で行はれていつた。しかしこの雄大がつひに院のもつべき大衆を、あまりに遠くへひきはなした結果となつたのである。失敗の因は、院が万乗の御身として自らにもたれた自信と自覚が、あまりにも雄大の規模と遠大の英風に富みすぎてゐたからであつた。その結果は、それゆゑ、我が民族のどんな内の負目にもならなかつたのである。賊軍の方では、どんなスケールをもつてゐたのでもなく、たゞ力をもつてゐたのである。さうして院は殆どの人々に理解されやすいやうな雄大なスケールから行動を、起こされねばならなかつたのである。

少し前に「和歌所を開かれた如きは、実に最も雄大な思慮に出たものであつた」とあり、院の変革は、和歌、琵琶、蹴鞠、鷹狩、故実の学、節会除目にまで及ぶ規模をもっていたとある。保田が承久の企ても変革の一環として捉えていることはほぼ間違いないなかろうが、ここで、説かれているのは、雄大が院と大衆をあまりに遠くに引き離したということである。さすがにそれを保田は院の妄想と言わないし、そう思っていることも絶対的にない。しかし、結論はさして変わるまい。「自らにもたれた自信と自覚が、あまりにも雄大の規模と遠大の英風に富みすぎてゐた」ことが失敗の原因とされているからだ。「自信と自覚」、これは通常は妄想と見なされよう。その証拠に「院のもつべき大衆」を引き寄せるどころか、引き離したのであるから。

やはり、保田にとって、後鳥羽院は文化革命の失敗せる指導者なのである。しかし、ここで、保田は鮮やかに院の企ての意味を反転させていくのだ。賊軍（幕府軍）は「たゞ力をもつてゐた」ので、院は「殆どの人々に理解されやすいやうな雄大なスケールから行動を、起こされねばならなかつた」。結果として、院のスケールは、いかんせん、「殆どの人々」には理解されなかった。しかし、その一方で、院の企ては、「我が民族のどんな内の負目にもならなかつた」のである。なぜか。「雄大な規模と遠大の英風」故である。とすれば、それ故に失敗し、それ故に、負目にならないという地平を後鳥羽院が切り開いたということになるだろう。つまり、偉大な敗北は院の独りよがりの決意によってアイロニカルに達成されたのである。

4　物語と歌、そしてイロニー

前節で、後鳥羽院と大衆を結びつけたものとして芭蕉の「此道や」句が大きく関わっていることを指摘しておいたが、『後鳥羽院』が刊行される一九三九年八月に、保田は、「宮廷の詩心について」（直後、『後鳥羽院』に再収され「宮廷の詩心」と改題）を『コギト』八七号に発表している。この段階で後鳥羽院の位置はほぼ確定していたと思われ、以下の発言がある。引用は『コギト』（復刻版）に拠る。

しかもこの丈夫調（前田注　幕末愛国歌の丈夫調）は、至尊調が民衆化したものであるといふことを私は、日本のために感動するのである。それは万葉集の復韻ではない、決定的なものは、文学の歴史といふ精神史から実証的に断言でき、又せねばならぬことは、至尊調が民衆化したといふ日本のみのもつ事実である。我らの国土の悲願述志の歌は、しかもそれこそ我らの民族の永遠の祈りに一等しつかりと結びついた歌心は、武家の時代に於て、畏くも至尊によつて唱誦されてゐたのである。

さういふ意味から、私は近代歌風を万葉集の復韻と考へず、万葉集のおのづからの詩心としたものへの復帰合一といふ意味をふくめて、近代歌風に、詩人と志の二つを思ひ、その源流としの(ママ)ての血統を、近古に於て鎌倉の実朝にとらず、承久の後鳥羽院にとるのである。院より出た支流の多さと広さは、実朝の比ではない。又近世に於て近世歌人の始祖を後水尾院に考へる。これ（前田注、「は」の誤脱か）御一方が詩人として、一切の芸能を裁可された雄大な規模にもよるのである（私は後水尾院のさういふ意味をコギト七月号で述べた）。（傍点原著）

読むなり、「復韻」という他ではまず用いられない保田語に当惑させられ、一瞬行き場を失う感覚を持つけれども、実は、ここで保田は多少なりとも国文学に造詣のある人たちを驚歎させるに足る大胆な主張を展開している。というのも、幕末志士の丈夫調の歌は、至尊調が民衆化したものに他ならず、そうした事実は日本だけにあるものであり、武家の時代にあっても至尊によって唱誦（＝詠唱か）されていたと言っているからである。そこから、近代歌風（短歌と呼ばないところが保田らしい）を万葉集の復韻（＝復活か）ではなく、あるいは、源流としても万葉歌人とされた源実朝（『後鳥羽院』に再収される際、「万葉風歌人実朝」と加筆された）とはせずに、断然、後鳥羽院を起源に据え、近世歌人の始祖を後水尾院に置くという、新たな「近代歌風」の見取り図を提示したのである。

その時、まず押さえておきたいのは、実朝（一一九二～一二一九年）を近世に置いて再発見し、大いに宣揚したのが、国学者賀茂真淵（一六九七～一七六九年）であったということ、真淵を引き継いたのが近代短歌の創始者正岡子規（一八六七～一九〇二年）であること、さらに子規のラインを継承した斎藤茂吉（一八八二～一九五三年）といったアララギ派系列の歌人たちであったという一連の事実である。実朝＝万葉風歌人（なお、現在は否定されているが）という構図もこの時に生まれている。すべては子規の『古今集』批判＝近代短歌の起源である『万葉集』鑽仰に根があると言ってよいだろう。実朝も、一九四三（昭和十八）年に刊行され、万葉風を決定づけた茂吉の大著『源実朝』があるけれども、このラインで高く評価されているに過ぎないのである。それを変えたのが吉本隆明『源実朝』（筑摩書房、一九七一年）となるだろうか。

保田は、こうした近代短歌を肯定するために設定されたアララギ派系の論調および構図に対して断固たる異議を唱えたのだ。即ち、後鳥羽院が中世以降の日本文化の源に位し、近世における和歌の後継者として後水尾院（俳諧のみならず、後鳥羽院の正統的継承者は言うまでもなく芭蕉である）が繋ぎ、最後は丈夫調を至尊調の民衆化した幕末志士の愛国歌に滔々と流れていく和歌の血統が日本文化の主流なのだ、と言いたいのである。ここに展開される論理は、アララギ派以上にかなり強引かつ危ういから、いくらでも突っ込みどころがあるはずだけれども、幕末愛国歌の段階に至ると、後鳥羽院と大衆とが一体化したという主張もなんとか論証しえているかとも読める。これを保田の詭弁だと切り捨てても構わないが、ここで用いられている「血統」なる言葉こそが保田の主張の肝であり、主張の正統性そのものであることは見落としてはなるまい。そこには保田の嫌悪してやまない「近代」に追従するアララギ派系に対する峻拒の姿勢も見て取れるからである。

してみると、同じ三九年一月に発表された「文明開化の論理の終焉について」(『コギト』、後に『文学の立場』、古今書院、一九四〇年に収録、全集七巻)で展開される日本主義批判とアララギ派系に対する批判は同根のものであり、なおさらのこと、後鳥羽院の存在はいや増しに大きくなってくるのである。だが、いかんせん、後鳥羽院が文明開化の論理の終焉後に復活することは考えられない。となると、イロニーに満ちたデカダンスを宣撫することしかなくなってくるのは理の当然だろう。

この時期の保田の魅力の一つとして、後鳥羽院に代表される古典鑽仰と現実の諸潮流・イデオロギーに対する絶望的認識との間に横たわる果てしない距離に折り合いを付けられない点にあると思うのは、独り私だけではあるまい。

後鳥羽院における物語と歌

このあたりで「物語と歌」に戻る。三章冒頭、保田は、自己の「思案」として、後鳥羽院の構想を述べている。

増鏡の第一章おどろのしたと第二章の新島もりの二章——ここへふぢ衣の章を第二章のいくらかの補足として加へてもよいが——から、詩人としての後鳥羽院の意味をかくつもりであつた。さういふすでに象徴的な「詩人」がどういふ機縁と内容をもつて、しかもすでに抽象となり、象徴と化して、我らの長い世々の詩人の中に生きて、われらの日本といふものを作り、日本の詩人の志の情緒化を遂行したかといふことであつた。

だが、この構想はその後思考を反復していく過程で変容を余儀なくされたようである。「詩人としての後鳥羽院」が抽象・象徴と化して、遂に「われらの日本といふものを作り、日本の詩人の志の情緒化を遂行した」という捉え方は、それだけでも大構想であると思われるし、上記でも論じてきたように、ほぼ後鳥羽院論の骨子だと言えるものだが、どこかで物足りなさを感じていたようだ。だから、後鳥羽院を「日本の人間の抒情の原始の悲劇を描かれた日本武尊にも匹敵される御方であつた」と最大限の讃辞を捧げた直後、遠島の日の院にしかし私は英雄のあらはの表現はなかつたと思ふ、あつたかもしれない、しかしなくてもよいのである。あるひはない方がよいのかもしれない。

と述べているのが気にかかるのである。遠島（隠岐）の日の院には、「英雄のあらはの表現」は、「なくてもよい」もしくは「ない方がよいのかもしれない」とあるように、保田が肯定と否定の間をたゆたいつつ、結局、否定的評価に傾いていくのはなぜか。英雄像それ自体の変容を示すものなのか。次の段落にどうやら答がありそうである。さらに、「物語と歌」という一般的かつ抽象化された論のタイトルを選んだ理由もそこにあるようだ。

遙かに遠い昔に業平が歌を物語のあはひで描かうとした志、歌のはてに物語を見出した原始は、物語の終末に於て歌を見出すことによって終つたのである。後鳥羽院に於て、王朝文化は終焉したし、新しい日本の詩心は、しかもこの院によつて裁可された一切の芸能の面から一つの志の表現をもつてあらはれてきたのである。院は云はゞ物語のはてに純粋に浄化された歌の日を発見された、さうして我々久しい世々の詩人は、その院の御物語に一等あざやかな詩人の俤を知つたのであつた。この院の物語と歌こそ、王朝の人々は云ふまでもなく、源平の世の公達も武士も知らないものであつた。玉楼の饗宴と、孤島の茅舎といふ、一つの永遠な詩人のもつ宿命、永遠の詩人のもつ魂のふるさとのイロニーは、この院のあらはの玉体でわが文学史に誌し留められたのである。

保田によれば、歌と物語の関係は、相容れないものの、一方の窮極に他方があるというものであった。歌の窮極が物語であり、物語の窮極が歌という構図である。そこに歴史過程を加えると、『伊勢物語』の業平が「歌のはてに物語を見出した原始」は、後鳥羽院によって「物語の終末に於て歌を見出すことによって終つた」ということになる。それが「後鳥羽院に於て、王朝文化は終焉した」という意味である。後鳥羽院とは和歌と物語の窮極段階での変転的展開を止めた、言ってみれば、終わりを告げた男なのである。だが、一つの文化（ここでは王朝文化）が終わるということは、新しい文化の始まりでもある。これを推進したのが後鳥羽院の最大価値である。これを保田は、「物語のはてに純粋に浄化された歌の日を発見された」と詩的に表現している。

にもかかわらず、「あらはの表現」がなくてもよいのは、院が宮中（玉楼の饗宴）と遠島（孤島の茅舎）という、中心と周縁というありきたりの二項対立図式では全く言い足りない、相容れない二つの世界を共に生きたことによって、「永遠の詩人のもつ魂のふるさとのイロニー」を「あらはの玉体」でさりげなく示し得たからに他なるまい。つまり、院の存在が前景化して「あらはの表現」となるのではなく、一身で二生を生きぬくしかなかったところに詩人なるものが必然的に持たざるを得ないイロニーの象徴として後鳥羽院がおのずと立ち現れるということだ。となれば、後鳥羽院以降の詩人は、そのイロニーを身体化する他はない。

イロニーと「あらはの表現」とはこれまた相容れない関係にある。それが上記の否定的評価の理由だろうが、「物語と歌」というタイトルも、両者のそれまでの関係を終え、新たな関係、即ち「物語のはてに純粋に浄化された歌の日を発見」したのが後鳥羽院だという理解によるものだろう。歌と物語と後鳥羽院の関係を如上のように考察した人はおそらくいない。ここでは、保田にも影響を与えた折口信夫の「新古今集及び隠岐本の文学史価値―文壇意識と、文学意識とを中心にして」に触れておきたい。後鳥羽院を以下のように論じている。

後鳥羽院は、寧ろ太みに徹し、たけある作物と生活とを、極点まで貫かれたらよかつたのである。独り思ふ境涯に立つか、或は素質がさうだつたなら、群集の中にゐても、孤独を感じ得たであらう。が、院には、さうした悲劇的精神は、この隠岐本を抄して居られる間にも、やはり徹底しては、起つてゐなかつたものと思はれる。

（『隠岐本新古今和歌集』に拠る）

折口は、後鳥羽院には畢竟「悲劇的精神」はなかったと言っている。保田も承久の乱後の院の境遇に対しては同情してやまないけれども、やはり院に悲劇的精神などは見ていない。折口を踏まえながらも、保田が一歩踏み出したのは、後鳥羽院を菅原道真のように流謫の身を歎く存在とはせずに、宮中と遠島の距離をもろともせず、遠島で歌合の判詞をしたり、隠岐本新古今集を新たに編集したりする「強烈の精神」の持主であるだけではなく、それと表裏一体するイロニーの象徴として捉えたところにあった。前者だけでは、後鳥羽院中心の日本文学史は叙述できても、後に続く詩人、否、その最後の一人であることを深く胸に刻む保田自身が鑽仰し、かつ、運命愛の対象たるイロニーの象徴とはならないのだ。その時、保田は、後鳥羽院の真なる意味、いわば、アイロニカルな永遠性を見出したはずである。

こうした認識を踏まえて、保田は改めて後鳥羽院の至尊調の丈夫ぶりの生成過程を語っていく。

　これは新古今集や千五百番歌合風な偉大な饗宴の側面の風潮であつた。あの繊細可憐にして純粋なものと、ためいきのやうな民衆的呪歌のしらべの混沌の中で、それらと共に院は至尊調の丈夫ぶりに、捨身を思はせる祈念の歌をかなへられてゐたのである。万葉的とか新古今的とかいつてゐる歌論的系統と異つた実在や意欲が、院の未曾有の饗宴を指導する院の心持であつた。結果として院が新古今的なもの一切の推進力だつた。このあとに生れるものののながれもこゝから自づと了知されよう。一切の綜合と整理が院の大精神によつて完成された。この文芸的意味は未曾有であるし、後世にもつひにない。そしてこの後といふことは承久の事変によつて一そう決定されたのである。

引用文冒頭の「これは」は前段にある「一条院の御世の文学を女で表せば、後鳥羽院時代の文芸は少女小説であらう。「物語」は感傷化したのである」を受けている。「少女小説」故に後鳥羽院時代の風潮は「デカダンス」であり、式子内親王や建礼門院右京大夫のような「プラトニックな恋愛歌」となる。こうした「繊細可憐にして純粋なもの」と、その正反対にある『万葉集』以来の「ためいきのやうな民衆的呪歌のしらべ」が「近代感で綜合されて」生まれた『新古今集』の象徴体とが、混沌的情況を作り出しているさ中で、後鳥羽院は、「至尊調の丈夫ぶりに、捨身を思はせる祈念の歌をかなへられてゐた」と保田は言うのである。

いやはや、後鳥羽院はまさに「一切の総合と整理」を実現した主体となったわけだが、ここで改めて承久の乱敗北の意味が強調されていることを見逃してはならないだろう。後鳥羽院の「大精神」は「後世にもつひにな」かったのだ。なぜか。承久の乱の敗北によって、院の偉業が固定化=永遠化されたからだろう。こうしてみると、やはり後鳥羽院は負けねばならなかったのだ。負けたからこそ、その遺志は「困窮の旅の心に旅の栄花を歌ひ、現世の恋心を行脚によつて描く「宮廷を大宗とした地下放浪の詩人たち」によって受け継がれた。彼らは、「永遠の詩人のもつ魂のふるさとのイロニー」をまといながら、「懶惰と頽廃と、閑寂と厳粛との境」で漂泊していたのだ。そして、芭蕉によってその遺志は昇華されると保田は見たいのである。

5　隠岐の文事と文芸の王国

「物語と歌」は第四章に入ると、これまでの論調ががらりと一変する。やや性急で論理的にも無理があるような保田ならではの悪文がここでは見えなくなり、その代わりにゆったりとなだらかな文章になっていくのだ。加えて、まず結論ありきの保田の批評文にしては、実に多くの後鳥羽院和歌を引き、歌と判詞で語らせているのも、これまでにないものであった。

このような具合である。

遠島の院のもとへは時々の都のたよりは絶えなかつた。家隆が、長い長い便りの終りに、

ねざめして聞かぬをきゝてわびしきはあら磯浪のあかつきのこゑ

一首をしるし「和歌所の昔のおもかげ、かずく\に忘れがたう」とあるを眺められて、院は落涙を禁じ得なかつた。

浪間なきおきの小島のはまびさしひさしくなりぬみやこへだてゝ

木がらしのおきのそま山ふきしおりあらくしをれてもの思ふころ

この個所は、ほぼ『増鏡』に拠っている。原文を引いておこう。

家隆の二位は、新古今の撰者にも召し加へられ、おほかた、歌の道につけて、むつましく召し使ひし人なれば、夜ひる恋ひきこゆる事かぎりなし。かの伊勢より須磨に参りけんも、かくやとおぼゆるまで、巻きかさねて書きつらねまいりたり。「和歌所の昔のおもかげ、かず

はれ多くて、
〳〵に忘れがたう」など申て、つらき命の今日まで侍事の恨めしきよしなど、えもいはずあ

ねざめして聞かぬを聞きてわびしきは荒磯浪の暁のこゑ

とあるを、法皇もいみじと思して、御袖いたくしぼらせたまふ。

浪間なき隠岐の小島のはまびさし久しくなりぬ都へだてて

木枯の隠岐のそま山吹しほり荒くしほれて物おもふ比

（旧岩波大系本）

両者を比較すると、保田は、家隆の歌人としてのありよう、『源氏物語』を引用した「かの伊勢より〜かくやとおぼゆるまで」、家隆の便りにあった「つらき命の今日まで侍事の恨めしきよしなど」を省略した他は、ほぼ『増鏡』に従っている。「長い長い便り」と「院は落涙を禁じ得なかった」も文意を踏まえた言い換えである。だが、そうして現れた文章は家隆と後鳥羽院の関係をより強固に位置づけることになった。また同時に、後鳥羽院のやみがたい望郷と絶望の念が自ずと表出される仕掛けともなっている。

さらに、細かい改編だが、院が「落涙を禁じ得なかつた」のは『増鏡』では家隆の和歌を読んだ時であるのに対して、「物語と歌」では、和歌と便りの一節「和歌所の昔のおもかげ」との二つを院が読んだ時点としたのは、おそらく叙述の節約ではないだろう。そうではなく、保田が用意した新たな仕掛けだったのではないか。こういうことである。

保田は家隆の「ねざめして」歌を何も解説しない。たんたんと事実だけが列記されているようにさえ見える。しかし、明け方寝覚めて聞いてもいないのに聞いたように感じて寂しく辛いのは荒磯浪の声だ、といった内容の家隆歌を改めて見つめ直すと、そう簡単には済ませられないことが分かる。「荒磯浪」は、言うまでもなく、隠岐および隠岐にましますの後鳥羽院のメタファーである。声も浪の音だけではあるまい、院の肉声もそこには響き合っているはずである。家隆は隠岐にいる後鳥羽院の幻声に呼びかけられて頻繁に寝覚めさせられていたのだ。逆に言えば、それほどまでに後鳥羽院のことを常に慕っているということである。

その時、保田は、「つらき命の」云々という家隆の自分がまだ生き残っていることへの後悔を示すことばを敢えて省略することによって、往事の和歌所と現在の荒磯浪（＝隠岐）の直接的対比を実現しえたのである。実はこれが隠岐における後鳥羽院のありようを最も的確に示しているのだ。後鳥羽院が都に戻りたいのは、家隆への返歌（「都へだてて」「物おもふ比」）からも明らかであり、最後まで院に尽くした家隆との君臣関係もいわば愛情（前近代の君臣関係を窮極において支えるのは、ご恩と奉公であれ、仁と忠義であれ、人格的支配を行う君、それを喜んで受け入れる臣との信頼を超えた愛情関係に他ならない）によって結ばれている。現在、両者は「便り」を介してしか会うことができないが、家隆を媒介として後鳥羽院は、最後の力を振り絞って都との回路を作り、隠岐と都の二重的存在であろうとしていた。

むろん、院の心の中は始終穏やかであったとは思われない。さすがに、ご赦免船を遠く見送り浜辺に一人残されのたうち回った俊寛のように振る舞うことはなかったろうが、讃岐に流された大叔父崇徳院のように、「願ハ五部大乗経ノ大善根ヲ三悪道ニ抛テ、日本国ノ大悪魔ト成ラム」（半井本『保元物語』）と決意し、即座に舌を食い切り、書写した経の奥にしたたる血で誓状をしたためてもよかったかもしれない（以後崇徳院は中世最大の怨霊となる）。だが、後鳥羽院はそうではなかった。『増鏡』に拠っても不可解な行動をした院の動向は描かれていない。崩御の際の記事も、

この浦に住ませ給て、十七(ママ)年ばかりにやありけむ、延応元年といふ二月廿二日、六十にてかくれさせ給ぬ。いま一たび都へ帰らんの御心ざし深かりしかど、つゐに空しくてやみ給にし事、いとかたじけなく、あはれに情けなき世も、いまさら心うし。（『藤衣』）

と、一般的な表現で寂しい死を悼むだけである。

保田は、『増鏡』をベースにして後鳥羽院の物語を紡ぎながらも、『増鏡』以上に隠岐の院を静謐と言ってもよい態度で記した。なぜだろうか。配流から十六年目に作られた『遠島御歌合』をめぐる言説からその理由を考えてみたい。

この遠島御歌合の中に増鏡にもかゝれた七十三番山家といふ題の歌、

左

軒ばあれて誰かみなせの宿の月過ぎにしまゝの色やさびしき　女房（御製）

右

淋しさはまだ見ぬ島の山里を思ひやるにも住むこゝちして　家隆

この御判に「左右ともに、おもひやりたる山の家に侍るを、いまだ見ぬを思ひやらむよりは、年久しくすみておもひ出でむは、今すこし心ざしもふかかるべければ、相構へて、一番は左の勝と申すべし」とあるのは、増鏡も感銘して「いとあはれにやさしき御事なめり」と申したものである。御判に御歌を勝と定めらることは、古いころより少なかつたし、この歌合でも御製の勝はこの一首で他は負三持六であつた。この遠島御歌合は、これよりさきにもあとにもないやうなまことにあはれにやさしい催であつただらう。しかもそれは世の常の歌合ではなく、紙上の人を交へて、遠い孤島で、判者一人で行はれたものであつた。

この文章も、『遠島御歌合』と判詞、さらに『増鏡』の引用によって概ね成り立っている。和歌にも判詞にも解説的文章は付されていない。番わされた二つの歌は、まず、院が、長年暮らした「みなせの宿」を思いやり、荒れ果てもう誰も見なくなった水無瀬の宿の月は年月が過ぎて行くにつれて、色が寂しくなっているかと家隆に問いかけ、それを受けた家隆が、隠岐にある院御所を「まだ見ぬ島の山里」と思いやり、院のことを心配しつつ、同時に院のいない都を寂しがるといった贈答の結構である。だが、判詞の論点は、どちらの思いやりがより深いかにある。院は、家隆の「山里を思ひやる」のは「いまだ見ぬ（歌では「まだ見ぬ島の」）山里を思ひやっているだから、言い換えれば、実際には経験していないのだから、自分（院）の「年久しくす」んだ「みなせの宿」を思いやる方が「今すこし心ざしもふか」いはずだと判断して、勝ちとした。家隆が自分のことを思ってくれるのはありがたいけれども、都を思いやる気持ちは実際に水無瀬に住んだ私の方が深いということだ。これは冷静な判断であり、その通りだろう。経験がもつ具体的な思いやりの方が想像に基づく思いやりもより切実になるからだ。だから、そこには都にいる家隆に対する院の屈折した思いはない。家隆もそれは理解し、ますます院への思いを深めたに違いない。

とはいえ、『遠島御歌合』で院が自分の歌を唯一勝ち（他は持三負六）にした事実を踏まえて、『増鏡』以上に、「まことにあはれにやさしき催し」であったと捉えた上で、「紙上の人を交へて、遠い孤島で、判者一人で行はれたものであつた」と保田がわざわざ付記していることは、隠岐における院の正しいありようを直截に表現したいからだろう。つまり、京都と隠岐の時空を超えて院は今も和歌を事実上領導しているということである。流刑地の淋しさを紛らわすためだけに和歌を詠じているのではないのだ。だからこそ院は慌てず騒がず落ち着いて和歌を詠み、人の心を解する人間として表象されるのである。

このことは以下の引用でも裏付けられる。

家清の歌の判にその父家長のむかし好んだ姿を見て子をいたはつてをられるのもなつかしい

し、あれこれの歌に、日常の思ひ、ふるさとの心を浮び出されたあとの多いことも、むかしの歌論の上の歌合とまことに趣きの異るものであらう。境涯の歌の心は、やはり大へん変化してゐたと思ふ、さういふ境涯の歌心の発生から、日本の人々はこの院に詩の生命の表現様式と、詩人のもつべき志をまづ学んだ。王朝の終末の爛熟を生活された至尊から、まことの新風が、いのちの志の歌として生れたのである、その生活の歌、それは文藝のもつ極北のロマンテイシズムであった。

家清の歌の判とは、七十九番の家清詠「さびしさは庭の真柴に吹く風のそよ音づれて人はとひ来ず」（題は「山家」）について「其上、そよ音づれてとよめるつづき、家長がこのみよみしすがたに似たり」とあるのを指す。だが、院の出した結論は、「あはれに見ゆれども、歌がらさまでなければ、可ㇾ為ㇾ持」であり、家長詠は左の親成詠に対して特段秀れていたわけではないので、「いたはつて」はいるものの、それが判断にまで影響を及ぼさなかった。にも関わらず、この直後、文体が性急な保田節に変容し、「境涯の歌の心」がかつての「王朝の終末の爛熟」とは異なり、「生活の歌、それは文芸のもつ極北のロマンテイシズム」と言い切るに至るけれども、その前に、保田は、もう少し、自分も荷担した院の落ち着きはらった態度を改めて見るべきではなかったかと思われてならない。というのも、最後のところで、院の歌に関して対比を超えた一貫性を主張していると読みうるからである。

後鳥羽院と文芸の王国

今日、『後鳥羽院御集』の中核を占める「詠五百首和歌」は隠岐配流後の編纂との見解が定説である。編纂の企図も「生涯の和歌総決算」（寺島恒世『後鳥羽院和歌論』、笠間書院、二〇一五年）であり、故に隠岐の持つ意味も「暗示に止めて」いたとされている。この視点で以下の引用を見れば、むろん、保田執筆時においては、隠岐配流前と見做され、保田もそう考えていたのだが、保田の言説は誤った認識の上に乗った妄説となってしまいかねない。

> おきつ島あまの磯屋の藻塩草かく数ならでよをやつきなん
>
> さういふ御製をなされてゐた仙洞の日に、十九年の孤島の生活など夢にも考へられなかつただらう。王朝の一つの美学だつたものは、はからず院の宝身で生活の無限な深刻さにまで表現された。復古の大業のため古実（ママ）研究に精神を燃焼された院である。千五百番歌合と遠島御歌合の対比に感じられるやうなところに、我々は日本の詩の志を味ふのである。その御製にもはからずも民の嘆きと悶えがうつされた。しかも後鳥羽院が後世の詩人に教へられたことは、その大様の文芸王国の精神であり、一人でそれを文へる詩人の決意である。雄大で永遠な信念や国柄の久しい信仰を反映した大業は、現世の成敗と無縁に、永久の未来にかけて永続し又開花の日をつねにたくはへてゆくものであるといふことも、院が御自身の運命で教へられた最大の詩人の信念の一つである。

保田は、『後鳥羽院御集』にしか収載されていない「おきつ島」詠を周到に選び出して、「仙洞の日に」詠んだものと理解した。つまり、その後、十九年の配流生活などは一切考慮せず、「おきつ島」が隠岐を暗示しようが、単なる歌ことばとして、沖・海士・磯・藻塩草の海にからむ縁語で繋ぎ、最後はぱっとしないで世を終えるのだろうか、という一般的無常感の歌と捉えたのである。これが「王朝の一つの美学」ということだろう。だからこそ、隠岐において「生活の無限な深刻さ」を宝身で表現したのは偉大なのである。その後、王朝美学である『千五百番歌合』と隠岐の生活の歌である『遠島御歌合』を対比して、二つの世界を生きた後鳥羽院に「日本の詩の志」を読み取っていくのだが、「おきつ島」詠が隠岐配流後の作品であり、かつまた、生活の歌ではないとすれば、保田のいう対比はここに崩壊してしまうだろう。しかし、そう読み取らずに、配流後も本歌取りで隠岐を暗示しかしない述懐歌を詠む院の姿にこそ、実は「日本の詩の志」があると保田を強引に誤読してもよいのではないか。後鳥羽院は、少なくとも建前では配流前と配流後も変わっていないのである。否、変わっていないというところに「大様の文芸王国の精神」さらに、「御自身の運命で教へられた最大の詩人の信念」があったと読みたいのである。泉下の保田はこれを聞いて、どう反応するかは、楽しみだが、偉大な敗北は決して大仰な振舞ではなく、後鳥羽院のように家臣への配慮を忘れず、さまざまな怨みなどは表面化せず、都にいるようなそぶりで歌合を行い、『新古今集』を精選して隠岐本を作り、黙って死に向かうということ、これこそが「現世の成敗と無縁に、永久の未来にかけて永続し又開花の日をつねにたくはへてゆくもの」、即ち、日本文学史の新たな原点であったのではないか。保田のある種異様な文章にはそこまでの射程があったと今は信じておきたい。

主要文献一覧

主要文献については、その度ごとに、本文の後（ ）内に記載しているが、ここに一覧しておく。

テクスト

『保田與重郎全集』、全四十五巻（本編四十巻・別巻五巻）、講談社、一九八五～八九年
『保田與重郎文庫』、全三十二巻、新学社、一九九九～二〇〇三年
『コギト』（復刻版）、合本十六冊、臨川書店、一九八四年
＊注記がない場合、引用は『全集』に基づいている。

研究文献

橋川文三『日本浪曼派批判序説』、未来社、一九六〇年、増補版、一九六五年
大岡信「保田与重郎ノート――日本的美意識の構造試論」、『ユリイカ』、一九五八年八～十二月、『抒情の批判』、晶文社、一九六一年所収、『超現実と抒情　昭和十年代の詩精神』、晶文社、一九六五年再収
川村二郎「保田與重郎論」、『展望』、一九六六年九月、『限界の文学』、河出書房新社、一九六九年再収
同　「イロニーの場所」、『文芸』、一九七三年八月、『懐古のトポス』、河出書房新社、一九七五年再収
同　『保田與重郎文芸論集』、編・解説、講談社文芸文庫、一九九九年
同　『イロニアの大和』、初出『群像』二〇〇二年六月～〇三年九月、講談社、二〇〇三年

磯田光一『比較転向論序説――ロマン主義の精神形態』、初出「ナショナリズムの美学」『試行』、勁草書房、一九六八年
桶谷秀昭「保田與重郎論」Ⅰ・Ⅱ、『試行』六・七号、一九六二・六三年、『土着と情況』、南北社、一九六七年再収、増補版、国文社、一九六九年
同「保田與重郎――昭和批評の一軌跡」、『新潮』一九八二年五月号
同「戦後の保田與重郎」、『新潮』一九八二年十二月号、改題・合本して『保田與重郎』、新潮社、一九八三年、講談社学術文庫、一九九六年で再刊
福田和也『日本の家郷』、初出『新潮』、一九九一年四月号・十月号・九二年七月号、新潮社、一九九三年
同『保田與重郎と昭和の御代』、文藝春秋、一九九六年、初出『文学界』九五年一月号・三月号・五月号
渡辺和靖『保田與重郎研究』、ぺりかん社、二〇〇四年
『私の保田與重郎』、新学社、二〇一〇年、南北社版『保田與重郎著作集』月報、講談社版『保田與重郎全集』月報、新学社版『保田與重郎文庫』解説を一冊にまとめたもの。
『保田與重郎のくらし――京都・身余堂の四季』、新学社、二〇〇七年

関連文献

第一章

蓮田善明『有心』、一九四一年、『蓮田善明全集』、仮面社、一九八九年、近代浪漫派文庫『蓮田善明・伊東静雄』、新学社、二〇〇五年再収

井口時男「蓮田善明の戦争と文学」、『表現者』六〇号、二〇一五年五月から連載中
林房雄「勤王の心」、『近代の超克』、創元社、一九四三年
E・H・カー『危機の二十年』、岩波文庫、二〇一一年、原著一九三九年
野呂邦暢『夕暮の緑の光』、岡崎武志編、みすず書房、二〇一〇年
エルンスト・ユンガー、カール・シュミット『ユンガー＝シュミット往復書簡集――一九三〇―一九八三』、ヘルムート・キーゼル編、山本尤訳、法政大学出版局、二〇〇五年、原著一九九九年
山折哲雄「varṇaとjāti」、『鈴木学術財団研究年報』一、一九六五年
山折哲雄「ヒンドゥーイズムとカースト信仰」、『理想』、一九七二年八月
甘露純規『剽窃の文学史――オリジナリティーの近代』、森話社、二〇一一年
小林秀雄『ドストエフスキーの生活』、創元社、一九三九年、『小林秀雄全作品』十一、新潮社、二〇〇三年再収
澁澤龍彥『サド侯爵の生涯』、桃源社、一九六五年、『澁澤龍彥全集』五、河出書房新社、一九九三年再収
川路柳紅『塵溜』、一九〇七年
小川剛生『武士はなぜ和歌を詠むのか』、角川叢書、二〇〇八年、角川選書、二〇一六年
細川幽斎『伊勢物語闕疑抄』、文録五・一五九六年
清原宣賢『伊勢物語惟清抄』、三条西実隆述、永正〜大永・一五〇四〜二一年頃、大永二年の実隆自筆書写本（学習院大学蔵）あり
森正人・鈴木元編『細川幽斎　戦塵の中の学芸』、笠間書院、二〇一〇年
森正人「幽斎の兵部大輔藤孝期における典籍享受」、前掲書
山田康宏「足利将軍直臣としての細川幽斎」、前掲書
浅田徹「衆妙集冒頭の百首歌について――成立・異伝・表現」、前掲書

土田杏村『国文学の哲学的研究』一巻・二巻、第一書房、一九二七・二八年
山口和宏『土田杏村の時代　文化主義の見果てぬ夢』、ぺりかん社、二〇〇四年
南方熊楠『十二支考』、渋沢敬三編『南方熊楠全集』一巻、乾元社、一九五一年、岩波文庫、一九九四年再収
中上健次『保田與重郎全集』パンフレット、講談社、一九八四年
澤村修治『悲傷の追想『コギト』編集発行人、肥下恒夫の生涯』、ライトハウス開港社、二〇一二年
オーギャスタン・ベルク『空間の日本文化』、筑摩書房、一九八五年、ちくま学芸文庫、一九九四年
同　『風土の日本』、筑摩書房、一九八八年、ちくま学芸文庫、一九九二年
和辻哲郎『風土　人間学的考察』、岩波書店、一九三五年、岩波文庫、一九七九年再収
マルティン・ハイデガー『存在と時間』、一九二七年、最新訳としては、熊野純彦、岩波文庫、全四巻、二〇一三年
伊波普猷『古琉球』、沖縄公論社、一九一一年、岩波文庫、二〇〇〇年再収
小野紀明『政治哲学の起源　ハイデガー研究の視覚から』、岩波書店、二〇〇二年
柳宗悦『朝鮮とその芸術』、叢文閣、一九二二年
梁智英「『民芸』の成立と朝鮮の美の変化――柳宗悦の「不二論」を通して」、『文学研究論集』、二〇〇六年七月
大阪六村『新羅旧都慶州古蹟案内記』、慶州古蹟保存会編、一九二一年
同　『趣味の慶州』、同保存会編、一九三一年
同　『慶州古蹟案内』、一九三八年
金廣植「近代朝鮮説話集における新羅説話考察――脱解説話を中心に」、二〇一一年説話文学会レジュメ資料
南富鎮『文学の植民地主義』近代朝鮮の風景と記憶』、世界思想社、二〇〇六年

浅川巧『朝鮮の膳』、民芸叢書三、日本民芸美術館編、工政会出版部刊、一九二九年
同「朝鮮茶碗」、『朝鮮民芸論集』、岩波文庫、二〇〇三年
小林秀雄「慶州」、『文藝春秋現地報告』、一九三九年六月、『全作品』一二巻
同「朝鮮の思ひ出」、『文化朝鮮』三巻一号、一九四一年、杉本圭司『小林秀雄實記』（ネット版）

第二章

小林秀雄「故郷を失つた文学」、『文藝春秋』、一九三三年五月、『全作品』四、二〇〇三年再収
ヴィルヘルム・ディルタイ「フリードリヒ・ヘルデルリーン」、服部正己訳、『コギト』六〜一〇号、一九三二年十月〜三三年二月
川村二郎訳『ヘルダーリン詩集』、岩波文庫、二〇〇二年
小口優訳『グンドルフ文芸論集』、木村書店、一九三四年、『詩人と英雄』と改題・改訳して、再版、冨山房百科文庫、一九三九年
カール・シュミット『政治的ロマン主義』、大久保和郎訳、みすず書房、一九七〇年、原著は第二版一九二五年
マルティン・ハイデガー「ヘルダーリンと詩作の本性」、『ハイデッガー全集』四巻、辻村公一・上島精訳、創文社、一九九七年
アイザア・バーリン『バーリン　ロマン主義講義』、田中治男訳、岩波書店、二〇〇〇年
野島秀勝「イロニーの彼方――保田与重郎とドイツ・ロマン派」、『ピエロタ』、一九七三年四月
フリードリッヒ・シュレーゲル『ロマン派文学論』、山本定祐訳、冨山房百科文庫、一九七八年
セーレーン・キルケゴール『イロニーの概念』上下、飯島宗享訳、『キルケゴール全集』二〇・二一巻、白水社、一九六六年

田中克己「コギトの思い出」、小高根二郎編纂『果樹園』九六～一二八、一九六四～六六年
西村将洋「雑誌『コギト』とドイツ文学研究――新即物主義を起点として」、『社会科学』、二〇〇三年
伊東静雄『わがひとに與へる哀歌』、コギト発行所、一九三五年、桑原武夫・小高根二郎・富士正晴編『伊東静雄全集』、人文書院、一九六七年再収
伊東静雄『春のいそぎ』、弘文堂書房、一九四三年、『伊東静雄全集』再収
生松敬三『二十世紀思想渉猟』、青土社、一九八一年、再版、岩波現代文庫、二〇〇〇年
上山安敏『神話と科学』、岩波書店、一九八四年、再版、岩波現代文庫、二〇〇一年
ハインリッヒ・ハイネ『ル・グランの書』、『ハイネ選集』七巻、解放社、一九四八年
ヘラクレイトス、「断片五三」、内山勝利編『ソクラテス以前哲学者断片集　別冊』、岩波書店、一九八八年

第三章

ラインハルト・メールリング「一九三三年九月ベルリンのマルティン・ハイデガーとカール・シュミット」、権左武史訳、『思想』、二〇一三年九月
池田純久他『国防の本義と其強化の提唱』、略称「陸パン」、陸軍省新聞班、一九三四年十月
大津雄一『『平家物語』の再誕　創られた国民叙事詩』、NHKブックス、二〇一三年
森鷗外「戴冠詩人」、一九一四年、『鷗外全集』二六巻、岩波書店、一九八九年再収
富士谷御杖『古事記灯大旨　上』、「言霊弁」、『富士谷御杖全集』一巻、国民精神文化研究所、一九三六年、思文閣出版、一九七九～九三年再版
山内得立『ロゴスとレンマ』、岩波書店、一九七四年
佐伯裕子『影たちの棲む国』、北冬舎、一九九六年

大津透『古代の天皇制』、岩波書店、一九九九年
拙稿「三国観」、同『古典論考──日本という視座』、新典社、二〇一四年再収
斎部広成撰『古語拾遺』、九世紀初頭、岩波文庫、二〇〇四年再収
『先代旧事本紀』、新訂増補国史大系七巻、吉川弘文館、一九九八年
大久保典夫『小説集　夭折』解説、現代思潮社、一九七四年
西行『御裳濯河歌合』、文治元・一一八五年頃、『宮河歌合』、文治二・三・一一八六〜八七年
正広『正広自歌合』、文明八・一四七六年頃
濱田青陵『橋と塔』、岩波書店、一九二六年
岩波新大系『芭蕉七部集』、白石悌三・上野洋三校注、一九九〇年
モーリッツ・ガイガー『現象学的文芸論』、高橋禎二訳、神谷書店、一九二九年
山路愛山『源頼朝』、玄黄社、一九〇九年
『平家物語』、保田が読んだ本は特定できないが、有朋堂文庫、一九一三年、岩波文庫一九二九年あたりか
『源平盛衰記』、こちらも特定できないが、有朋堂文庫、一九一二年あたりか
森鷗外『雁』、籾山書店、一九一五年、『鷗外全集』八巻、一九七二年再収
中島岳志『岩波茂雄』、岩波書店、二〇一三年

第四章
亀井勝一郎『人間教育　ゲェテへの一つの試み』、野田書房、一九三七年、角川文庫、一九五二年再収
北村透谷「厭世詩家と女性」、『女学雑誌』、一八九二年二月、岩波文庫『北村透谷選集』、一九七〇年再収

フリードリッヒ・グンドルフ『若きゲーテ』、小口優訳、大観堂、一九四一年、原著一九一六年、未来社、一九五七年再版
『後拾遺集』、応徳三・一〇八六年
山城むつみ『保田與重郎文庫5　ヱルテルは何故死んだか』解説、新学社、二〇〇一年
竹山道雄『若きウェルテルの悩み』解説、岩波文庫、一九五一年
イマニエル・カント『判断力批判』、原著一七九〇年、保田が見たと思われるのは、坂田徳男訳、鉄塔書院、一九三二年、大西克礼訳、岩波書店、一九三二年か
ヨハン・ペーター・エッカーマン『ゲーテとの対話』、亀尾英四郎訳、春陽堂、一九二七年、原著一八三六年・三八年、岩波文庫、一九六八年再版
髙橋義人「ゲーテとカント――根本現象について」、『芸文研究』、一九七一年
永井俊也『カントの超越論的哲学』、キンドル版、二〇一四年
ヨハン・ヴォルフガング・フォン・ゲーテ『西東詩集』、原著一八一九年、改造社版『ゲーテ全集』三巻、一九三七年、岩波文庫、一九六二年

第五章
芭蕉『紫門辞』、元禄六・一六九三年
芳賀矢一『国文学史十講』、冨山房、一八九九年
藤岡作太郎『国文学史講話』、東京開成館、一九〇八年
藤原俊成『古来風体抄』、初撰本建久八・一一九七年、再撰本建仁元・一二〇一年
藤原定家『近代秀歌』、承元三・一二〇九年、『詠歌大概』、承久三・一二二一年以降
折口信夫「新古今集及び隠岐本の文学史的価値――文壇意識と文学意識とを中心に」、『隠岐本新古今和歌集』、岡書院、一九二七年、この論文は「女房文学から隠者文学へ　光輝王朝文学史」と

改題されて、『折口信夫全集』一巻、中央公論社、一九七〇年に再収
金田房子「芭蕉に影響した先行文芸」、佐藤勝明編『松尾芭蕉』、ひつじ書房、二〇一一年
『後鳥羽院御口伝』、建暦二～建保三・一二一二～一二一五年か。保田は隠岐時代と考えていた
上横手雅敬『日本中世政治史研究』、塙書房、一九七〇年
河内祥輔『日本中世の朝廷・幕府体制』、吉川弘文館、二〇〇七年
『遠島歌合』、『遠島御歌合』とも。嘉禎二・一二三六年、本文は、新編国歌大観＝古典ライブラリーネット版から
北畠親房『神皇正統記』、康永二・一三四三年、初稿本に修訂、岩波古典大系『増鏡　神皇正統記』、一九六五年
頼山陽『日本外史』、天保七～九・一八三六～三八年刊行
速水春暁西斎『諸国年中行事大成』、文化元・一八〇六年刊行
『日次　従四位下　賀茂県主氏凭』、『凭久日記』とも。賀茂県主同族会ホームページ、二〇一四年
後水尾院『後鳥羽院四百年忌御会和歌』、寛永十六・一六三九年、岩波新古典文学大系『近世歌文集上』所収、一九九六年
鈴木健一『近世堂上歌壇の研究』、汲古書院、一九九六年、増訂版、二〇〇九年
同　「後水尾院と林羅山」、『国語と国文学』、二〇一二年九月
同　『天皇と和歌　国見と儀礼の一五〇〇年』、講談社メチエ、二〇一七年
上野洋三『元禄和歌史の基礎構築』、岩波書店、二〇〇三年
林鵞峰編『本朝通鑑』、寛文十・一六七〇年、活字版、国書刊行会、一九一八年
『大日本史』、寛文十二～明治三十九・一六七二～一九〇六年、活字版、大日本雄弁会、十六冊本、一九二九年など
新井白石『読史余論』、正徳二・一七一二年草稿、天保十一・一八四〇年木活字版、安政五・一八五

八年整版本、『岩波思想大系』三五、一九七五年
林鵞峰編『日本王代一覧』、慶安五・一六五二年自跋、寛文三・一六六三年製版本
重野安繹・久米邦武・星野恒合纂『稿本　国史眼』、大成館、一八九〇年
斎藤茂吉『源実朝』、岩波書店、一九四三年
吉本隆明『源実朝』、筑摩書房、一九七一年、ちくま文庫、一九九一年再版
『増鏡』、暦応〜康永・一三三八〜四四年頃、岩波古典大系『増鏡　神皇正統記』、一九六五年
『保元物語』、貞応二・一二二三年以降、半井本（日下力校注）は岩波新古典文学大系『保元物語　平治物語　承久記』、一九九二年に拠る
『後鳥羽院御集』、『新編私家集大成』=古典ライブラリー本が完本、成立は未詳
寺島恒世『後鳥羽院和歌論』、笠間書院、二〇一五年
『千五百番歌合』、建仁三・一二〇三年頃か、新編国歌大観=古典ライブラリー本に拠る

あとがき

本書の原形は、雑誌『表現者』（隔月刊）に二〇一〇年八月（三二号）から二〇一六年五月（六六号）まで、「保田與重郎と近代・日本・古典」と題して、三十回連載したものである。途中四回ほど保田論以外のものを書いたが、ともかく六年近くも営々と書き続けてきたものをベースとして、新たに序章を加えて、章立てをし、文章を書き換えて、一書に仕立てたものが本書である。

蝸牛の歩みもいいところであるが、保田與重郎が三十歳の時までという限定は当初から立てていたので、戦前の代表作である『万葉集の精神』を論じられないのは、やや無念ではあるものの、やむを得なかった。『後鳥羽院』で構築された近代・日本・古典の構図はそのまま『万葉集の精神』に繋がっていくと予想している。

さて、保田與重郎を書いてみたいという欲望は、かなり前からあった。それは、私が、国文学なる人畜無害のものの学問をやっていることと深く関係している。近代（正確に言えば、明治二十三年）に生まれた国文学は、次第に狂気を帯びてくる熱気およびイデオロギーと、それとは正反対の位置にある厳密極まる考証学とによって構成されていた国学のうち、後者だけ引き継いだものであり、一貫して人畜無害な「学問」としてあった。たとえば、女子大に英文学と並んで国文学が置かれていたのは、人畜無害性故であったと今も信じて疑わない（なお、現在の女子大は変わってきているが。むろん、女性は人畜無害ではない)。そうした中で、気になることがあった。近代日本は、文部大臣時代の井上毅が古文漢文廃止論を主張したように、近代化(富国強兵・法学・科学の重視)のために、日本や中国の古典を排除する方向性に舵をとった(国語教育からは排除されなかったものの、重視もされなかった)。その結果、曲がりなりにもアジアの中で唯一の近代国家となることができたのである。

だが、そんな近代日本でも古典が盛り上がった時期があったのだ。それは昭和の戦時期のことである。先鞭をつけたのは、保田與重郎や蓮田善明らの『文藝文化』グループだが、その後、太宰治(『右大臣実朝』)や小林秀雄(『無常といふ事』)などが続いていった。どうしてこの時期に古典が流行ったのか、これが若い頃からずっと疑問だったのである。それを考えるためには、保田與重郎をやるしかないと思って、あの難文かつ悪文もしくは悪美文を読み出したというまでのことである。

その後、専門とする古典の歴史を考えていく過程で、前近代においても古典が盛り上がるのは戦争(内乱・政争も含む)と深い関係があることが分かってきた。たとえば、『新古今和歌集』は平家滅亡の後に成立している。同時にその頃、藤原俊成・定家父子による古典形成(『古今和歌集』・『伊勢物語』・『源氏物語』が古典とされた)が行われた。仮に治承寿永の乱がなかったら、『新古今和歌集』や古典観念は形成されたのか、疑問が残った。ついで、本書内でも言及した細川幽斎が活躍した時代は、足利幕府末期、織田信長政権、豊臣秀吉政権、そして徳川家康による江戸幕府の成立に相当する。決して平和な時代ではなかった。この当時、幽斎以外にも幽斎の盟友中院通勝や連歌師紹巴といった古典学者が活躍した（彼らの弟子が近世地下の古典学を創始した松永貞徳である）。どうしてこのような戦乱と平和がくり返される不安定な時代に古典が栄えるのか、これも疑問だった。その答えは、まだはっきりとは解明できていないけれども、ほぼ明らかになってきたことがある。一つは、世の中が乱れ、これまでの価値観が崩れてくると、古典なるものがもつ価値を人々が再発見して、自己のアイデンティティ確保にすることと、乱れた時代故こそ歴史や文化の道統意識を確立していくというのがあるだろう（俊成などはそれだろう）。だが、それだけではおそらくあるまい。考えられるもう一つとして、戦乱なり、無秩序状態なりこそが逆に古典の注釈なり、和歌の詠作なり、古典の書写なりに人々を駆り立てるのではないか、ということである。戦乱による焼失・散佚を恐れてか、それもあるが、それだけではない。周知のように、室町期において、古典的書物や古い写本類は高価な財産でもあったが、やはり、こうした物理的・財的問題以上に、戦乱こそが自己のアイデンティティ確保という受動的な古典享受以上に、古典や和歌に人々をなにやら向かわせる力をもっているのではないか、と考えたいのである。戦乱によってこそ古典が栄えるというベクトルもあったということだ。

近代日本は、前近代日本と異なり、前述したように、古典を排除した社会を作り上げた。だが、ここでも戦争の足音が聞こえてくると、保田をはじめとして古典が呼び出されてくるのである。本書では、古典と戦争については、直接的にはほとんど議論できなかったが、保田の古典論から色々とヒントが与えられたように思う。こんなことを考えている国文学者は私くらいだろうが、幸か不幸か、今や、古典と戦争は私のライフワーク的なテーマとなっている。

最後に、連載中は、毎回、締め切りを大きく破るので、編集の西部智子さんには言いしれぬご苦労をおかけした。この場を借りて深くお詫び申し上げたい。また、連載を勧めてくださった編集長富岡幸一郎氏は遅々として進まぬ論の展開をじっと我慢してくださった。衷心よりお礼申し上げたい。

また、いかにも反時代的な本書を世に送って下さった勉誠出版の吉田祐輔氏には感謝の言葉しかない。難有うございました。

平成二十九年五月五日

蓼科の仮寓にて　　前田雅之

人名索引

【あ行】

【か行】

【さ行】

【た行】

【な行】

【は行】

【ま行】

【や行】

【ら行】

【わ行】

著者略歴

前田雅之（まえだ・まさゆき）

1954年生まれ。明星大学人文学部教授。

専門は古典学。

主な著書『もう一つの古典知―前近代日本の知の可能性』（編著、勉誠出版、2012年）、『高校生からの古典読本』（共編、平凡社ライブラリー、2012年）、『古典論考―日本という視座』（新典社、2014年）、『アイロニカルな共感―近代・古典・ナショナリズム』（ひつじ書房、2015年）、「「国文学」の明治二十三年―国学・国文学・井上毅」（共編著『幕末明治　移行期の思想と文化』勉誠出版、2016年）、「天竺人の系譜―婆羅門僧正から天竺冠者まで」（小峯和明編『東アジアの仏伝文学』勉誠出版、2017年）などがある。


保田與重郎（やすだよじゅうろう）　近代（きんだい）・古典（こてん）・日本（にほん）

平成29年8月10日　　初版発行

著　者　前田雅之

発行者　池嶋洋次

発行所　勉誠出版株式会社
〒101-0051　東京都千代田区神田神保町 3-10-2
TEL：(03)5215-9021(代)　FAX：(03)5215-9025

印　刷　太平印刷社
製　本　若林製本工場

ISBN978-4-585-29148-0　C1095